Possuída pela Noite

Universo dos Livros Editora Ltda.
Rua do Bosque, 1589 - Bloco 2 - Conj. 603/606
Barra Funda - São Paulo/SP - CEP 01136-001
Telefone/Fax: (11) 3392-3336
www.universodoslivros.com.br
e-mail: editor@universodoslivros.com.br
Siga-nos no Twitter: @univdoslivros

LARA ADRIAN

Possuída pela Noite

São Paulo
2015

UNIVERSO DOS LIVROS

Diretor editorial
Luis Matos

Editora-chefe
Marcia Batista

Assistentes editoriais
Aline Graça
Letícia Nakamura
Rodolfo Santana

Tradução
Cristina Tognelli

Preparação
Jonathan Busato

Revisão
Giovana Sanches
Guilherme Summa

Arte
Francine C. Silva
Valdinei Gomes

Capa
Zuleika Iamashita

Dados Internacionais de Catalogação na Publicação (CIP)
Angélica Ilacqua CRB-8/7057

A186p Adrian, Lara

Possuída pela noite / Lara Adrian; tradução de Cristina Tognelli – – São Paulo: Universo dos Livros, 2015.

336 p. - (Midnight Breed, 8)

ISBN: 978-85-7930-853-6
Título original: *Taken by Midnight*

1. Literatura norte-americana 2. Vampiros 3. Ficção 4. Romance
I. Título II. Tognelli, Cristina III. Série

15-0539 CDD 813.6

A Heather Rogers,
por ser extraordinária.

Agradecimentos

Sou lembrada, a cada livro que escrevo, sobre como tenho sorte por trabalhar com tantas pessoas conscienciosas e talentosas que formam minhas equipes de edição e de representação editorial, tanto nos Estados Unidos quanto no exterior. Muito obrigada por tudo o que vocês fazem. É um privilégio trabalhar com todos vocês.

Um agradecimento especial para a minha equipe de casa pelos cuidados básicos e alimentação, e por lidar com coisas incontáveis que tendem a me escapar enquanto permaneço alegremente imersa em minha escrita. Eu não conseguiria fazer isto sem o seu amor e apoio.

E aos meus leitores, uma dívida de gratidão por aceitarem minhas personagens e por me honrarem com a dádiva do seu tempo e da sua amizade toda vez que se acomodam para ler um de meus livros. Espero que continuem a apreciar o passeio!

Capítulo 1

Vida... ou morte?

As palavras flutuaram até ela em meio à escuridão. Sílabas separadas. O ligeiro raspar de uma voz uniforme, sem ar, que chegou ao torpor pesado de sua mente e a forçou a despertar, a ouvir. A tomar uma decisão.

Vida?

Ou morte?

Ela gemeu ao encontro da tábua fria debaixo de sua face, tentando bloquear a voz, e a decisão implacável que ela exigia, de sua mente. Não era a primeira vez que ela ouvia essas palavras, essa pergunta. Não era a primeira vez no período de algumas horas infindáveis que ela entreabria uma pálpebra pesada na frigidez imóvel do seu chalé e se via diante do rosto horrendo de um monstro.

De um vampiro.

– Escolha – a criatura sussurrou, a palavra emitida num sibilo baixo, agachada diante de onde ela jazia, enroscada e trêmula no chão próximo à lareira apagada.

As presas reluziam à luz do luar, afiadas, letais. As pontas ainda estavam manchadas pelo sangue fresco – *seu* sangue, sugado pela mordida que dera em seu pescoço apenas momentos antes.

Ela tentou se levantar, mas não conseguia sequer flexionar os músculos em algum tipo de movimento. Tentou falar, conseguindo apenas emitir um gemido rouco. A garganta estava seca, a língua grossa e inerte dentro da boca.

Do lado de fora, o inverno do Alasca bradava, inclemente, preenchendo seus ouvidos. Ela não entendia o motivo de ser pressionada a uma resposta à pergunta que vinha se fazendo praticamente todos os dias de sua vida nos últimos quatro anos.

Desde o acidente que levara seu marido e sua filhinha.

Quantas vezes desejara ter morrido com eles naquela estrada escorregadia? Tudo teria sido mais fácil, menos doloroso, se isso tivesse acontecido.

Ela sentia um julgamento silencioso nos olhos não humanos, que não piscavam, fixos nela agora na escuridão, pupilas luminosas e cauterizantes, tão finas quanto as de um gato. Marcas intricadas na pele cobriam toda a cabeça calva e o corpo imenso da criatura. O desenho entrelaçado parecia pulsar em cores violentas enquanto ele a observava. O silêncio se estendeu enquanto ele a examinava pacientemente, como se observasse um inseto preso num jarro.

Quando voltou a falar, seus lábios não se moveram. As palavras penetraram seu crânio como fumaça e mergulharam fundo em sua mente.

A decisão é sua, humana. Diga o que será: vida ou morte?

Desviou a cabeça e fechou os olhos, recusando-se a olhar para o monstro. Recusando-se a tomar parte do jogo não revelado que ele parecia fazer com ela. Um predador brincando com sua presa, observando-a se retorcer enquanto decidia se a pouparia ou não.

O fim depende de você. Você decidirá.

– Vá para o inferno – ela disse, com uma voz grossa e arrastada.

Dedos fortes como aço seguraram-na pelo queixo, forçando-a a encará-lo uma vez mais. A criatura inclinou a cabeça, aqueles imóveis olhos felinos cor de âmbar conforme inspirava forçadamente, depois disse entre os lábios e as presas manchadas de sangue:

– Escolha seu caminho. Não há mais muito tempo.

Não havia impaciência na voz que grunhiu tão perto do seu rosto, apenas indiferença. Uma apatia que parecia revelar que ele pouco se importava com a resposta.

Raiva borbulhou dentro dela. Quis mandá-lo às favas, que a matasse de uma vez e acabasse com aquilo, se era isso o que pretendia fazer. Ele não a faria implorar, maldição. A rebeldia ardeu em seu estômago, fazendo a raiva subir até a garganta, chegando até a ponta da língua.

Mas as palavras não saíram.

Ela não podia pedir para morrer. Nem mesmo quando a morte parecia ser a única saída para o seu terror. A única fuga da dor pela perda das duas pessoas que ela mais amara e da existência aparentemente sem objetivo que lhe sobrara depois que eles se foram.

O vampiro a libertou e a observou com calma enlouquecedora quando ela voltou a se deitar no chão. O tempo se estendeu, inacreditavelmente longo. Ela se esforçou para encontrar a voz, para dizer a palavra que ou a libertaria ou a condenaria. Agachado próximo a ela, o ser oscilava sobre os calcanhares e inclinava a cabeça, deliberando silenciosamente.

Em seguida, para seu horror e confusão, ele esticou o braço e passou uma garra pela pele acima do pulso. O sangue saiu do corte, gotejando, pingos escarlates caíram no chão de madeira logo abaixo. Ele enfiou o dedo dentro do corte, cavoucando entre os músculos e tendões do braço.

– Jesus! O que está fazendo? – A repugnância revirou seus sentidos. Seus instintos alertaram que algo terrível estava para acontecer, algo talvez até mais horroroso do que ser prisioneira daquele ser tenebroso que a mantinha em cativeiro há horas, alimentando-se do seu sangue. – Deus do céu. Por favor, não. Que diabos está fazendo?

Ele não respondeu. Sequer olhou para ela até remover algo minúsculo de dentro de suas carnes, que segurava entre o polegar e o indicador ensanguentados. Ele piscou devagar, um breve tremular dos olhos antes de hipnotizá-la com seu olhar âmbar.

– Vida ou morte – sibilou a criatura, os olhos implacáveis cravados nela. Inclinou-se na sua direção, o sangue pingando do ferimento autoinfligido no braço. – Você tem que decidir. Agora.

Não, ela pensou desesperada. Não.

Uma onda de fúria surgiu de algum lugar dentro de si, que ela não conseguiu controlar. Não conseguia refrear a explosão de raiva que subiu à garganta seca e escapou de sua boca como o grito de uma *banshee*.

– Não! – Levantou os punhos e bateu com força na pele não humana dos ombros nus da criatura. Bateu e socou, esmurrando-a com todas as forças que conseguiu juntar, deliciando-se com a dor do impacto toda vez que seus golpes atingiam o corpo. – Maldito, não! Saia de perto de mim! Não me toque!

Ela o golpeou com os punhos, vezes sem conta. Ainda assim, ele se aproximou.

– Deixe-me em paz, maldito! Suma daqui!

As juntas dos seus dedos se chocaram com os ombros dele e na lateral do crânio, golpe após golpe, mesmo quando uma escuridão começou a descer sobre ela. Uma escuridão espessa, uma mortalha pesada que tornou seus movimentos lentos, seus pensamentos enevoados dentro da mente.

Seus músculos pesaram, recusando-se a cooperar. Ainda assim, atacou a criatura, batendo de leve, como se estivesse socando um oceano tomado por piche.

– Não – gemeu, os olhos fechados na escuridão que a rodeava. Ela continuava mergulhando. Cada vez mais profundo num vazio interminável, silencioso, sem gravidade. – Não... deixe-me ir. Maldito... Deixe-me...

Então, quando pareceu que a escuridão que a envolvia nunca a soltaria, sentiu algo fresco e úmido pressionado em sua testa. Vozes falando um murmurar indiscernível em algum ponto acima da sua cabeça.

– Não – murmurou ela. – Não. Solte-me...

Juntando o resto de forças que ainda possuía, desferiu outro soco na criatura que a segurava. Músculos firmes absorveram o golpe. Ela segurou seu captor, prendendo-o, arranhando-o. Assustada, sentiu a maciez de um tecido preso nas mãos. Lã quente. Não a pele nua pegajosa da criatura que invadira seu chalé e a mantivera em cativeiro.

A confusão lançou um aviso em sua mente entorpecida.

– Quem... Não, não me toque...

– Jenna, consegue me ouvir? – A voz grave de barítono que falava tão próxima ao seu ouvido lhe parecia familiar. Estranhamente tranquilizadora.

Clamava algo muito profundo dentro dela, dando-lhe algo em que se apegar quando não havia mais nada além de um oceano negro insondável ao seu redor. Gemeu, ainda perdida, mas sentindo um fio tênue de esperança de que talvez sobrevivesse.

A voz grave que ela, de algum modo, necessitava com desespero surgiu novamente:

– Kade, Alex. Caramba, ela está recobrando a consciência. Acho que está finalmente despertando.

Ela inspirou fundo, à procura de ar.

– Solte-me – murmurou, sem saber se podia confiar em seus instintos. Sem saber se poderia confiar em qualquer coisa agora. – Meu Deus... Por favor, não... Não me toque. Não...

– Jenna? – Em algum ponto ali perto, uma voz feminina se formou acima dela. Tom carinhoso, preocupação sombria. Uma amiga. – Jenna, querida, sou eu, Alex. Você está bem agora. Entendeu? Está segura, eu prometo.

As palavras foram registradas lentamente, trazendo uma sensação de alívio e conforto. Uma sensação de paz, apesar do terror gélido que ainda lhe atravessava as veias.

Com esforço, ela levantou as pálpebras e piscou, afastando a confusão que cobria seus sentidos como um véu. Três figuras pairavam acima dela, duas masculinas, imensas, a outra alta, delgada e feminina. Sua melhor amiga do Alasca, Alexandra Maguire.

– O que... Onde estou?

– Psiu – Alex a acalentou. – Fique quietinha agora. Está tudo bem. Você está num lugar seguro. Vai ficar bem agora.

Jenna piscou, tentando focalizar. Devagar, as formas ao seu redor se mostraram humanas. Meio sentada, percebeu que seus punhos ainda seguravam o suéter de lã de alguém. Do homem negro imenso e com ar destemido, cuja voz grave ajudara a arrancá-la das profundezas do terror dos seus pesadelos.

Aquele a quem estivera golpeando ferrenhamente por só Deus sabia quanto tempo, confundindo-o com a criatura infernal que a atacara no Alasca.

– Ei – murmurou ele, a boca grande se curvando com gentileza. Olhos castanho-escuros, que vasculhavam a alma, mantiveram seu olhar preso. Aquele sorriso caloroso se curvou como quem a compreendia quando ela o soltou e voltou a se deitar. – Fico feliz em ver que resolveu voltar para o mundo dos vivos.

Jenna franziu o cenho ante seu humor leve, lembrando-se da terrível decisão que fora forçada a tomar pelo seu agressor. Exalou profundamente ao tentar absorver o ambiente desconhecido que a cercava. Sentia-se um pouco como Dorothy acordando em Kansas depois de sua viagem a Oz.

Só que a Oz desse cenário fora um tormento aparentemente sem fim. Uma viagem horrível para um tipo de inferno sangrento.

Pelo menos o horror dessa provação chegara ao fim.

Relanceou para Alex.

– Onde estamos?

Sua amiga se aproximou e pousou um pano frio e úmido em sua testa.

– Você está segura, Jenna. Nada poderá feri-la neste lugar.

– Onde? – exigiu saber, começando a sentir um estranho pânico. Apesar de a cama debaixo de si ser macia, cheia de travesseiros fofos e mantas, ela não deixou de perceber as paredes brancas, os vários monitores de equipamentos médicos e os leitores digitais ao seu redor no quarto. – O que é isto, um hospital?

– Não exatamente – respondeu Alex. – Estamos em Boston, numa propriedade particular. É o lugar mais seguro para você estar no momento. O lugar mais seguro para todos nós.

Boston? Numa propriedade particular? A explicação vaga não a fez se sentir melhor.

– Onde está Zach? Preciso vê-lo. Tenho que falar com ele.

A expressão de Alex empalideceu um pouco ante a menção do nome do irmão de Jenna. Ela ficou calada por um momento. Um momento longo demais. E olhou por sobre o ombro para o homem atrás de si. Ele parecia vagamente familiar a Jenna, com seu cabelo escuro espetado, olhos prateados penetrantes e ossos malares acentuados. Alex disse seu nome num sussurro baixo:

– Kade...

– Vou buscar Gideon – disse ele, acariciando-a de leve ao falar. Esse homem – Kade – era, evidentemente, um amigo de Alex. Um amigo íntimo. Ele e Alex estavam juntos; mesmo no estado de consciência confuso de Jenna, ela sentia o amor profundo que unia aquele casal. Quando Kade se afastou de Alex, ele lançou um olhar para o outro homem no quarto.

– Brock, certifique-se de que as coisas fiquem calmas até eu voltar.

A cabeça escura assentiu uma vez, com seriedade. No entanto, quando Jenna o fitou, o homenzarrão chamado Brock encontrou seu olhar com a mesma calma gentil que a recebera quando ela abrira os olhos naquele lugar estranho.

Jenna engoliu por sobre o nó de medo firme em sua garganta.

– Alex, conte o que está acontecendo. Sei que fui... atacada. Fui mordida. Ah, Jesus... Havia uma... uma *criatura*. De algum modo ela entrou no meu chalé e me atacou.

A expressão de Alex se mostrou pesada, a mão suave ao descansar sobre a de Jenna.

– Eu sei, meu bem. Sei que deve ter sido horrível a situação por que passou. Mas agora você está aqui. Você sobreviveu, graças a Deus.

Jenna fechou os olhos quando um soluço de choro a sufocou.

– Alex... ele *se alimentou de mim*.

Brock se aproximara da cama sem que ela notasse. Parou bem ao seu lado e esticou a mão para passar os dedos na lateral de seu pescoço. As mãos grandes eram quentes e inacreditavelmente carinhosas. Foi uma sensação muito estranha a paz que emanou da sua leve carícia.

Uma parte dela queria rejeitar o toque indesejado, mas uma outra – uma parte necessitada e vulnerável que ela odiava reconhecer, quanto mais favorecer – não conseguia recusar tal conforto. Sua pulsação vigorosa desacelerou sob o toque ritmado dos dedos conforme eles trafegavam ao longo da extensão do pescoço.

– Melhor? – perguntou ele baixinho ao afastar a mão.

Ela exalou um suspiro profundo e acenou de leve.

– Preciso mesmo ver meu irmão. Zach sabe que estou aqui?

Os lábios de Alex se contraíram e um silêncio sofrido se estendeu no quarto.

– Jenna, querida, não se preocupe com nada nem com ninguém agora, está bem? Você passou por coisas demais. Por enquanto, vamos nos concentrar em você e garantir que você esteja bem. Zach haveria de querer isso também.

– Onde ele está, Alex? – Apesar de fazer anos que Jenna já não usava mais seu distintivo e o uniforme da Polícia Estadual do Alasca, ela ainda sabia quando alguém tentava se esquivar. Sabia quando alguém tentava proteger outra pessoa, procurando poupá-la de alguma dor. Como Alex estava fazendo com ela naquele instante. – O que aconteceu com o meu irmão? Preciso vê-lo. Há algo errado com ele, sei disso pela sua expressão, Alex. Preciso sair daqui, agora.

A mão grande de Brock se moveu novamente na sua direção, mas desta vez Jenna a afastou. Foi apenas um movimento leve do pulso dela, mas que derrubou aquela mão como se ela tivesse aplicado todas as suas forças – e mais algumas – no movimento.

– Mas que diabos? – Os olhos de Brock se estreitaram; algo brilhante e perigoso se deixou ver em seus olhos escuros, tão rápido aparecendo quanto sumindo, que ela não conseguiu registrar por completo.

Nesse mesmo instante, Kade voltou para o quarto com outros dois homens. Um era alto e magro, atlético, com cabelos loiros despenteados e óculos de sol azuis bem claros apoiados quase na ponta do nariz, conferindo-lhe um ar de cientista maluco. O outro, de cabelos escuros e ar sério, entrou no pequeno quarto como um rei medieval – apenas sua presença exigia atenção e parecia sugar todo o ar do lugar.

Jenna engoliu em seco. Como ex-policial, estava acostumada a enfrentar homens do dobro do seu tamanho sem titubear. Ela nunca foi alguém fácil de intimidar, mas, olhando para aqueles mais de quinhentos quilos de músculos e força bruta que agora a cercavam na forma daqueles quatro homens – sem falar no ar letal que pareciam vestir como uma segunda pele –, ela considerou bem difícil sustentar os olhares perscrutadores, quase suspeitos, que cada um deles lhe lançava.

Onde quer que ela estivesse, quem quer que fossem aqueles homens associados a Kade, Jenna ficou com a distinta impressão de que aquela chamada propriedade particular não era nenhum tipo de hospital. Tampouco um clube de campo.

– Só faz cinco minutos que ela acordou? – perguntou o loiro, sua voz com um leve sotaque britânico. Ante o assentimento conjunto de Alex e Brock, ele se aproximou da cama. – Olá, Jenna. Meu nome é Gideon. Este é Lucan – disse ele, apontando para seu companheiro do tamanho de uma montanha, que agora estava com Brock do outro lado do quarto. Gideon franziu a testa acima dos óculos. – Como está se sentindo?

Ela retribuiu o franzir de testa.

– Como se um ônibus tivesse me atropelado. Pelo visto, um ônibus que me arrastou desde o Alasca até Boston.

– Era a única solução – interveio Lucan, o comando palpável em seu tom que não permitia perguntas. Ele era o líder dali, não havia dúvidas. – Você detém informações demais e precisava de cuidados e observação especializados.

Ela não gostou nem um pouco de ouvir isso.

– O que eu preciso é voltar para casa. Sobrevivi ao que quer que aquele *monstro* fez comigo. Não vou precisar de nenhum tipo de observação, porque estou bem.

– Não – argumentou Lucan com severidade. – Você não está bem. Está longe de estar bem, na verdade.

Ainda que isso tivesse sido dito sem nenhuma crueldade ou ameaça, um frio de medo a permeou. Olhou para Alex e para Brock, para as duas pessoas que lhe garantiram que ela estava bem, que estava a salvo. As duas pessoas que de fato conseguiram fazê-la se sentir segura, depois de ter despertado do pesadelo que ainda conseguia sentir na ponta da língua. Nenhum dos dois disse nada agora.

Desviou o olhar, magoada, mas sem medo do que aquele silêncio de fato significava.

– Tenho que sair daqui. Quero ir para casa.

Quando ela fez menção de virar as pernas para a lateral da cama para se levantar, não foi nem Lucan nem Brock, nem nenhum dos outros homens grandes que a detiveram, mas Alex. A melhor amiga de Jenna se moveu para bloqueá-la, um olhar soturno no rosto mais eficiente do que qualquer força bruta presente em qualquer outra parte do quarto.

– Jen, agora você precisa me ouvir. A todos nós. Existem coisas que você precisa entender... a respeito do que aconteceu no Alasca e sobre as coisas que ainda precisamos entender. Coisas que só você será capaz de explicar.

Jenna balançou a cabeça.

– Não sei do que está falando. A única coisa que eu sei é que fui mantida presa e fui atacada – mordida e sangrada, pelo amor de Deus – por algo pior do que um pesadelo. Que ainda pode estar à solta em Harmony. Não posso ficar aqui sentada sabendo que o monstro que me aterrorizou pode estar fazendo a mesma coisa horrenda com meu irmão ou com qualquer outra pessoa em minha cidade.

– Isso não vai acontecer – disse Alex. – A criatura que a atacou – o Antigo – morreu. Ninguém em Harmony está à mercê dele. Kade e os outros garantiram isso.

Jenna sentiu apenas uma leve pontada de alívio porque, apesar da boa notícia de que seu agressor estava morto, ainda havia algo apertando seu coração.

– E Zach? Onde está o meu irmão?

Alex relanceou na direção de Kade e de Brock, sendo que ambos tinham se aproximado da cama. Alex balançou a cabeça muito de leve, os olhos castanhos entristecidos sob as ondas dos cabelos loiros.

– Ah, Jenna... Sinto muito.

Ela absorveu as palavras da amiga, relutante em deixá-las serem absorvidas. Seu irmão – o que restava da sua família – estava morto?

– Não. – Ela engoliu sua negação, a tristeza subindo pela garganta enquanto Alex passava um braço consolador ao seu redor.

Na esteira do seu pesar, lembranças vieram à superfície: a voz de Alex, chamando-a do lado de fora do seu chalé onde a criatura pairava sobre Jenna na escuridão. Os gritos zangados de Zach, uma torrente de ameaças mortais em cada sílaba, mas dirigidas a quem? Ela não havia entendido naquele momento. E, agora, não sabia se tinha alguma importância.

Houve um tiro do lado de fora do chalé, e nem um segundo depois a criatura saltou e se lançou sobre os painéis de madeira surrada da porta da frente, saindo para o jardim coberto de neve que dava para a floresta. Lembrou-se dos gritos agudos do irmão. O terror puro que precedeu um silêncio horrível.

E depois... Nada.

Nada além de um sono profundo, artificial, e da escuridão infindável.

Ela se desvencilhou do abraço de Alex, suprimindo sua dor. Não se descontrolaria assim, não diante daqueles homens de expressão séria que a fitavam com um misto de piedade e de cautela, de interesse questionador.

– Vou embora agora – disse ela, procurando em seu interior o tom policial "não mexa comigo" que lhe caía tão bem quando estivera na ativa. Levantou-se, sentindo apenas um leve tremor nas pernas. Quando oscilou de leve para um lado, Brock se adiantou para ajudá-la, mas ela recobrou o equilíbrio antes que ele conseguisse oferecer sua assistência não solicitada. Ela não precisava que ninguém a confortasse, fazendo-a se sentir fraca.

– Alex pode me mostrar a saída.

Lucan pigarreou.

– Hum, acho que isso não será possível – interveio Gideon, britanicamente educado, porém resoluto. – Agora que despertou e está lúcida, vamos precisar da sua ajuda.

– Da minha ajuda? – Ela franziu a testa. – Com o quê?

– Precisamos entender o que, exatamente, aconteceu entre você e o Antigo durante o tempo em que estiveram juntos. Mais especificamente, se ele lhe disse algo ou se lhe confiou alguma informação.

Ela escarneceu.

– Lamento. Já passei por essa provação. Não tenho interesse em revivê-la em detalhes para vocês. Obrigada, mas não. Só quero tirar isso da cabeça de uma vez por todas.

– Você precisa ver uma coisa, Jenna. – Dessa vez foi Brock quem falou. A voz dele era baixa, mais preocupada que exigente. – Por favor, nos escute.

Ela parou, incerta, e Gideon preencheu o silêncio da sua indecisão.

– Nós a observamos desde que chegou ao complexo – ele lhe disse ao se encaminhar para um painel acoplado à parede. Digitou algumas coisas num teclado e um monitor de tela plana desceu do teto. A imagem que surgiu na tela era, aparentemente, uma gravação dela deitada adormecida naquela cama. Nada de mais. – As coisas começam a ficar interessantes perto da marca de 23 horas.

Ele digitou um comando que fez a imagem avançar até a parte mencionada. Jenna se observou na tela com uma sensação de estranheza quando, na gravação, ela começou a se debater e se contorcer com violência na cama. Murmurava algo em seu sono, uma corrente de sons – palavras e frases, tinha certeza, apesar de não ter base para entendê-las.

– Não entendo. O que está acontecendo?

– Tínhamos esperança de que nos explicasse – disse Lucan. – Reconhece a língua que está falando?

– Língua? Parece um monte de coisas sem sentido para mim.

– Tem certeza? – Ele não pareceu convencido. – Gideon, passe o vídeo seguinte.

Outra filmagem preencheu o monitor, imagens aceleradas até outro episódio, esse ainda mais perturbador que o primeiro. Jenna assistiu, pasma, enquanto seu corpo na tela chutava e se contorcia, acompanhado pelo som surreal da sua voz falando algo que não fazia absolutamente sentido algum para ela.

Era preciso muita coisa para assustá-la, mas aquele vídeo hospitalar insano era basicamente a última coisa que ela precisava ver depois de tudo com que tivera que lidar.

– Desligue – murmurou. – Por favor. Não quero ver mais nada disso agora.

– Temos horas de gravações como essas – disse Lucan, enquanto Gideon desligava a gravação. – Você esteve sob observação constante o tempo todo.

– O tempo todo... – ecoou Jenna. – Há quanto tempo estou aqui?

– Cinco dias – respondeu Gideon. – A princípio, pensamos que fosse um coma induzido pelo trauma, mas os seus sinais vitais ficaram estáveis esse tempo todo. Os resultados dos exames de sangue também. Do ponto de vista do diagnóstico médico, você simplesmente esteve... – Ele pareceu procurar pela palavra adequada – ... dormindo.

– Cinco dias – disse ela, precisando ter certeza de que havia entendido bem. – Ninguém dorme por cinco dias. Deve haver outra coisa comigo. Jesus, depois de tudo o que aconteceu, eu deveria procurar um médico, ir a um hospital de verdade.

Lucan meneou a cabeça de leve.

– Gideon é mais capaz do que qualquer pessoa que possa procurar lá fora. Este tipo de coisa não pode ser tratada pelo seu tipo de médico.

– Meu tipo? Que diabos isso significa?

– Jenna – disse Alex, segurando sua mão. – Sei que deve estar confusa e assustada. Eu mesma passei por isso há pouco tempo, apesar de não conseguir imaginar as coisas pelas quais você passou. Mas agora você tem que ser forte. Precisa confiar em nós – confiar *em mim* – de que está nas melhores mãos possíveis. Nós vamos ajudá-la. Vamos desvendar tudo isso, prometo.

– Desvendar o quê? Fale. Maldição, preciso saber o que, de fato, está acontecendo.

– Deixe-a ver as radiografias – Lucan murmurou para Gideon, que digitou uma série de teclas e trouxe imagens para a tela.

– Esta primeira foi tirada poucos minutos depois da sua chegada ao complexo – explicou ele, quando um crânio com a coluna cervical apareceu na tela. Na parte mais superior das vértebras, algo pequeno reluzia bem claramente, tão pequeno quanto um grão de arroz.

A voz dela, quando recobrou-a por fim, revelava um leve tremor.

– O que é isso?

– Não temos certeza – Gideon explicou com gentileza. Ele mostrou outra radiografia. – Esta foi tirada 24 horas mais tarde. Dá para perceber os filamentos que começaram a se espalhar para fora do objeto.

Enquanto Jenna olhava, sentiu os dedos de Alex apertarem os seus. Outra imagem surgiu na tela, e nessa os filamentos que se estendiam a partir do objeto brilhante pareciam dar a volta em sua coluna.

– Ai, meu Deus... – sussurrou ela, colocando a mão na nuca. Pressionou com força e quase vomitou ao perceber o leve relevo do que quer que estivesse dentro dela. – Ele fez isso comigo?

Vida... ou morte?

A escolha é sua, Jenna Tucker-Darrow.

As palavras da criatura voltaram para ela agora, junto com a lembrança do corte autoinfligido, do objeto mal perceptível que ele retirara do próprio corpo.

Vida ou morte?

Escolha.

– Ele colocou alguma coisa dentro de mim – murmurou.

O leve desequilíbrio que a acometeu pouco antes retornou com força. Seus joelhos se dobraram, mas antes que ela acabasse estatelada no chão, Brock e Alex a seguraram pelos braços, apoiando-a. Por mais terrível que aquilo fosse, Jenna não conseguia despregar os olhos da radiografia que tomava conta de toda a tela em sua frente.

– Meu Deus – gemeu. – Que diabos aquele monstro fez comigo?

Lucan a encarou.

– É isso que pretendemos descobrir.

Capítulo 2

Parado no corredor do lado de fora da enfermaria alguns minutos mais tarde, Brock e os outros guerreiros observavam enquanto Alex se sentava na ponta da cama e silenciosamente acalentava a amiga. Jenna não se descontrolou, não demonstrou nenhuma emoção. Permitiu que Alex a abraçasse com carinho, mas os olhos castanhos continuaram secos, fixos adiante, a expressão inescrutável, reluzindo uma imobilidade causada pelo choque.

Gideon pigarreou, rompendo o silêncio ao desviar o olhar da janelinha da porta da enfermaria.

– Até que não foi ruim. Levando-se tudo em consideração.

Brock grunhiu.

– Levando-se em consideração que ela acabou de sair de uma experiência de cinco dias a la Rip van Winkle[1], descobriu que o irmão está morto, foi sangrada pelo avô de todos os sugadores de sangue, trazida para cá contra a vontade e, ah, a propósito, também encontramos

---

1 Originalmente um personagem de Washington Irvin, o termo "Rip van Winkle" acabou se tornando sinônimo de uma pessoa que vive situação de mudança social, seja ela intencional ou não, mas que "congela no tempo". Tornou-se um símbolo daquilo que estagnou, que dormiu e acordou em dois períodos distintos, mas ainda permanece o mesmo. (N.T.)

algo embutido na sua coluna vertebral que provavelmente não se origina deste planeta. Portanto, parabéns, e, além disso tudo, existem grandes chances de você ser parcialmente Borg[2] agora. – Ele exalou uma imprecação. – Jesus do céu, que confusão.

– Verdade – concordou Lucan. – Mas seria muito pior se não tivéssemos contido a situação. Agora só precisamos manter a fêmea calma e sob atenta observação até compreendermos melhor esse implante e o que isso significa para nós, se é que significa alguma coisa. Sem falar que deve ter existido um motivo para o Antigo colocar o material dentro dela, para início de conversa. Essa é a pergunta que não quer calar. E quanto antes tivermos uma resposta, melhor será.

Brock assentiu, junto com o restante da irmandade. Foi apenas um ligeiro movimento; mesmo assim, o flexionar do pescoço disparou uma nova onda de dor para o crânio. Ele pressionou os dedos nas têmporas, à espera que a agonia em forma de punhaladas passasse.

Ao seu lado, Kade carranqueou, as sobrancelhas se unindo sobre os olhos prateados de lobo.

– Está tudo bem?

– Perfeito – murmurou Brock, irritado pela demonstração pública de preocupação, mesmo vinda do guerreiro mais próximo que um irmão para ele. E, mesmo que o trauma de Jenna o estivesse dilacerando de dentro para fora, ele apenas deu de ombros. – Nada de mais, o mesmo de sempre.

– Você tem absorvido a dor dessa fêmea por quase uma semana inteira – Lucan o relembrou. – Se precisar de uma pausa...

Brock sibilou uma imprecação.

– Não há nada de errado comigo que algumas horas de patrulha hoje à noite não curem.

---

2 Borg: pseudoespécie de organismos cibernéticos mostrados no universo ficcional da franquia *Star Trek*. (N.E.)

Seu olhar se debandou para o pequeno painel de vidro que dava para a enfermaria. Como todos os da Raça, Brock tinha uma habilidade singular. Seu talento em absorver a dor humana o ajudara a manter Jenna confortável desde a experiência no Alasca, mas suas habilidades só podiam ser consideradas uma espécie de Band-Aid.

Agora que ela estava consciente e capaz de dar as informações de que a Ordem precisava saber a respeito do tempo passado com o Antigo e do material colocado dentro dela, os problemas de Jenna Darrow eram exclusivamente seus.

– Vocês precisam saber de mais uma coisa a respeito dela – disse Brock, enquanto a observava balançar as pernas na beira da cama e se levantar. Ele tentou não perceber como a camisola hospitalar subiu até o meio das coxas pouco antes que seus pés chegassem ao chão. Em vez disso, concentrou-se na presteza com que ela se equilibrou. Depois de cinco dias deitada em seu sono sobrenatural, seus músculos suportaram seu peso sem nenhum tremor ou instabilidade. – Ela está mais forte do que deveria. Consegue andar sem ajuda e, há alguns minutos, quando estávamos apenas Alex e eu na enfermaria com ela, Jenna estava começando a ficar agitada querendo ver o irmão. Fui tocá-la para acalmá-la e ela empurrou minha mão. Me lançou de lado como se eu não fosse grande coisa.

As sobrancelhas de Kade se ergueram.

– Esqueça o fato de você ser da Raça e ter reflexos condizentes. Você tem, no mínimo, uns cinquenta quilos a mais que ela.

– Foi o que quis dizer. – Brock voltou a olhar para Lucan e os outros. – Não acho que ela tenha percebido a significância do que fez, mas não há como desconsiderar a força com que me empurrou sem nem mesmo tentar.

– Jesus... – Lucan suspirou com o maxilar rijo.

– Sua dor agora também está mais forte do que antes – acrescentou Brock. – Não sei o que está acontecendo, mas tudo nela parece intensificado agora que despertou.

A carranca de Lucan aumentou ao olhar para Gideon.

– Tem certeza de que ela é humana e não uma Companheira de Raça?

– Um simples exemplar de *Homo sapiens* – o gênio residente da Ordem confirmou. – Pedi a Alexandra que fizesse uma varredura em sua pele assim que chegaram do Alasca. Não havia nenhuma marca de nascença de lágrima e lua crescente. No que se refere aos exames de sangue e de DNA, todas as amostras que colhi também não resultaram em nada. Na verdade, venho fazendo exames a cada 24 horas e não há nada notável. Tudo nessa mulher até aqui, exceto pelo implante, tem se mostrado absolutamente mundano.

Mundano? Brock quase não conseguiu refrear a zombaria ante a inadequação da palavra. Claro, nem Gideon nem os outros estiveram presentes na averiguação feita dos pés à cabeça em Jenna assim que ela chegou ao complexo. Ela estivera se revirando de dor, perdendo e recobrando a consciência desde que Brock, Kade, Alex e o resto da equipe que esteve com eles no Alasca concluíram a viagem até Boston.

Visto que ele era o único que conseguiria controlá-la, Brock fora escalado para permanecer ao lado de Jenna e manter a situação sob controle da melhor maneira possível. Seu papel deveria ter sido meramente profissional, analítico e desinteressado. Um instrumento especializado à disposição no caso de uma emergência.

Todavia, sua reação fora absolutamente imprópria ao ver o corpo de Jenna desnudo. Isso aconteceu há cinco dias, mas ele se lembrava de cada centímetro exposto da pele de alabastro como se a estivesse vendo agora, e sua pulsação acelerou ante a lembrança.

Lembrava-se de cada curva e vale, cada pinta, cada cicatriz – da antiga incisão da cesárea no abdômen e das punções e lacerações cicatrizadas ao longo do tronco e dos braços, que lhe disseram que ela já passara pelo inferno pelo menos uma vez antes e sobrevivera.

Ele tampouco se mostrara pouco analítico e desinteressado quando Jenna recaiu em mais uma repentina convulsão de agonia assim que Alex terminou de procurar, em vão, pela marca de nascença que significaria que ela era uma Companheira de Raça assim como Alex e as outras mulheres que moravam no complexo da Ordem. Colocara as duas mãos nas laterais do pescoço e sugara a dor de dentro dela, muito ciente da maciez e da delicadeza da pele sob seus dedos. Cerrou os punhos ao se lembrar disso agora.

Ele não tinha nada que ficar pensando na mulher, nem nua nem vestida. A não ser pelo fato de que, agora que estivera ali, ele não conseguia pensar em nada mais. E quando ela ergueu o olhar e percebeu o seu através da janelinha na porta, um calor espontâneo o perpassou como uma flecha de fogo.

Sentir desejo já era bem ruim, mas era a estranha sensação de querer protegê-la que o incomodava. Começara ainda no Alasca, quando ele e os outros guerreiros a encontraram. E não diminuíra nos dias em que ela esteve no complexo. Para falar a verdade, esse sentimento só ficou mais forte, ao vê-la se debater e lutar em seu sonho estranho que a manteve inconsciente desde que ela escapou da sua provação no Alasca.

O olhar franco ainda o prendia do outro lado da enfermaria: cauteloso, quase desconfiado. Não havia fraqueza em seu olhar, nem na leve inclinação do queixo. Jenna Darrow era, sem dúvida, uma fêmea forte, apesar de tudo pelo que passara, e ele se viu desejando que ela estivesse histérica e descontrolada, em vez da mulher fria e composta cujo olhar inabalável se recusava a libertá-lo.

Ela era calma e estoica, tão valente quanto bela, e isso, com certeza, não a tornava menos fascinante.

– Quando foi a última vez que você fez os exames de sangue e de DNA nela? – perguntou Lucan, a pergunta feita num tom grave e baixo, dando a Brock algo mais em que pensar.

Gideon puxou a manga da camisa para consultar o relógio.

– Colhi a última amostra há sete horas.

Lucan grunhiu ao se afastar da porta da enfermaria.

– Repita os exames agora. Se os resultados tiverem se alterado, mesmo que apenas uma fração em relação à última amostra, quero saber.

A cabeça loira de Gideon assentiu.

– Considerando o que Brock nos contou, eu também gostaria de testar sua força e resistência. Qualquer informação que conseguirmos ao estudar Jenna pode ser crucial para que possamos descobrir com o que estamos lidando aqui.

– Faça o que for preciso – Lucan disse com seriedade. – Apenas faça logo. Esta situação é importante, mas também não podemos deixar de lado nossas outras missões.

Brock inclinou a cabeça junto com os demais guerreiros, sabendo muito bem que uma humana no complexo era uma complicação que a Ordem não precisava quando ainda tinham um inimigo à solta, Dragos, um ancião da Raça corrupto a quem a Ordem vinha perseguindo por boa parte do último ano.

Dragos vinha trabalhando em segredo por muitas décadas, assumindo mais do que uma identidade, tendo aliados poderosos e clandestinos. Sua operação crescera e estendera seus tentáculos, como os guerreiros vinham descobrindo, e cada um desses ramos vinha trabalhando em conjunto com um único objetivo: a dominação total e absoluta tanto da Raça quanto dos humanos por Dragos.

O principal objetivo da Ordem era a sua destruição e o desmantelamento imediato e permanente de toda a operação. Ela pretendia extirpar Dragos, mas havia algumas complicações. Recentemente, ele desaparecera, e havia, como sempre, camadas de proteção sobre ele – aliados secretos dentro da nação da Raça e, talvez, fora dela também. Dragos também tinha um sem-número de assassinos treinados sob seu comando, cada um nascido e criado com o propósito específico de matar. Machos letais da Raça descendentes diretos do extraterrestre que, até sua fuga no Alasca há poucas semanas e subsequente morte, estivera sob o comando de Dragos.

Brock relanceou através da porta da enfermaria, onde Jenna havia começado a andar de um lado para o outro como um animal enjaulado. Dizer que a Ordem estava com as mãos ocupadas era expor a situação de maneira atenuada. Agora que ela estava consciente, pelo menos a sua participação naquilo chegara ao fim. Sua habilidade a ajudara a superar aquela semana; para onde ela iria a partir dali dependia somente de Lucan e de Gideon.

Dentro do quarto, Alex se afastou da amiga e se aproximou da porta. Abriu-a e saiu para o corredor, os olhos castanhos demonstrando preocupação por debaixo da franja loiro-escura.

– Como ela está? – perguntou Kade, indo na direção da sua mulher como se a gravidade o levasse para lá. Eram um casal recém-formado, tendo se conhecido durante a missão de Kade no Alasca, mas, olhando para o guerreiro e sua Companheira de Raça, a piloto de aviões, Brock achava quase impossível acreditar que eles estivessem juntos há apenas duas semanas. – Jenna precisa de alguma coisa, amor?

– Ela está confusa e perturbada, o que é compreensível – respondeu Alex, aninhando-se na proteção do corpo de Kade, assim como ele fizera. – Acho que ela vai se sentir melhor depois que tomar um longo banho e vestir roupas limpas. Ela disse que está enlouquecendo ali dentro e quer sair para esticar as pernas. Disse-lhe que precisava verificar se ela podia fazer isso.

Alex olhou para Lucan ao dizer isso, direcionando a pergunta ao membro mais antigo da Ordem, seu fundador e líder.

– Jenna não é nossa prisioneira. Claro que ela tem permissão para tomar banho, se trocar e andar por aí.

– Obrigada – disse Alex, a gratidão dissipando um pouco da preocupação em seu olhar. – Eu lhe disse que ela não seria mantida prisioneira, mas não pareceu acreditar. Depois do que passou, acho que isso não é nada surpreendente. Vou lá dentro contar o que você disse, Lucan.

Quando ela se virou para voltar para a enfermaria, o líder da Ordem pigarreou. A companheira de Kade parou e relanceou por sobre o ombro, um pouco da animação já desaparecendo ao notar seu olhar sério.

– Jenna é livre para andar por aí e fazer quase tudo o que quiser, contanto que esteja acompanhada e não tente sair do complexo. Providencie tudo o que ela precisar. Quando estiver pronta para andar pelo complexo, Brock a acompanhará. Eu o estou encarregando do bem-estar dela. Ele garantirá que Jenna não se perca.

Brock teve que refrear a imprecação que surgiu em sua língua.

Que maravilha, pensou, querendo mais do que tudo rejeitar a continuidade daquela missão, que o manteria tão próximo de Jenna Darrow.

Em vez disso, concordou com o pedido de Lucan com um movimento da cabeça.

Capítulo 3

Os punhos de Jenna estavam cerrados quando ela os enfiou dentro dos bolsos do roupão amarrado que lhe cobria a camisola hospitalar. Os pés sobravam dentro dos chinelos masculinos novos, porém imensos. Alex os pegara no armário da enfermaria em que ela despertara menos de uma hora atrás. Arrastava os pés ao lado da amiga ao longo do corredor de mármore branco bem iluminado que girava e girava no que parecia um labirinto interminável de corredores iguais.

Jenna se sentia estranhamente entorpecida, não só pelo choque de saber que o irmão estava morto, mas também porque o pesadelo do qual despertara não acabara na sua sobrevivência. A criatura que a atacara em seu chalé podia ter sido morta, como fora informada, mas ela não estava livre.

Depois de ter visto as radiografias e os vídeos na enfermaria, ela entendeu, horrorizada, que o monstro de presas ainda a mantinha de certa forma cativa. Devia estar gritando de pavor só por saber disso. Bem no fundo, o medo e o pesar a incomodavam. Ela manteve uma tampa abafando sua histeria, recusando-se a demonstrar esse tipo de fraqueza, mesmo na frente da sua amiga.

Sentia, porém, também uma calma genuína, que a acompanhara na enfermaria – desde o instante em que Brock pousara suas mãos nela, prometendo que estaria segura. Era essa garantia, assim como sua determinação em suportar tudo, que a impediam de se descontrolar ao caminhar em meio ao labirinto de corredores com Alex.

– Estamos quase chegando – informou Alex ao conduzir Jenna em mais uma curva, em direção a outro corredor bem iluminado. – Pensei que você se sentiria mais à vontade tomando banho e se trocando no meu quarto e de Kade do que na enfermaria.

Jenna conseguiu assentir de leve, ainda que fosse difícil imaginar que ela conseguisse ficar à vontade naquele lugar desconhecido e estranho. Andava com cautela, os antigos instintos policiais formigando ao passar diante de portas e mais portas não identificadas. Não havia nenhuma janela, nada que indicasse onde ficava aquele lugar, nem o que havia além das paredes. Nem mesmo um modo de saber se era dia ou noite do lado de fora.

Acima de sua cabeça, ao longo desse corredor como dos outros, pequenos domos pretos escondiam o que ela só podia deduzir que fossem câmeras de segurança. Todos equipamentos de ponta, muito reservados, muito seguros.

– O que é este lugar? Algum tipo de prédio governamental? – perguntou, dando voz às suas suspeitas. – Não pode ser nada civil. É algum tipo de instituição militar?

Alex lhe lançou um olhar hesitante.

– É mais seguro do que isso que mencionou. Estamos cerca de trinta andares abaixo do solo, não muito longe do centro de Boston.

– Um *bunker*, então – deduziu Jenna, ainda tentando entender tudo aquilo. – Se não faz parte do governo nem do exército, o que é então?

Alex pareceu pensar em sua resposta um instante a mais do que o necessário.

– O complexo em que estamos, e a propriedade cercada no térreo, pertencem à Ordem.

– A Ordem – repetiu Jenna, descobrindo que a resposta de Alex confundia mais do que respondia. Ela nunca estivera num lugar como aquele antes. Era estranho em seu projeto altamente tecnológico, algo muito distante de tudo o que vira no Alasca rural ou em qualquer outro lugar em que estivera nos outros 48 estados continentais.

Para aumentar ainda mais a estranheza, debaixo dos seus chinelos, o mármore branco polido estava incrustado com pedra preta brilhante que formava um desenho de símbolos estranhos ao longo do piso – arcos floreados e formas geométricas complexas que se assemelhavam a tatuagens tribais.

Dermaglifos.

A palavra surgiu do nada em seus pensamentos, uma resposta para uma pergunta que ela nem sabia que tinha que fazer. Era uma palavra desconhecida, tão desconhecida quanto tudo naquele lugar e nas pessoas que, aparentemente, viviam ali. Entretanto, a certeza com que sua mente forneceu o termo foi como se ela o tivesse pensado ou dito milhares de vezes.

Impossível.

– Jenna, você está bem? – Alex fez uma pausa no corredor, alguns poucos passos mais à frente de onde os pés de Jenna haviam parado de se mover. – Está cansada? Podemos descansar um pouco, se você precisar.

– Não. Estou bem. – Sentiu a testa franzir ao erguer o olhar do desenho intricado do piso lustroso. – Estou... confusa.

E isso se devia a mais do que a peculiaridade de onde se encontrava. Tudo parecia diferente nela, mesmo em seu corpo. Uma parte do seu intelecto sabia que, após cinco dias de inconsciência na cama, ela deveria, de alguma forma, estar exausta por ter percorrido aquela distância.

Os músculos não se recobram naturalmente desse tipo de inatividade sem ao menos um pouco de dor ou cansaço. Ela sabia disso por experiência própria, depois do acidente de quatro anos antes que a colocara na UTI em Fairbanks. O mesmo acidente que matara seu marido e sua filha.

Jenna se lembrava muito bem das semanas de reabilitação necessárias para que voltasse a andar com os próprios pés. No entanto, agora, depois da provação por que passara e da qual acabara de acordar, seus membros estavam estáveis e ágeis. Completamente inabalados pela falta prolongada de uso.

Seu corpo parecia estranhamente reavivado. Mais forte, de algum modo, como se não fosse seu.

– Nada disso faz sentido para mim – murmurou, conforme ela e Alex continuavam a prosseguir pelo corredor.

– Ah, Jen... – Alex tocou o ombro da amiga com gentileza. – Entendo a confusão que deve estar sentindo agora. Acredite, eu sei. Como eu queria que nada disso tivesse acontecido com você... Eu queria que existisse um modo de apagar tudo isso pelo que você passou.

Jenna pestanejou, registrando a profundidade do pesar da amiga. Ela tinha perguntas – tantas perguntas –, mas, conforme caminhavam pelo labirinto de corredores adentro, sons de vozes misturadas passaram pela parede de vidro de uma sala logo à frente. Ela ouviu a voz de barítono de Brock, e a mais suave, com as sílabas pronunciadas rapidamente num sotaque britânico, do homem chamado Gideon.

Quando ambas se aproximaram da sala, ela viu que aquele chamado Lucan também estava ali, assim como Kade e dois outros que só faziam intensificar a vibração letal que aqueles homens pareciam vestir com a mesma casualidade que o uniforme preto e os cintos de munição bem estocados.

– Este é o laboratório de tecnologia – Alex lhe explicou. – Todos os equipamentos de computação que você vê são o domínio de Gideon. Kade me contou que ele é um tipo de gênio no que se refere à tecnologia. Provavelmente um gênio no que se refere a qualquer coisa.

Ao pararem no corredor, Kade levantou os olhos e lançou um olhar demorado para Alex através do vidro. A eletricidade crepitou dos olhos prateados, e Jenna teria que estar inconsciente na cama para não sentir o calor partilhado por Alex e seu homem.

Jenna recebeu sua partilha de olhares dos outros reunidos na sala envidraçada. Lucan e Gideon se viraram em sua direção, bem como os dois outros homens grandes que lhe eram desconhecidos. Um deles era loiro com um olhar dourado severo tão frio quanto uma lâmina, o outro, de pele olivácea, com uma cabeleira ondulada cor de chocolate que acentuava os cílios longos emoldurando os olhos cor de topázio e uma infeliz combinação de cicatrizes que maculava a face esquerda, num rosto que, de outro modo, seria impecável. Havia curiosidade nos olhares francos e, talvez, uma pontada de desconfiança.

– Aqueles são Hunter e Rio – disse Alex, indicando o loiro ameaçador e o moreno cheio de cicatrizes. – Eles também fazem parte da Ordem.

Jenna assentiu, sentindo-se em evidência diante daqueles homens, assim como se sentiu em seu primeiro dia de trabalho na Polícia Estadual do Alasca, uma novata feminina da academia de polícia. Mas ali, a sensação não se devia à discriminação de gênero ou às inseguranças masculinas sem sentido. Ela conheceu o suficiente dessa bobagem durante o tempo em que trabalhou na polícia para perceber que aquilo era algo diferente. Algo muito mais profundo.

Ali, ela sentiu a vibração devido puramente à sua presença; ela estava invadindo um lugar sagrado. De uma maneira subentendida, ela tinha a sensação, diante daqueles cinco pares de olhos avaliando-a naquele lugar, entre aquelas pessoas, de ser a mais absoluta invasora.

Mesmo o olhar escuro e profundo de Brock pousou sobre ela com uma medida de avaliação significativa que parecia dizer que ele não sabia se gostava de vê-la ali, apesar do cuidado e da gentileza que lhe dispensara na enfermaria.

Jenna não discutiria isso nem por um segundo. Ficou propensa a concordar com a vibração que emanava pelas paredes de vidro do laboratório de tecnologia. Ali não era o seu lugar. Aquelas não eram as suas pessoas.

Não, algo em cada uma das expressões inescrutáveis e inflexíveis lhe dizia que eles não eram como ela. Eles eram algo mais... *algo diferente.*

Mas, depois do que ela passou em seu chalé no Alasca – e depois do que viu de si na filmagem na enfermaria –, teria como saber com certeza *o que* ela era agora?

Essa pergunta gelou seus ossos.

Não queria pensar nisso. Mal podia suportar que algo tão monstruoso e aterrador como a criatura que a mantivera em cativeiro em seu próprio lar tivesse se alimentado dela por todas aquelas horas. A mesma criatura que implantara algo estranho em seu corpo e que virara sua vida – o pouco que restara dela – do avesso.

O que seria dela agora?

Como poderia voltar a ser a mulher que fora um dia?

Jenna quase cedeu ante o peso de mais perguntas às quais não estava preparada para responder.

Para piorar, a sensação de confusão que a seguira em meio aos corredores do complexo ressurgiu, mais forte agora. Tudo pareceu se amplificar ao seu redor, desde o zunido das luzes fluorescentes no teto – luzes fortes demais para seus olhos sensíveis – até as batidas aceleradas do seu coração, que parecia desgovernado, bombeando sangue demais em suas veias. A pele pareceu apertada, envolvendo um corpo estimulado por um tipo de consciência nova. Havia sentido essas mudanças desde que abriu os olhos na enfermaria e, em vez de diminuir, elas estavam piorando.

Algum tipo estranho de poder crescia dentro dela.

Estendendo-se, despertando...

– Estou me sentindo meio estranha – disse a Alex, enquanto as têmporas latejavam acompanhando a pulsação, as palmas das mãos suando ainda fechadas dentro dos bolsos do roupão. – Preciso sair daqui, respirar um pouco de ar.

Alex esticou a mão e afastou uma mecha de cabelo do seu rosto.

– O meu quarto com Kade fica perto daqui. Tenho certeza de que vai se sentir muito melhor depois de um belo banho quente.

– Ok – murmurou Jenna, permitindo-se guiar para longe da parede envidraçada do laboratório de tecnologia e dos olhares enervantes que a acompanharam.

Alguns metros à frente na curva do corredor, um par de portas de elevador se abriu. Três mulheres saíram dele, vestindo parcas salpicadas por flocos de neve e botas molhadas. Foram seguidas por uma menina vestida do mesmo modo que segurava duas guias de cachorros – um terrier pequeno e exuberante e a malamute-do-alasca cinza e branca de Alex, Luna, que, pelo visto, também havia se mudado do Alasca para Boston.

Assim que os olhos azuis aguçados de Luna perceberam Alex e Jenna, ela saltou adiante. A menina que a segurava pela guia emitiu um gritinho de surpresa, mais um riso do que qualquer outra coisa, e o capuz da sua parca caiu para trás, libertando os cabelos loiros que balançaram ao redor do rostinho delicado.

– Olá, Alex! – exclamou ela, gargalhando enquanto Luna a arrastava pelo corredor. – Acabamos de voltar do passeio dela. Está um gelo lá fora!

Esticando a mão para afagar Luna na cabeça e no pescoço, Alex recebeu a menina com um sorriso de boas-vindas.

– Obrigada por levá-la. Sei que ela gosta da sua companhia, Mira.

A menina balançou a cabeça com entusiasmo.

– Eu também gosto da Luna. E Harvard também.

Quer fosse em protesto ou em concordância, o terrier latiu uma vez e dançou freneticamente ao redor das pernas da cadela maior, o rabo sacudindo a cem quilômetros por hora.

– Olá – disse uma das três mulheres. – Sou Gabrielle. É bom vê-la desperta e passeando, Jenna.

– Ah, desculpe – interveio Alex, fazendo as apresentações. – Jenna, Gabrielle é a Companheira de Raça de Lucan.

– Olá. – Jenna tirou a mão do bolso do roupão e a estendeu para cumprimentar a jovem de cabelos castanhos arruivados. Ao lado de Gabrielle, uma linda mulher negra lhe lançou um sorriso acolhedor ao esticar a mão para cumprimentá-la.

– Sou Savannah – disse ela, a voz aveludada fazendo com que Jenna se sentisse em casa de imediato. – Tenho certeza de que já conheceu meu companheiro, Gideon.

Jenna assentiu, sentindo-se despreparada para amenidades, apesar do acolhimento da outra mulher.

– E esta é Tess – acrescentou Alex, indicando a última do trio, uma loira num estágio de gravidez avançada, de olhos verde-claros que pareciam mais sábios que sua idade. – Ela e o companheiro, Dante, estão esperando que seu filho nasça em breve.

– Faltam poucas semanas – disse Tess ao apertar brevemente a mão de Jenna, a outra repousando sobre o abdômen estendido. – Todas nós ficamos muito preocupadas com você desde sua chegada, Jenna. Precisa de alguma coisa? Se pudermos fazer algo por você, espero que nos diga.

– Pode me fazer voltar uma semana no tempo? – perguntou Jenna, só parcialmente brincando. – Eu adoraria apagar os últimos dias da minha vida no Alasca. Alguém daqui pode fazer isso por mim?

Um olhar apreensivo se passou entre as mulheres.

– Sinto que isso não seja possível – disse Gabrielle. Embora o pesar suavizasse sua expressão, a companheira de Lucan falava com a confiança de uma mulher sabedora da sua autoridade, mas não propensa a abusar dela. – Você passou por uma experiência horrível, Jenna, mas o único caminho agora é adiante. Lamento muito.

– Não tanto quanto eu – disse Jenna, com suavidade.

Alex murmurou algumas palavras apressadas de despedida para as mulheres. Depois coçou Luna atrás das orelhas e lhe deu um beijo rápido no focinho antes de voltar a conduzir Jenna pelo corredor. Em algum lugar ao longe, ela captou o raspar de metal contra metal, e os sons abafados de risos em meio a conversas espirituosas – pelo tom, uma boa e velha disputa de pessoas irritando uma à outra de propósito – entre pelo menos uma mulher e não menos do que três homens.

Jenna prosseguiu ao lado de Alex quando viraram num corredor e o barulho das armas e das vozes ficou para trás.

– Quantas pessoas vivem aqui?

Alex inclinou a cabeça, pensando.

– A Ordem tem dez membros que moram aqui no complexo agora. Todos menos Brock, Hunter e Chase têm companheiras, então isso dá um total de sete Companheiras de Raça, mais Mira.

– Dezoito pessoas no total – disse Jenna, contando-as mentalmente.

– Dezenove agora – corrigiu-a Alex, ao lançar um olhar especulativo por sobre o ombro.

– Sou temporária – disse Jenna, caminhando por mais um corredor de mármore, depois parando atrás de Alex diante de uma porta não identificada. – Assim que um dos seus novos amigos agentes secretos descobrir como me livrar desta coisa na minha nuca, vou embora. Não pertenço a este lugar, Alex. A minha vida é no Alasca.

O modo como o sorriso de Alex tremulou em seus lábios fez o pulso de Jenna acelerar.

– Bem, aqui estamos. – Abriu a porta de um apartamento privativo e fez Jenna entrar. Foi na frente, acendendo um abajur, preenchendo o lugar espaçoso com uma luz agradável. Alex pareceu ansiosa de certa forma, andando pelo lugar como um redemoinho e falando rápido demais. – Quero que se sinta em casa, Jen. Relaxe um instante na sala, se quiser. Vou pegar roupas limpas e ligar o chuveiro para você. A menos que prefira descansar um pouco antes? Posso lhe dar uma das camisetas de Kade para dormir e preparo a cama para você.

– Alex.

Ela desapareceu no quarto adjacente, ainda falando com rapidez.

– Está com fome? Quer que eu prepare alguma coisa para você comer?

Jenna se aproximou da porta aberta.

– Me conte o que está acontecendo aqui. Quero dizer, o que está acontecendo *de fato*.

Por fim, Alex parou.

Virou a cabeça e a fitou pelo que pareceu um minuto inteiro de silêncio.

– Quero saber – disse Jenna. – Maldição, *preciso* saber. Por favor, Alex, como amiga, conte-me a verdade.

Alex a encarou, exalou fundo ao balançar a cabeça devagar.

– Ah, Jen... Há tantas coisas que você não sabe. Coisas que nem eu sabia até poucas semanas atrás, depois que Kade apareceu no Alasca.

Jenna ficou ali de pé, vendo sua amiga normalmente franca e direta lutar com as palavras.

– Pode me contar, Alex. Do que se trata tudo isto?

– Vampiros, Jen. – A palavra foi sussurrada, o olhar de Alex não vacilou. – Você já sabe que eles são reais agora. Você mesma viu. Mas o que você não sabe é que eles não são como aprendemos a acreditar que fossem, por meio dos filmes e dos livros de terror.

Jenna escarneceu.

– Aquela coisa que me atacou foi bem terrível.

– Eu sei – prosseguiu Alex, implorando agora. – Não tenho como justificar o que o Antigo fez com você. Mas me deixe falar. Existem outros da espécie dele que não são tão diferentes de nós, Jen. Na superfície, claro, não somos parecidos. Eles têm necessidades de sobrevivência diferentes, mas, no fundo, existe um cerne de humanidade dentro deles. Eles têm famílias e amigos. São capazes de amar incrivelmente, assim como são gentis e honrados. Assim como conosco, há bons e ruins entre eles também.

Não muito tempo atrás, apenas uma semana, de fato, Jenna teria explodido numa gargalhada ao ouvir algo tão bizarro quanto o que Alex lhe contava agora.

Mas tudo mudara desde então. Uma semana parecia um século, segundo seu ponto de vista. Jenna não conseguia rir, não conseguia sequer proferir uma palavra de negação enquanto Alex prosseguia, explicando como a Raça, como eles preferiam ser chamados, começou a existir e prosperar através dos milênios nas sombras do mundo humano.

Jenna só conseguiu ouvir enquanto Alex lhe contava como a Ordem fora criada há séculos por Lucan e um punhado de outros, a maioria morta há muito tempo. Os homens acomodados naquele complexo eram guerreiros, inclusive Kade e Brock, até mesmo o gênio Gideon. Eram parte da Raça, sobrenaturais e letais. Eram algo *mais*, exatamente como os instintos de Jenna tinham lhe dito.

Os membros da Ordem, os do passado e os de agora, juraram proteger tanto a raça humana quanto a raça vampírica, sua missão sendo caçar os vampiros viciados em sangue chamados Renegados.

Jenna prendeu a respiração quando Alex lhe confessou que, quando era criança na Flórida, sua mãe e seu irmão caçula foram atacados por Renegados. Alex e o pai escaparam com vida por um triz.

– A história que contamos a todos sobre a minha mãe e Richie quando nos mudamos para Harmony não passa disso, Jen, uma história. Uma mentira que nós dois quisemos acreditar. Acho que, no fim, papai acabou acreditando e, quando chegou o Alzheimer, ele cuidou de todo o resto. Eu também quase consegui acreditar em nossa mentira, até aquelas mortes começarem no Alasca. Foi então que entendi. Eu não podia mais fugir da verdade. Tinha que enfrentá-la.

Jenna fechou os olhos, deixando que todo o entendimento se acomodasse sobre seus ombros tal qual um manto pesado. Ela não tinha como desprezar o que lhe havia acontecido, assim como não podia desconsiderar a dor pungente que sua amiga vivenciara quando criança. A provação de Alex ficara no passado, ainda bem. Ela conseguira seguir em frente. Por fim, encontrara felicidade, talvez de maneira irônica, com Kade.

Jenna tinha esperanças de poder superar o pesadelo pelo qual passara, mas sentia o toque frio dos grilhões quando pensava naquele pedacinho de matéria desconhecida flutuando logo abaixo do seu crânio.

– E quanto a mim? – ouviu-se murmurar. A voz se elevou com uma pontada de ansiedade que percorria sua corrente sanguínea. – E quanto a essa coisa que está dentro de mim, Alex? O que é isso? Como vou me livrar disso?

– Ainda não temos essas respostas, Jenna. – Alex se aproximou, a preocupação crispando sua testa. – Não sabemos, mas eu prometo, encontraremos um modo de ajudá-la. Kade e o restante da Ordem farão de tudo em seu poder para desvendar isso. Nesse meio-tempo, eles a protegerão e garantirão que seja bem cuidada.

– Não. – Jenna passou os braços ao redor de seu corpo. – Eu só preciso voltar para casa. Quero voltar para Harmony.

– Ah, Jen... – Alex meneou a cabeça lentamente. – A vida que você conhecia no Alasca não existe mais. Tudo mudou em Harmony. Precauções foram tomadas.

Ela não gostou de ouvir aquilo, nem um pouco.

– Do que está falando? Que precauções? O que mudou?

– A Ordem teve que se certificar que o restante da população não ficasse sabendo sobre o Antigo e sobre os estranhos acontecimentos na cidade. – O olhar de Alex permaneceu fixo no dela. – Jenna, eles apagaram as memórias da semana em torno dos assassinatos na floresta e das outras mortes em Harmony. Pelo que as pessoas de lá sabem, você e eu nos mudamos de Harmony há vários meses. Você não pode voltar e fazer um monte de perguntas. Tudo desmoronaria ao nosso redor.

Jenna forçou-se a se controlar enquanto processava tudo o que ouvia. Vampiros e quartéis-generais escondidos. Um mundo alternativo que existia junto à sua realidade há milhares de anos. Sua melhor amiga das últimas duas décadas mal sobrevivendo a um ataque de vampiros quando era criança.

E depois a parte que lhe trazia uma onda renovada de sofrimento: os homicídios múltiplos em Harmony, que, ao que tudo levava a crer, incluíam seu irmão.

– Conte o que aconteceu com Zach.

O rosto de Alex se encheu de lamento.

– Ele mantinha segredos, Jen. Muitos segredos. Talvez seja melhor você não saber de tudo...

– Conte – disse Jenna, odiando o tratamento gentil que recebia, ainda mais da parte de Alex. – Nunca deixamos que nada ficasse entre nós duas, e eu, de minha parte, não quero deixar isso começar agora.

Alex assentiu.

– Zach estava traficando drogas e bebidas alcoólicas para a população nativa. Ele e Skeeter Arnold vinham trabalhando juntos já há algum tempo. Eu só descobri quando Zach... – Expirou lentamente. – Quando o confrontei sobre o que eu sabia, ele ficou violento, Jen. Apontou uma arma para mim.

Jenna fechou os olhos, nauseada em pensar que seu irmão mais velho, o policial condecorado a quem ela tentara imitar praticamente toda a sua vida, era, na verdade, corrupto. Certo, eles nunca foram próximos de verdade, irmãos ou não, e vinham se distanciando mais nos últimos anos.

Deus, quantas vezes pressionara Zach para que investigasse as atividades questionáveis de Skeeter Arnold em Harmony? Agora a relutância de Zach fazia todo o sentido. Ele pouco se importava com o que acontecia na cidade. Estava mais preocupado em se proteger. Até onde ele chegaria para proteger seus segredos escusos?

– Ele te machucou, Alex?

– Não – respondeu ela. – Mas teria, Jen. Fugi para a sua casa na minha motoneve. Ele me seguiu. Quando chegamos lá, ele atirou, para me assustar, a princípio. Tudo aconteceu tão rápido depois disso. Logo depois, o Antigo saiu voando do seu chalé e o abateu. Depois do ataque inicial, tudo acabou bem rápido.

Jenna ficou com o olhar perdido por um bom tempo, sem saber o que dizer.

– Jesus Cristo, Alex. Tudo o que está me contando... é verdade, mesmo? Tudo isso?

– Sim. Você disse que queria saber. Eu não conseguiria esconder de você, acho que é melhor mesmo que compreenda tudo.

Jenna recuou um passo, cambaleando um pouco. Subitamente sentiu-se tomada pela confusão. Repentinamente afogada em emoções que encurtaram seu fôlego e comprimiram seu peito.

– Eu tenho que... ficar sozinha...

Alex assentiu.

– Sei como isso deve estar sendo difícil para você. Acredite, eu sei.

Ela foi devagar para o banheiro adjacente, seguida de perto por Alex, que acreditava que Jenna poderia desmaiar. Mas suas pernas não fraquejaram. Ela estava atordoada e confusa pelo que acabara de ouvir, mas seu corpo e sua mente não estavam nem um pouco frágeis.

A adrenalina a perpassava, inundando seus sentidos e incitando seus instintos de lutadora em alerta máximo. Forçou a expressão a permanecer tranquila ao fitar Alex, enquanto, por dentro, não se sentia nada calma.

– Acho que... que vou tomar aquele banho agora. Quero... quero ficar sozinha por um tempo. Preciso pensar...

– Tudo bem – concordou Alex, conduzindo-a para o enorme banheiro. – Leve o tempo de que precisar. Vou buscar roupas e sapatos, depois ficarei ali do lado de fora se precisar de mim.

Jenna assentiu, seus olhos acompanhando Alex até a porta, esperando que ela se fechasse. Só depois permitiu que as lágrimas começassem a cair. Enxugou-as, mas elas molharam seu rosto, quentes como ácido, enquanto o resto do seu corpo ficava gelado até a medula.

Sentia-se perdida e amedrontada, tão desesperada quanto um animal preso numa armadilha. Tinha que sair daquele lugar, mesmo que precisasse arrancar uma perna para fugir. Mesmo que, para isso, tivesse que usar uma amiga.

Abriu a torneira da água quente dentro do box imenso para duas pessoas. Quando o vapor começou a tomar conta do cômodo, ela pensou no elevador que trouxera aquelas mulheres e a criança de lá de fora.

Pensou na liberdade e no que seria necessário para experimentá-la.

– Mais duas horas até o sol se pôr – comentou Brock, relanceando para o relógio na parede do laboratório de tecnologia como se pudesse ordenar que a noite chegasse logo. Afastou-se da mesa de reuniões na qual estivera apoiado, as pernas inquietas, o corpo necessitando se mexer. – Os dias podem ser mais curtos nesta época do ano na Nova Inglaterra, mas, caramba, às vezes eles parecem se arrastar.

Sentiu olhos sobre si quando começou a vagar pela sala. Estavam ali apenas ele, Kade e Gideon; Lucan tinha ido procurar Gabrielle, e Hunter e Rio tinham saído para se juntarem a Renata, Nikolai e Tegan na sala de armas para se exercitarem antes de começarem a patrulha pelas ruas da cidade à noite. Deveria tê-los acompanhado. Em vez disso, ficara no laboratório, curioso para ver os resultados do último exame de sangue de Jenna feito por Gideon.

Parou diante do monitor do computador e viu uma série de números rolarem na tela.

– Quanto tempo mais vai demorar, Gid?

Por alguns segundos, o barulho nas teclas foi a sua única resposta.

– Só estou rodando um último teste de DNA. Em seguida, teremos alguns resultados.

Brock grunhiu. Impaciente, cruzou os braços diante do peito e continuou a fazer uma trilha no chão.

– Está se sentindo bem?

Quando ele virou a cabeça, deparou-se com o olhar avaliador de Kade. Retribuiu esse olhar com uma carranca.

– Sim, por quê?

Kade deu de ombros.

– Não sei, cara. Não estou acostumado a te ver tão inquieto.

– Inquieto? – Brock repetiu a palavra como se ela tivesse sido um insulto. – Droga. Não sei o que quer dizer com isso. Não estou inquieto.

– Você está inquieto – Gideon confirmou enquanto continuava teclando diante do computador. – Na verdade, esteve visivelmente distraído nas últimas horas. Desde que a amiga humana de Alex acordou hoje.

Brock sentiu a carranca se intensificar, ao mesmo tempo em que seus passos se tornavam mais agitados. Inferno, talvez estivesse mesmo irritado, mas só porque estava ansioso para que a escuridão caísse, e ele pudesse começar a patrulha e fazer aquilo para que fora treinado. Só isso. Não tinha nada a ver com nada, nem com *ninguém*.

Se estava distraído por Jenna Darrow, era porque a presença dela no complexo era uma infração às regras da Ordem. Nunca permitiram a presença de humanos no quartel-general. Todos os guerreiros estavam bem cientes desse fato, muito evidente quando ela e Alex passaram diante do laboratório de tecnologia pouco antes. E se essa mulher humana carregava algo alienígena dentro de si – algo indeterminado, que poderia ou não ser pernicioso à Ordem e à sua missão contra Dragos –, sua presença se tornava ainda mais perturbadora.

Jenna fizera todos ficarem alertas, de certa forma. Com Brock, isso não era diferente. Pelo menos era isso o que dizia a si próprio ao parar novamente atrás da mesa de trabalho de Gideon, exalando uma imprecação baixa.

– Cacete, vou sair daqui. Se alguma coisa interessante aparecer nesse exame antes do anoitecer, estarei na sala de armas.

Foi até a porta do laboratório quando o painel de vidro deslizou se abrindo diante dele. Assim que passou pela soleira, Alex veio correndo da direção do seu quarto.

– Ela sumiu – exclamou ao entrar na sala, visivelmente aborrecida. – Jenna... ela desapareceu!

Brock não sabia por que essa notícia o atingira no abdômen tal qual um golpe físico.

– Onde ela está?

– Não sei – respondeu Alex, com os olhos tomados de infelicidade.

Kade se postou ao lado da companheira em menos de meio segundo.

– O que aconteceu?

Alex balançou a cabeça.

– Ela tomou banho e se vestiu. Quando saiu do banheiro, disse que estava cansada. Perguntou se poderia se deitar um pouco no sofá. Quando me virei para pegar um travesseiro e uma coberta, ela simplesmente... desapareceu. A porta do nosso apartamento estava aberta, mas não havia sinal de Jenna no corredor. Fiquei procurando por ela nos últimos minutos, mas não a encontrei em parte alguma. Estou preocupada com ela. Desculpe, Kade. Eu deveria ter tomado mais cuidado. Eu deveria...

– Está tudo bem – disse ele, afagando-a no braço. – Você não fez nada errado.

– Talvez sim. Contei a ela sobre a Raça e sobre a Ordem. Contei tudo sobre Zach e sobre como ficou a situação em Harmony. Ela tinha tantas perguntas que pensei que tivesse o direito de saber.

Brock refreou a imprecação que já estava na ponta de sua língua. Sabia muito bem que teria tido dificuldades para mentir para Jenna também.

Kade assentiu, sério ao depositar um beijo na testa de Alex.

– Está tudo bem. Você fez a coisa certa. É melhor que ela saiba de tudo logo do início.

– Céus – murmurou Gideon, da sua posição diante dos computadores do laboratório. Um dos painéis monitorava os detectores de movimento da propriedade, as luzes piscando como uma árvore de Natal. – Ela está no piso da mansão. Ou melhor, estava na mansão. Temos uma quebra de segurança na porta exterior.

– Pensei que todos os pontos de entrada do andar superior tivessem sistema de travamento – disse Brock, sem querer que sua afirmação saísse acusatória como pareceu.

– Dê uma olhada – disse Gideon, virando o monitor enquanto clicava no fone e apertava um botão de discagem direta. – Lucan, temos um problema.

Enquanto o líder da Ordem recebia um relatório resumido, Brock ia para o centro de comando computadorizado, seguido por Kade e Alex. Na filmagem da câmera de segurança da propriedade acima do complexo, uma das barras de aço reforçadas estava retorcida como chiclete. A porta estava escancarada, o brilho dos raios solares no solo coberto de neve quase ofuscante, mesmo na tela.

– Inferno – murmurou Brock.

Ao seu lado, Alex arfou em descrença. Kade permaneceu calado, o olhar tão soturno quanto descrente quando seu olhar passou para Brock. Ao telefone, Gideon agora dava ordens urgentes para que uma das fêmeas mais formidáveis da Ordem na residência, Renata, subisse às pressas para trazer Jenna de volta.

– Tenho a localização dela na tela agora, Renata. Ela está na parte leste da propriedade, indo a sudeste a pé. Se sair pela porta de serviço ao sul, deve conseguir alcançá-la antes que ela chegue à cerca perimetral.

– A cerca perimetral – murmurou Brock. – Jesus Cristo, aquela coisa está carregada com mais de mil volts de eletricidade.

Gideon continuou falando, informando Renata do progresso de Jenna.

– Corte a força – disse Brock. – Você tem que cortar a força da cerca.

Gideon lhe voltou um olhar duvidoso.

– E deixar que ela saia da propriedade? Não posso, cara.

Brock sabia que o guerreiro tinha razão. Sabia que a manobra mais inteligente, o melhor a fazer para a Ordem, era garantir que a mulher humana ficasse dentro da propriedade. Mas pensar que Jenna pudesse tocar na cerca com a dose potencialmente letal de eletricidade era demais. Era inaceitável.

Relanceou para a câmera de segurança e viu Jenna, vestida com um par de jeans e um suéter branco, o cabelo castanho solto, voando atrás de si enquanto ela corria pelo jardim coberto de neve num ritmo alucinado na direção dos limites da propriedade. Direto para a cerca de três metros que circundava a propriedade por todos os lados.

– Gideon – grunhiu, enquanto Jenna ficava cada vez menor no monitor. – Corte a maldita eletricidade.

Brock não esperou até que o outro guerreiro obedecesse. Avançou e bateu a mão no painel de controle. As luzes piscaram e somente um bipe persistente soou avisando que a eletricidade havia sido cortada na cerca.

Um longo silêncio encheu a sala.

– Consigo vê-la – a voz de Renata soou nos alto-falantes do laboratório. – Estou logo atrás dela.

Viram na tela enquanto a companheira de Nikolai acelerava a pé pela trilha formada por Jenna na neve. Segundos se passaram enquanto esperavam por mais notícias.

Por fim, Renata falou, mas a imprecação sibilada no seu microfone não era o que os que aguardavam na sala esperavam ouvir:

– Maldição, não...

As veias de Brock gelaram de medo.

– O que aconteceu?

– Fale comigo – disse Gideon. – O que está acontecendo, Renata?

– Tarde demais – respondeu ela, a voz inflexível. – Cheguei tarde demais. Ela fugiu. Escapou.

Gideon se inclinou para a frente, virando a cabeça na direção de Brock.

– Ela escalou a maldita cerca, não foi?

– Escalou? – A risada de Renata foi mais uma expiração forçada. – Não, ela não escalou. Ela... merda... Acreditem ou não, acabei de vê-la pulando a cerca.

Capítulo 4

A estrada zunia debaixo dos jeans e dos sapatos de Jenna, agora sujos de neve, o cheiro de carne e suor masculino flutuando ao seu redor em todas as direções dentro do compartimento de carga escuro do furgão de entregas. Ela estava sentada no chão em meio a engradados empilhados e caixas de papelão, saltando a cada solavanco. Seu estômago revirava, mas ela não tinha como saber se pela adrenalina pulsando nela ou pela mistura sobrepujante dos cheiros de carne processada e suor que assaltava suas narinas.

A forma como escapara do complexo não passava de um borrão. A mente ainda se ocupava com as revelações perturbadoras das últimas horas, e seus sentidos estiveram acelerados desde que tomara a decisão de fugir. Mesmo agora, cenas, barulhos e movimento, todo tipo de percepção sensorial, pareciam voar ao seu redor num borrão caótico.

Na parte da frente do furgão, o motorista e o passageiro conversavam com animação numa língua estrangeira, carregada como uma eslava poderia ser. Eles entendiam inglês o suficiente para concordar em levá-la para a cidade quando ela lhes acenou na rua logo além da propriedade cercada, e, naquela hora, aquilo lhe bastara. Mas, agora que haviam se distanciado alguns quilômetros, ela não tinha como deixar de notar que pararam de lhe sorrir e de tentar se comunicar num inglês falho.

Agora o motorista lhe lançava olhares furtivos pelo espelho retrovisor, e ela não estava gostando das vozes baixas e das risadas partilhadas dos dois homens enquanto ela sacolejava nos fundos do furgão escuro.

– Quanto tempo até o centro da cidade? – perguntou, segurando-se a um engradado de salames enquanto o furgão virava à esquerda numa luz amarela piscante. Seu estômago se revolveu com o movimento, os ouvidos tiniram, a cabeça latejou. Estreitou o olhar através do para-brisa conforme o veículo avançava em direção ao brilho alaranjado da cidade ao longe. – A estação de ônibus? Foi para lá que concordaram em me levar. Está muito longe?

Por um segundo, ficou imaginando se eles a ouviram por sobre o barulho do motor quando o motorista acelerou. O som lhe parecia ensurdecedor. Mas, em seguida, o passageiro virou para trás e disse algo em seu idioma.

Algo que pareceu divertir o amigo pé de chumbo no volante.

Um nó de medo se formou no estômago de Jenna.

– Sabe de uma coisa? Mudei de ideia. Esqueça a estação. Pode me levar à delegacia. DE-LE-GA-CI-A – disse, enfatizando as sílabas para que não a compreendessem mal. Indicou a si mesma quando o motorista lhe lançou um olhar soturno através do espelho retrovisor. – Sou da polícia. Sou policial.

Ela falou naquele tom que não tolerava asneiras que lhe era tão característico, mesmo depois de anos sem vestir o uniforme. Mas se o par de idiotas no banco da frente entenderam seu tom ou o que lhes disse, não pareceram inclinados a acreditar nela.

– Polícia? – O motorista casquinhou ao olhar para o companheiro. – *Nassi, nuk duken si ajo e policisë për ju?*

– Não – aquele que, pelo visto, se chamava Nassi respondeu, balançando a cabeça, revelando os dentes tortos por trás dos lábios finos. O olhar carregado por baixo de sobrancelhas grossas pareceu viajar pelo corpo de Jenna. – *Për mua, ajo duket si një copë e shijshme e gomarit.*

Ela me parece um belo pedaço de traseiro.

Jenna achava que o olhar malicioso que Nassi lhe lançara devia ter bastado para que ela entendesse o que ele dissera, mas as palavras lhe pareceram muito claras. Inacreditavelmente claras. Encarou os dois homens quando começaram a conversar em seu idioma materno. Observou os lábios, estudou os sons que deveriam lhe ser absolutamente estrangeiros, palavras que ela não tinha como entender, mas, de alguma forma, entendia.

– Não sei quanto a você, Gresa, meu amigo, mas eu até que gostaria de um bom rabo americano – Nassi acrescentou, tão confiante que sua fala estrangeira não seria compreensível que teve a audácia de olhar fixamente para Jenna enquanto falava. – Leve essa vaca de volta ao escritório e vamos nos divertir um pouco com ela.

– Parece uma boa ideia – Gresa gargalhou e afundou o pé no acelerador, lançando o furgão em alta velocidade debaixo do viaduto de uma autoestrada em direção ao trânsito carregado.

Ai, meu Deus.

O medo de Jenna de alguns minutos antes gelou em sua barriga naquele instante.

A aceleração repentina a fez cair. Ela se esforçou para se segurar nos engradados ao seu redor, sabendo que suas chances de escapar do furgão em movimento eram nulas. Se a queda do veículo não a matasse, os carros e caminhões que passavam pelas duas pistas laterais ao lado deles certamente o fariam.

Para piorar tudo, sua cabeça começava a girar com a passagem das luzes e com o barulho do lado externo do furgão. A fumaça dos carros aliada ao fedor de dentro do veículo formavam uma mistura nauseante ao seu sistema olfativo, que fez com que seu estômago se revirasse, ameaçando revolver-se nela mesma. Todo o ambiente que a cercava parecia amplificado, como se, de alguma forma, o mundo tivesse se tornado mais vívido, mais detalhado.

Estaria enlouquecendo?

Depois de tudo pelo que passara recentemente, depois de tudo o que vira e ouvira, ela não se surpreenderia se estivesse perdendo a cabeça.

Ao se recostar infeliz ao encontro dos engradados e caixas, atenta aos homens discutindo suas ideias em relação a ela em detalhes ávidos e violentos, ela tinha a sensação de que sua sanidade não era a única coisa em risco no momento. Nassi e seu amigo Gresa tinham planos bem horrendos para ela assim que voltassem ao escritório. Planos que incluíam facas, correntes e paredes à prova de som para que ninguém ouvisse seus gritos, se é que Jenna podia se fiar na súbita fluência no idioma deles.

Discutiam qual deles seria o primeiro, quando desviaram o furgão da estrada principal, entrando numa parte isolada da cidade. A faixa de rodagem se estreitara, os postes de luz se tornaram mais esparsos quanto mais avançavam no que parecia uma zona industrial. Armazéns e prédios compridos de tijolos vermelhos tomavam conta das ruas e dos becos.

O furgão de entregas sacolejou sobre duas tampas de esgoto e no asfalto irregular, os pneus esmagando a neve suja que se acumulara na rua.

– Lar, doce lar – disse Nassi, em inglês, desta vez, sorrindo para ela do banco do passageiro. – Fim da carona. Hora de pagar pelo favor.

Os dois homens gargalharam quando o motorista colocou o câmbio em ponto morto e desligou o motor. Nassi saiu do seu banco e começou a se dirigir para os fundos do furgão pelo lado de dentro. Jenna sabia que teria apenas poucos segundos para reagir, segundos preciosos para desarmá-lo, ou aos dois, e fugir dali.

Colocou-se em posição, preparando-se para o momento que sabia estar se aproximando.

Nassi sorriu ao avançar dentro do veículo.

– O que tem para dar, hein? Deixa eu ver.

– Não – disse Jenna, balançando a cabeça, fingindo ser uma mulher indefesa. – Não, por favor.

Ele deu uma risada maliciosa.

– Gosto de mulher que implora. Uma mulher que sabe o seu lugar.

– Por favor, não – repetiu Jenna quando ele se aproximou. O fedor dele quase a fez vomitar, mas ela manteve o olhar fixo. Quando ele ficou perto o bastante, ela esticou a mão, mostrando a palma, como se pudesse afastá-lo fisicamente assim.

Ela sabia que ele a seguraria pelo braço.

Contava com isso, e mal conteve a reação de triunfo que trespassou suas veias quando ele a segurou pelo pulso e a puxou do chão do furgão.

Ela colocou seu peso no movimento, usando a força bruta dele para se lançar sobre ele. Usando a parte dura da palma livre, atingiu-o no nariz, esmagando a cartilagem para dentro do septo e quebrando o osso num estalido.

– Aaaiii! – Nassi gemeu em agonia. – *Putanë!* Vadia, vai pagar por isso!

O sangue jorrou pelo rosto e nela quando ele avançou em sua direção. Jenna se esquivou para a esquerda, desviando. Na frente do furgão, ouviu o homem se movimentar, saindo do seu assento e remexendo no console entre os bancos.

Não tinha tempo para se preocupar com ele, pois Nassi estava furioso, e, para sair do furgão, ela tinha que passar por ele primeiro.

Jenna juntou as mãos e desceu os cotovelos sobre a coluna do agressor. Ele urrou de dor, tossindo ao tentar, mais uma vez sem sucesso, segurá-la. Ela o enganou novamente, afastando-se do seu alcance como se ele estivesse de pé, parado.

– *Puthje topa tuaj lamtumirë, ju copille shëmtuar!* – sussurrou para ele, uma ameaça que cumpriu quando ergueu o joelho entre as pernas dele e o atingiu com força na virilha.

Nassi despencou como uma tonelada de tijolos.

Jenna gritou, pronta para a batalha com o amigo dele, Gresa.

Ela não percebeu a arma na mão do homem até um tiro brilhante disparar como um raio. O barulho da bala sendo lançada na sua direção foi ensurdecedor.

Ela pestanejou, entorpecida e estranhamente distanciada, quando o calor do impacto a atingiu.

– Alguma novidade?

Lucan entrou apressado no laboratório de tecnologia onde Brock, Kade, Alex, Renata e Nikolai cercavam a estação de trabalho de Gideon.

Brock tinha as mãos apoiadas na mesa, olhando para a tela por cima do ombro de Gideon, e balançou a cabeça com seriedade para Lucan.

– Nada de concreto. Ainda estamos procurando os registros do Departamento de Trânsito para ver se encontramos placas possíveis.

Fazia mais de uma hora desde a fuga de Jenna. A melhor pista de onde ela poderia ter escapado era alguns segundos de filmagem da câmera de segurança montada no perímetro sul da cerca ao redor da propriedade.

Mais ou menos na mesma hora em que Renata viu Jenna saltar pela cerca e desaparecer da propriedade, um furgão de entregas sem identificação passou pela rua adjacente à propriedade. Gideon só havia conseguido ler metade da placa do furgão comercial de Massachusetts antes que ele virasse a esquina e saísse de vista. Nesse meio-tempo, ele entrara no sistema do Departamento de Trânsito, inserindo combinações de placas, tentando estreitar a busca pelo proprietário do furgão e onde ele poderia ser encontrado.

Brock tinha certeza de que, se localizassem o furgão, Jenna não estaria muito longe.

– Quer tenhamos pistas concretas ou não, assim que o sol se pôr, vamos mandar patrulhas vasculhando a cidade – disse Lucan. – Não podemos nos dar ao luxo de perder essa mulher antes de entendermos o que ela pode significar para as nossas operações.

– E eu não posso permitir que nada aconteça à minha melhor amiga – disse Alex, ponderando sobre a questão emocional de toda essa situação com Jenna. – Ela está perturbada e magoada. E se algo de ruim acontecer com ela? Ela é uma pessoa boa. Não merece nada disso.

– Nós vamos encontrá-la – disse Brock com firmeza. – Prometo.

Kade se deparou com seu olhar e assentiu solene. Depois das circunstâncias surpreendentes da fuga de Jenna do complexo, encontrar aquela humana com um pouco de matéria alienígena em seu corpo era uma missão da qual nenhum dos guerreiros se esquivaria. Jenna Darrow tinha que ser recuperada, não importando o preço.

– Espere, espere – murmurou Gideon. – Isso pode ser interessante... Encontrei umas pistas com a última combinação. Uma delas está registrada numa garagem em Quincy.

– E a outra? – perguntou Brock, inclinando-se para olhar mais de perto.

– Fábrica de processamento de carne em Southie – disse Gideon. – Um lugar chamado Butcher's Best. Diz aqui que é especializado em cortes especiais e serviço de fornecimento de alimentos para festas.

– Isso! – disse Renata, o cabelo escuro na altura do queixo balançando quando ela virou a cabeça para olhar para os demais no laboratório. – O executivo que mora alguns quilômetros acima nessa estrada está dando uma festa de Natal neste fim de semana. Faz sentido que um furgão de entrega desse tipo tenha vindo para cá.

– Faz mesmo – concordou Lucan. – Gideon, consiga o endereço dessa empresa.

– Agora mesmo. – Ele apertou algumas teclas e tanto o endereço como uma imagem de satélite do mapa apareceram na tela. – Aqui está, bem na periferia de Southie.

Os olhos de Brock se fixaram no endereço, queimando como fachos de laser. Ele se virou e saiu do laboratório de tecnologia, a determinação marcada em cada passo de sua bota que atingia o piso de mármore.

Atrás dele, Kade saiu apressado do laboratório.

– Que é isso, cara? O sol vai demorar um pouco a se pôr. Aonde vai?

Brock continuou andando.

– Vou trazê-la de volta.

Capítulo 5

O sol apenas começava a descer na linha do horizonte dos arranha-céus de Boston quando Brock virou um dos SUVs da Ordem numa rua lateral de Southie. Debaixo do casaco de couro preto, ele vestia uniforme preto com proteção contra os raios ultravioleta, luvas e óculos escuros esportivos. Com pouco mais que uma década a mais do que um século, e diversas linhagens separando-o da primeira geração da Raça, como Lucan, a pele de Brock conseguia suportar a exposição aos raios solares por um período breve, mas não havia nenhum membro vivo da Raça que não tratasse a ameaça da luz solar com uma dose salutar de respeito.

Ele não tinha intenção alguma de fritar o traseiro, mas pensar em esperar sentado no complexo até que o pôr do sol começasse enquanto uma mulher inocente vagava pela cidade, sozinha, acabrunhada, fora demais para ele suportar. Sua decisão pareceu ainda mais sensata quando ele viu o furgão branco estacionado no endereço que Gideon localizara. Mesmo antes que Brock tivesse saído do Rover, o cheiro de sangue humano fresco atingiu suas narinas.

– Droga! – murmurou baixo, avançando em meio ao terreno gelado e à rua suja em direção ao veículo.

Espiou pela janela do passageiro e se deparou com o cartucho de uma bala disparada entre os bancos. O cheiro metálico da hemoglobina era mais forte ali, quase esmagador.

Sendo da Raça, ele não conseguiu controlar sua reação corporal à presença de sangue fresco. A saliva se acumulou na boca, os dentes caninos estenderam-se a partir das gengivas até as presas pressionarem a língua.

Instintivamente, ele inspirou o cheiro bem fundo, tentando determinar se o sangue era de Jenna. Mas ela não era uma Companheira de Raça; o cheiro de seu sangue não carregara a marca singular como o de Alex e das outras fêmeas do complexo.

Um macho da Raça conseguia rastrear o sangue de uma Companheira de Raça a quilômetros de distância, mesmo que ele fosse tênue. Jenna poderia estar sangrando debaixo do nariz de Brock, fora de sua vista, e não havia modo de ele saber se era ela ou outro *Homo sapiens* quem sangrava.

– Maldição – grunhiu, virando a cabeça na direção da fábrica ali ao lado. O fato de alguém ter recentemente sangrado dentro do furgão de entregas era toda prova de que ele precisava para saber que Jenna estava, muito provavelmente, correndo perigo.

A raiva latente dele borbulhou em antecipação pelo que encontraria no interior do prédio de tijolos vermelhos. Da rua, ao se aproximar, ele conseguia ouvir vozes masculinas e o zunido do compressor do sistema de ventilação girando no teto.

Brock passou sorrateiro por uma porta lateral e espiou por uma janelinha reforçada por arame. Nada além de engradados e caixas de embalagens. Segurou a maçaneta e a virou no punho, arrancando-a da porta. Jogou-a sobre um monte de neve suja ao lado da escada e entrou no prédio.

Os coturnos não fizeram barulho no piso de concreto conforme ele avançava no depósito em direção ao centro da pequena fábrica. O barulho da conversa se elevou conforme ele progredia. Havia, pelo menos, quatro vozes diferentes, todas masculinas, todas marcadas por sílabas fortes características de algum idioma do Leste Europeu.

Algo os havia agitado. Um deles gritava nervoso, mais tossindo do que respirando de fato.

Brock seguiu o ralo longo coberto por uma grade que seguia até o meio do espaço. Suas narinas se encheram com os odores químicos, os produtos de limpeza e o cheiro nauseante de sangue envelhecido de animais e de especiarias.

A porta aberta diante dele tinha uma cortina feita com várias fitas verticais plásticas largas. Quando estava a um metro dela, um homem falando albanês saiu da sala ao seu lado. Usava um avental sujo de sangue, a cabeça calva coberta por uma touca plástica, e tinha um facão de açougueiro na mão.

– Ei! – exclamou ele ao virar a cabeça e notar a presença de Brock. – O que está fazendo aqui, idiota? Propriedade particular! Saia daqui!

Brock deu um passo ameaçador na sua direção.

– Onde está a mulher?

– Hum? – O cara pareceu surpreso por um segundo, antes de se recompor e balançar o facão na frente do rosto de Brock. – Nenhuma mulher aqui! Fora!

Brock se moveu com rapidez, derrubando a faca da mão do homem e esmagando a garganta dele em seu punho antes que o filho da mãe conseguisse emitir um grito. Desviando do corpo silenciado, Brock afastou a cortina plástica e entrou na área de processamento da construção.

A presença de sangue humano derramado era mais forte ali, ainda fresco. Brock viu um homem sozinho sentado em um banquinho dentro de um escritório envidraçado, com um pano amassado e ensanguentado debaixo do nariz. Naquela parte do prédio, lombos de boi e de porco estavam pendurados em ganchos grandes. O cômodo estava gelado, carregado pelo fedor do sangue e da morte.

As botas de Brock diminuíram a distância conforme ele avançava para o escritório e depois abriu a porta.

– Onde ela está?

– Q-que cacete? – O homem desceu apressado do banquinho. O sotaque carregado saiu atrapalhado, anasalado por causa do nariz quebrado. – O que foi? Não sei do que está falando.

– Até parece que não. – Brock esticou a mão e o segurou pela camisa manchada de sangue. Ergueu-o do chão, fazendo com que os pés ficassem pendurados a centímetros do concreto. – Você apanhou uma mulher na periferia da cidade. Diga o que fez com ela.

– Quem é você? – grasnou o homem, o branco dos olhos se alargando enquanto ele se debatia, sem conseguir se soltar. – Por favor, me solte.

– Diga onde ela está e talvez eu não o mate.

– Por favor! – choramingou o homem. – Por favor, não me machuque!

Brock sorriu sombrio, depois sua audição aguçada captou o som de passos movendo-se sorrateiros atrás das mesas e dos equipamentos de açougueiro na sala adjacente. Levantou o olhar... bem a tempo de ver o cano de uma pistola mirando em sua direção.

O tiro ecoou, atravessando a janela do escritório e atingindo-o no ombro.

Brock rugiu, não por sentir dor, mas sim fúria.

Virou o olhar na direção do bastardo que atirara nele, prendendo o humano com a luz âmbar ardente dos seus olhos, que haviam passado da costumeira cor castanha para a cor ardente de sua outra natureza mais letal. Brock curvou os lábios, revelando dentes e presas, e gritou em sua fúria.

Só restou o grito agudo de terror do homem com a pistola quando ele se virou e fugiu correndo.

– Ah, Cristo! – lamuriou-se o homem que ainda estava suspenso pela garganta por Brock. – Não fiz nada com ela... Juro! A vaca quebrou meu nariz, mas não toquei nela. G-Gresa... – balbuciou, levantando a mão na direção que seu camarada havia fugido. – Ele atirou nela, eu não.

Ante a notícia indesejável, os dedos de Brock se apertaram ao redor da frágil traqueia humana.

– Ela foi alvejada? Diga onde ela está. Agora!

– N-na geladeira – arfou. – Ai, merda. Por favor, não me mate!

Brock apertou com mais força ainda, punindo-o, depois jogou o filho da mãe balbuciante contra a parede oposta. O homem gritou de dor, depois despencou num monte no chão.

– É melhor rezar para que ela esteja bem – disse Brock –, ou vai desejar que eu o tivesse matado agora.

Jenna estava enroscada no chão da câmara frigorífera, os dentes tiritando, o corpo tremendo de frio.

Do lado de fora da porta de aço trancada, barulhos altos surgiram. Homens gritando, algo se quebrando... O tiro repentino de uma pistola e o barulho distinguível de vidro se quebrando. Então, um rugido tão intenso e letal que fez a cabeça dela se erguer bem quando estava mais difícil sustentá-la, mantendo as pálpebras erguidas.

Ouviu atenta, escutando apenas o silêncio se estendendo.

Alguém se aproximou da cela gelada que a prendia. Ela não precisou ouvir as passadas se aproximando para saber que havia alguém ali. Por mais frio que estivesse ali dentro, a rajada de ar que vinha do outro lado da porta trancada era ártica.

A trinca emitiu um som de protesto um segundo antes que a porta de aço inteira fosse arrancada das dobradiças num rangido metálico ensurdecedor. Vapor saiu pela abertura, emoldurando um homem enorme, imenso como uma montanha.

Não, não era um homem, ela percebeu atônita.

Um vampiro.

Brock.

O rosto magro estava tão rijo que ela quase não o reconheceu. Presas imensas brilhavam brancas por trás da boca grande, que estava escancarada num sinal de fúria mal contida. A respiração entrava e saía pelos lábios e, por trás dos óculos bem escuros, fachos gêmeos cintilaram com um calor que Jenna sentiu tão certo quanto um toque quando ele perscrutou o ambiente enevoado e a encontrou amontoada e trêmula num canto.

Jenna não quis sentir a onda de alívio que a assolou quando ele entrou na câmara e se ajoelhou ao seu lado. Não queria confiar na sensação que lhe dizia que ele era um amigo, alguém ali para ajudá-la. Alguém de quem ela precisava naquele momento. Talvez a única pessoa que pudesse ajudá-la.

Começou a lhe dizer que estava bem, mas sua voz estava entrecortada e fraca. O olhar âmbar a atravessou em meio ao véu das lentes escuras. Ele olhou para baixo e sibilou quando percebeu a coxa ferida e o sangue que ensopava a perna da calça jeans, formando uma poça abaixo dela.

– Não fale – disse ele, despindo as luvas de couro e pressionando os dedos ao redor de seu pescoço. O toque foi leve e reconfortante, parecendo aquecê-la de dentro para fora. O frio saiu de dentro dela, levando consigo a dor do ferimento a bala. – Você vai ficar bem agora, Jenna. Vou tirá-la daqui.

Ele tirou o casaco de couro e o passou ao redor dos seus ombros. Jenna suspirou quando o calor do corpo dele e seu cheiro – couro, perfume e uma essência letalmente máscula – a envolveram. Quando ele voltou a se endireitar, ela notou que uma bala o atingira no ombro musculoso.

– Você também está sangrando – murmurou ela, mais alarmada pelo ferimento dele do que ao pensar que seu salvador era um vampiro.

Ele dispensou a preocupação dela com um dar de ombros.

– Não se preocupe comigo. Vou sobreviver. É preciso mais do que isso para derrubar alguém da minha espécie. Você, entretanto...

O modo como ele disse aquilo, o olhar sério que perpassou sua expressão enquanto os olhos obscurecidos avaliaram a coxa ensanguentada, pareceu-lhe quase acusatório.

– Venha – disse ele, esticando-se para tomá-la nos braços. – Pode deixar comigo agora.

Ele a carregou para fora da câmara frigorífera como se ela não passasse de um punhado de penas em seus braços. Com mais de um metro e setenta de altura, altiva desde que deu seus primeiros passos, Jenna nunca foi do tipo que se carregava como alguma princesa dos contos de fada. Como ex-policial, ela jamais esperou isso por parte de um homem, nem tampouco desejou.

Sempre fora a protetora, a primeira a enfrentar o perigo. Odiava o fato de estar vulnerável agora, mas os braços firmes de Brock eram tão agradáveis em torno dela que não conseguiu juntar a vontade de se sentir ofendida. Segurou-se firme enquanto ele atravessava a fábrica, ao longo dos ganchos de carnes e mais do que uma pessoa sem vida no chão.

Jenna virou a cabeça e escondeu o rosto no peito musculoso de Brock ao passarem pela última sala antes de saírem. Anoitecia na rua, o beco coberto de neve e os prédios adjacentes banhados pela luz azulada do início da noite.

Quando Brock desceu as escadas, um SUV preto se aproximou do outro lado da rua. Parou perto da calçada e Kade saltou do banco de trás de passageiros.

– Droga – grunhiu o companheiro de Alex. – Sinto cheiro de sangue.

– Ela levou um tiro – explicou Brock com voz séria.

Kade se aproximou.

– Você está bem? – perguntou para ela, os olhos acinzentados tornando-se um pouco amarelados na escuridão que se acentuava. Jenna assentiu como resposta, observando as pontas das presas que se alongavam por trás do lábio superior. – Niko e Renata estão comigo – informou a Brock. – Qual a situação ali dentro?

Brock grunhiu, com humor negro por baixo do tom perigoso da sua voz.

– Bagunçada.

– Era de se imaginar – disse Kade, lançando-lhe um olhar estranho. – Você também não me parece muito bem, cara. Belo tiro no ombro. Precisamos levar Jenna de volta ao complexo antes que ela perca mais sangue. Renata está dirigindo o Rover. Ela pode levá-la enquanto limpamos aí dentro.

– A humana é responsabilidade minha – disse Brock, o peito reverberando ao encontro do ouvido de Jenna. – Ela fica comigo. Eu vou levá-la até o complexo.

Jenna captou o olhar de curiosidade que se formou no rosto de Kade ante a declaração de Brock. Ele estreitou o olhar e não disse nada enquanto Brock passava por ele indo na direção do SUV, carregando Jenna com leveza nos braços.

Capítulo 6

– Como estamos aí atrás? – Renata, ao volante do Rover preto, perguntou a Brock enquanto o veículo saía do sul de Boston a caminho do complexo da Ordem. Seus olhos verdes piscaram no espelho retrovisor, as sobrancelhas escuras bem desenhadas unidas em sinal de preocupação. – Devemos chegar em quinze minutos. Tudo bem aí?

– Tudo – respondeu Brock, relanceando para Jenna, deitada repousando em seu colo no banco de trás. Ele tinha cortado um dos cintos de segurança para servir de torniquete, na esperança de deter a hemorragia. – Ela está aguentando.

Jenna estava de olhos fechados e lábios entreabertos parcialmente azulados pelo frio passado na câmara frigorífera. O corpo ainda estremecia debaixo do casaco de couro, apesar de ele supor que os tremores fossem mais uma reação ao choque do que desconforto. Sua habilidade natural como membro da Raça garantia isso. Com uma palma ao redor da nuca, a outra alisava a têmpora, sugando a dor de Jenna para si.

Renata pigarreou ao observá-lo pelo espelho.

– E quanto a você, grandão? Tem bastante sangue aí atrás. Tem certeza de que não quer dirigir enquanto cuido dela até chegarmos ao complexo? Basta você pedir que eu paro no acostamento. Não demora mais do que um minuto.

– Continue dirigindo. A situação está sob controle aqui – disse Brock, ainda que desconfiasse que a companheira perspicaz de Niko não acreditasse nisso, uma vez que sua resposta foi dita quase com um rugido entredentes, presas quase totalmente estendidas.

Fora difícil conter sua reação à hemorragia de Jenna quando a encontrara dentro daquele prédio. Agora que estava confinado tão próximo a ela, sentindo o calor do sangue derramado através do couro do casaco, sentindo sua fragrância metálica e ouvindo as batidas baixas do coração que despejava mais sangue ainda pelo ferimento, Brock estava vivendo um inferno particular no banco de trás do SUV.

Era um membro da Raça, e não havia nenhum de sua espécie que conseguiria resistir ao chamado do sangue humano fresco. Não ajudava em nada o fato de ele ter se alimentado pela última vez em... Inferno, ele nem tinha certeza de quando fora. Provavelmente mais do que uma semana, o que já seria bem ruim na melhor das circunstâncias.

Brock se concentrou em sugar a dor de Jenna. Era mais fácil deixar de pensar em sua fome assim. Também o ajudava a não notar como a pele dela era suave, e como as curvas de seu corpo se encaixavam tão bem a ele.

A dor absorvida, e um pouco de irritação própria, eram o que impediam seu corpo de ter mais reações a ela. Mesmo assim, não conseguia ignorar o aperto em sua calça de uniforme, ou o modo como o leve farfalhar da pulsação dela sob seus dedos repousados na nuca o fazia querer grudar a boca na dela.

Saboreá-la, de todos os modos que um homem deseja uma mulher.

Foi preciso bastante esforço para livrar a mente de tais pensamentos. Jenna era uma missão, e só. E era humana, com a fragilidade e a curta expectativa de vida que acompanhavam essa condição. Apesar de que, se fosse honesto consigo próprio, ele seria o primeiro a admitir que há muito preferia as fêmeas mortais às suas irmãs, nascidas Companheiras de Raça.

No que se referia a relacionamentos românticos, tentava manter as coisas casuais. Nada muito permanente. Nada que pudesse durar o suficiente para decepcionar uma mulher que tivesse se permitido confiar nele.

Sim, ele já passara por isso. E tinha tanto a culpa quanto a autodepreciação para provar. Não tinha desejo algum em voltar a trilhar esse caminho em particular, nunca mais.

Antes que as lembranças o arrastassem para as sombras dos seus erros passados, Brock levantou o olhar e viu o portão de entrada do complexo da Ordem assomando-se logo à frente. Renata anunciou a chegada deles para Gideon no fone próximo à boca e, quando o Rover parou diante do portão de ferro, ele se abriu para recebê-los.

– Gideon disse que a enfermaria está preparada à nossa espera – informou ao dirigir até a garagem da frota nos fundos.

Brock resmungou em resposta, não conseguindo responder agora com a presença total de suas presas. A parte de trás do carro estava iluminada na cor âmbar, o brilho dos seus olhos transformados iluminando tudo tal qual uma fogueira, apesar das lentes escuras dos óculos.

Renata estacionou o veículo na garagem, depois deu a volta no carro para ajudar a tirar Jenna do banco de trás e levá-la até o elevador que os levaria do piso térreo até o quartel-general no subterrâneo. Ela despertou quando as portas se fecharam e o sibilo do motor hidráulico o pôs em movimento.

– Ponha-me no chão – murmurou, debatendo-se um pouco nos braços de Brock como se estivesse incomodada com a ajuda dele. – Não estou com dor. Consigo ficar de pé. Posso andar...

– Não, não pode – interrompeu ele com palavras concisas e firmes. – Seu corpo está em estado de choque. A sua perna necessita de cuidados. Você não vai andar para parte alguma.

Em meio ao atordoamento do seu choque, Jenna o encarou, mas manteve as mãos ao redor de seu pescoço até o elevador parar no andar do complexo. Brock saiu, caminhando rapidamente. Renata o seguiu, as solas de borracha dos seus coturnos batendo em contraponto com o sangue que pingava do ferimento de Jenna no chão.

Ao fazerem a curva que os levaria à enfermaria, Lucan os encontrou no meio do caminho. Parou de pronto, os pés afastados, as mãos se cerrando ao lado do corpo. Brock notou o leve tremor das narinas do Primeira Geração ante o cheiro do sangue fresco no corredor.

Os olhos de Lucan miraram a humana ensanguentada, a cor prateada reluzindo, as pupilas se estreitando como as de um gato.

– Mas que droga.

– Pois é – disse Brock. – Ferimento a bala na coxa direita, calibre 45 milímetros sem sinal de saída. Fizemos um torniquete, mas ela perdeu um monte de sangue no caminho entre o lugar em Southie onde a encontramos e aqui.

– Caramba – disse Lucan, as presas totalmente visíveis agora, pontas gêmeas reluzindo enquanto ele falava. Ele ralhou uma imprecação. – Vá em frente. Estão à espera dela na enfermaria.

Brock assentiu com firmeza para o líder da Ordem ao passar por ele. Na enfermaria, Gideon e Tess haviam preparado a mesa cirúrgica. O rosto de Gideon empalideceu um pouco e, quando ele cerrou o maxilar, um músculo saltou no rosto delgado.

– Deite-a aqui – instruiu Tess ao lado da mesa cirúrgica, assumindo o comando quando Gideon, sempre calmo e composto ao costurar um bom número de ferimentos de combate em outros guerreiros, pareceu totalmente perdido agora que a paciente era humana e derramava glóbulos vermelhos como se fosse uma torneira.

– Nossa – Gideon murmurou depois de um instante, o sotaque britânico mais forte do que o normal. – É sangue demais. Tess, você pode...

– Posso – respondeu ela rapidamente. – Posso cuidar disto sozinha.

– Ok – disse ele, visivelmente afetado. – Eu... hum... Acho que vou sair.

Enquanto Gideon saía, Brock deitou Jenna na mesa de aço inoxidável. Quando não se afastou, Tess levantou o olhar numa pergunta.

– Também está ferido?

Ele levantou o ombro bom.

– Não é nada.

Ela pressionou os lábios, não muito convencida.

– Talvez seja melhor Gideon se certificar disso.

– Não é nada – repetiu ele, impaciente. Tirou os óculos e os prendeu no colarinho da camiseta preta. – E quanto a Jenna? Está muito mal?

Tess olhou para ela e estremeceu de leve.

– Deixe-me examiná-la. É uma pena que meu dom tenha sido suprimido por causa do bebê, ou eu poderia curá-la em poucos segundos, em vez de gastar mais de uma hora para tentar controlar a hemorragia.

Tess, antes de se mudar para o complexo da Ordem e se tornar a companheira de Dante, trabalhara como veterinária. Desde então, tornou-se o braço direito de Gideon na enfermaria, cuidando de clientes muito maiores – e sem dúvida, mais rabugentos – do que aqueles com quem lidara em sua antiga clínica na cidade.

Como uma Companheira de Raça, ela também possuía um extraordinário talento – um que lhe era singular e que seria passado para o filho que carregava, assim como a mãe de Brock passara o dela para ele. Tess tinha um toque curador também, mas sua aptidão ia muito além da dele. Enquanto o dom de Brock possibilitava que ele absorvesse a dor, esse efeito era apenas temporário. Tess podia, na verdade, restaurar a saúde, até mesmo restaurar a vida de qualquer criatura.

Ou melhor, fora capaz, antes que a gestação suprimisse seu poder.

Ainda assim, ela era uma excelente profissional da saúde, e Jenna não poderia estar em mãos mais capazes. A despeito disso, Brock tinha dificuldades para se afastar da mesa de operações, apesar da sede de sangue que revirava seu íntimo e o retorcia de dentro para fora.

Ficou ali parado enquanto Tess esterilizava as mãos, removia o torniquete improvisado e depois efetuava um exame visual do ferimento. Pediu a Renata que ficasse por perto para auxiliá-la, depois tranquilizou Jenna, explicando que teria que extrair a bala e cuidar do ferimento.

– A boa notícia é que não há nenhum osso fraturado e, pelo que posso afirmar, remover a bala e reparar a artéria afetada será um procedimento razoavelmente simples. – Fez uma pausa. – A má notícia é que não estamos exatamente bem equipados para esse tipo de ferimento, isto é, um ferimento humano. De fato, você é a primeira paciente não pertencente à Raça que já entrou nesta enfermaria.

Jenna desviou o olhar para Brock, como que para confirmar o que estava ouvindo.

– Que sorte a minha, acabei num hospital de vampiros.

Tess sorriu com empatia.

– Vamos cuidar de você, prometo. Infelizmente, não temos coisas como anestesia. Os guerreiros não necessitam disso quando vêm para cá machucados, e nós, que somos suas companheiras, temos o elo de sangue para nos ajudar a nos curarmos. Mas posso aplicar um anestésico local...

– Deixe-me ajudar – interveio Brock, já se movendo ao redor da mesa para ficar ao lado de Jenna. Ele sustentou o olhar questionador de Tess. – Não ligo para o sangue. Sei lidar com isso. Deixe-me ajudá-la.

– Tudo bem – respondeu Tess com suavidade. – Vamos começar.

Brock observou, sem piscar, quando Tess pegou um par de tesouras da bandeja de instrumentos e começou a cortar a roupa arruinada de Jenna. Centímetro a centímetro, do tornozelo ao quadril, o jeans ensopado caiu de lado. Em questão de minutos, só o que cobria a parte inferior do corpo de Jenna era uma calcinha simples de algodão branco.

Brock engoliu em seco, a garganta se movendo audivelmente com o golpe em seu estômago da visão da pele feminina suave enquanto seus sentidos já estavam tomados pelo canto da sereia que era o cheiro do sangue de Jenna.

Ele deve ter rosnado sua fome num tom alto porque, no mesmo instante, os olhos de Jenna se abriram assustados. Sem dúvida, ele era uma visão assustadora, assomando-se na mesa de operações, o olhar preso ao dela, todos os músculos e tendões do corpo retesados como cordas de um piano. Mas, temerosa ou não, Jenna não desviou o olhar. Encarou-o, sem piscar, e ele viu nos olhos castanhos corajosos um pouco da policial de fronteira que sabia que ela fora.

– Renata – disse Tess –, pode me ajudar a movimentá-la só um pouco para eu tirar essas roupas?

As duas Companheiras de Raça trabalharam em conjunto, retirando os jeans manchados e o casaco arruinado enquanto Brock só conseguia ficar ali, imobilizado pela sede e por algo mais que corria de forma ainda mais profunda.

– Ok – disse Tess, percebendo seu olhar ardente. Ela lavara as mãos e as secara para depois vestir luvas de látex que estavam numa caixinha sobre um carrinho com rodas. – Vou começar assim que você estiver pronto, Brock.

Ele esticou a mão na direção de Jenna e encostou a palma na lateral de seu pescoço. Jenna se retraiu a princípio, aquele olhar incerto encontrando o dele como se ela fosse se esquivar de seu toque.

– Feche os olhos – ele lhe disse, com um esforço enorme para esconder o raspar ávido de sua voz. – Tudo vai passar em poucos minutos.

O peito dela subiu e desceu em movimentos rápidos, os olhos travados nos dele, desconfiados.

E por que ela deveria confiar? Ele era farinha do mesmo saco que a criatura que a aterrorizara no Alasca. Com a sua aparência agora, era uma surpresa que ela não tivesse saltado da mesa e tentado se defender com um dos bisturis de Tess.

No entanto, quando ele a fitou, Jenna exalou fundo. Os olhos se fecharam. E ele sentiu a pulsação forte sob seus dedos... depois a primeira pontada de dor quando Tess começou a limpar e tratar do ferimento.

Brock se dedicou em mantê-la confortável, concentrando seu talento na queimação dos antissépticos e na invasão dos instrumentos cirúrgicos afiados. Engoliu a dor de Jenna, ciente do trabalho eficiente de Tess ao remover a bala do fundo do músculo da sua coxa.

– Peguei – murmurou Tess, o barulho do chumbo caindo na bandejinha de metal. – Essa foi a pior parte. O resto do procedimento vai ser moleza.

Brock grunhiu. Ele conseguia lidar com a dor. Inferno, um ferimento a bala e o procedimento padrão para retirá-la era algo casual nas noites da maioria dos guerreiros voltando da patrulha. Mas Jenna não se colocara à disposição de situações como aquela, sendo ou não ex-policial. Ela não pedira para tomar parte das batalhas da Ordem, ainda que ele não entendesse o motivo de isso perturbá-lo.

Estava sentindo muitas coisas que não tinha o menor direito de sentir.

A fome ainda o assolava em seu íntimo como uma tempestade, elevando-se de duas necessidades igualmente imperiosas. Ceder a qualquer uma delas seria um erro, ainda mais agora. Ainda mais porque o objeto dos seus desejos gêmeos era uma mulher que a Ordem tinha que manter a salvo. Manter ao lado deles, pelo menos até poderem determinar o que ela poderia significar na guerra contra Dragos.

E, mesmo assim, ele a queria.

Sentia-se protetor em relação a ela, mesmo sabendo que era inadequado para o trabalho, e mesmo ela parecendo recusar a ideia de que precisava de ajuda de qualquer pessoa. Lucan a tornara sua responsabilidade, mas Brock não tinha como negar que ela se tornara sua missão pessoal muito antes disso. Desde o instante em que pousou os olhos nela no Alasca, depois que o Antigo a atormentara em sua cidade natal, envolvera-se emocionalmente em mantê-la a salvo.

Nada bom, censurou-se. Era uma péssima ideia deixar-se envolver pessoalmente quando um trabalho estava em jogo.

Não aprendera essa dura lição no passado em Detroit?

Envolver-se pessoalmente com alguém era o caminho mais rápido para o fracasso.

Minutos devem ter decorrido enquanto ele contemplava os anos que se passaram entre o capítulo negro da sua vida e o momento que vivia agora. Estava pouco ciente de Tess operando silenciosamente, de Renata com os instrumentos e as provisões requisitadas. Só depois de dado o último ponto e de Tess ir até a pia para lavar as mãos foi que Brock percebeu que ainda tocava Jenna, ainda a acariciava na linha da carótida com o polegar.

Pigarreou e afastou a mão. Quando falou, a voz saiu muito baixa.

– Terminamos aqui, doutora?

Tess parou ante a pia, virando-se para olhar por sobre o ombro.

– E quanto ao seu ferimento?

– Estou bem – respondeu. Ele não tinha intenção alguma de se demorar além do necessário. Além disso, a genética da Raça o curaria em pouco tempo.

Tess deu de ombros.

– Então terminamos.

Na mesa ao seu lado, o olhar de Jenna encontrou o seu e o prendeu, firme e forte. Os lábios, ainda pálidos pelo choque e pelo frio, se entreabriram, e ela exalou uma lufada de ar. A garganta se movimentou quando ela engoliu e tentou novamente:

– Brock... obrig...

– Estou saindo – rosnou ele, com frieza proposital. Recuou um passo; depois, com um xingamento para si mesmo, girou sobre os calcanhares e saiu apressado da enfermaria.

Capítulo 7

Brock manobrou o Rover preto para fora da propriedade da Ordem e seguiu sozinho noite adentro. Normalmente, os guerreiros faziam suas patrulhas em equipes, mas, para ser franco, no momento ele não se considerava uma boa companhia nem para si mesmo.

Suas veias latejavam com agressividade, e a fome que lançara suas garras quando estivera com Jenna não melhorava em nada seu comportamento. Ele precisava sentir o chão debaixo dos coturnos e uma arma na mão. Inferno, no ritmo em que a noite se desenrolara até então, ele receberia de braços abertos até mesmo o frio gélido do início de dezembro, que normalmente odiava.

Qualquer coisa que o distraísse da necessidade que deixava seus nervos à flor da pele.

Por essa razão, sacou o celular do bolso do uniforme e apertou o número que ligava direto para Kade.

– Lavanderia Luz do Dia – atendeu o guerreiro, ironicamente. – Como estão as coisas em casa?

Brock só conseguiu grunhir.

Kade riu.

– Boas, é? Quando foi a última vez que alguém levou uma humana sangrando para o complexo? Ou qualquer humana, para falar a verdade.

– A situação ficou um pouco tensa por um tempo – admitiu Brock. – Felizmente, Tess interveio e cuidou de Jenna. Ela vai ficar bem.

– Fico feliz em ouvir isso. Alex jamais nos perdoaria se deixássemos alguma coisa acontecer com a melhor amiga dela.

Brock não queria discorrer sobre Jenna, ou sobre a responsabilidade de mantê-la a salvo. Franziu a testa ao tomar a direção da cidade, o olhar perscrutando as ruas e os becos, à procura de ladrões ou idiotas – qualquer desculpa para estacionar e se meter numa luta corpo a corpo. Humanos ou da Raça, pouco se importava, contanto que se envolvessem numa briga decente.

– Qual a situação no local em Southie? – perguntou a Kade.

– Como se nada tivesse acontecido, amigo. Niko e eu nos livramos dos corpos, do vidro quebrado e de todo aquele sangue. A câmara frigorífera onde mantiveram Jenna parecia ter sido usada como um maldito matadouro.

O maxilar de Brock se endureceu quando ele reviveu o momento em que a encontrara numa lembrança vívida. Seu mau humor aumentou ainda mais ao pensar nos dois malditos que a machucaram.

– E quanto às testemunhas? – No longo meio segundo de silêncio que lhe respondeu, Brock emitiu uma imprecação. – Os dois caras que apanharam Jenna no lado de fora do complexo e a levaram até lá? Deixei um semiconsciente no escritório do lado de fora da câmara frigorífera, o outro fugiu depois que atirou em mim e captou um relance das minhas presas.

– Ah, cacete – disse Kade. – Não havia ninguém no prédio a não ser os dois corpos que desovamos. Não sabíamos das testemunhas, cara.

É, bem... Isso porque no calor do momento, com Jenna sangrando e trêmula em seus braços, Brock se esquecera de mencioná-las.

– Maldição – ralhou, socando o painel do Rover. – A culpa é minha. Meti os pés pelas mãos. Devia ter contado que havia vivos que precisavam ser contidos.

– Não se preocupe – apaziguou Kade. – Não estamos tão longe. Vou dizer ao Niko para voltarmos. Podemos dar mais uma olhada no lugar, procurar os dois fugitivos e apagar suas memórias de toda essa situação.

– Não é necessário. Já estou a caminho. – Brock fez uma curva fechada à esquerda no cruzamento mais próximo e seguiu para o sul de Boston. – Aviso assim que tiver a situação sob controle.

– Certeza? – perguntou Kade. – Se quiser retaguarda...

– Ligo quando estiver tudo resolvido.

Antes que o irmão de armas pudesse comentar sobre seu tom letal, Brock desligou e guardou o aparelho no bolso de novo, enquanto o Rover entrava na parte abandonada da cidade.

Quando chegou ao bairro da fábrica, sua pulsação latejava com o desejo de vingança. Estacionou o carro num beco lateral e andou o resto do caminho coberto de neve até chegar aos fundos da construção. Havia luzes acesas do lado de dentro, e, através das paredes de tijolos e concreto do lugar, ouviu o murmurar abafado de vozes masculinas, ambas com sotaque acentuado, uma delas à beira da histeria.

Brock saltou sobre o telhado da antiga construção e avançou até uma claraboia coberta de neve que se abria no meio da fábrica logo abaixo. Os dois cretinos que ele queria encontrar andavam de um lado para o outro em meio aos lombos de boi, partilhando uma garrafa suja de vodca barata e fumando cigarros que tremiam entre os dedos.

– Estou te dizendo, Gresa – exclamou aquele com o nariz quebrado. – Temos que chamar os tiras!

O atirador – Gresa, é claro – deu um grande gole da garrafa e sacudiu a cabeça.

– Para dizer o que, Nassi? Olhe ao seu redor! Consegue ver alguma prova do que achamos que vimos aqui hoje? Olha só, não aconteceu nada. E nada de polícia.

– Sei muito bem o que vi – insistiu Nassi, a voz se elevando mais. – Temos que contar pra alguém!

Gresa se aproximou e lhe entregou a garrafa. Enquanto Nassi bebia, seu amigo gesticulou para a fábrica vazia.

– Não tem sangue, nenhum sinal de briga. Nada do Kole ou do Majko também.

– Eles morreram! – berrou Nassi. Ele escorregou para algumas palavras da sua língua materna para depois prosseguir num inglês entrecortado. – Vi os corpos, você também! Estavam aqui quando fugimos do prédio. Sei que viu, Gresa! E se aquele homem, ou seja lá o que fosse, os levou? E se ele voltar para pegar a gente?

O atirador de Jenna levou a mão à lombar e pegou uma pistola. Balançou-a diante de si como um prêmio.

– Se ele voltar, tenho isto. Atirei uma vez, posso atirar de novo. E, da próxima vez, eu mato.

Nassi levou a garrafa uma vez mais à boca e terminou com o que restava da bebida. Largou a garrafa no chão.

– Você é um tolo, Gresa. E logo vai ser um tolo morto. Mas eu não. Vou embora daqui. Vou largar este emprego de merda e voltar para casa.

Ele saiu do campo de visão de Brock, o companheiro seguindo-o.

Quando os dois homens saíram do prédio para a rua escura, Brock já os esperava. Descera do telhado e já estava diante da porta, bloqueando-lhes a saída.

– Indo para algum lugar? – perguntou com gentileza, revelando as presas. – Talvez queiram uma carona.

Os dois gritaram, gritos agudos de puro terror humano que eram música aos ouvidos de Brock, que saltou sobre o da frente, o do nariz quebrado.

Rasgando-lhe a garganta vulnerável, Brock não bebeu, apenas o matou. Largou o corpo inerte na neve, depois inclinou a cabeça na direção do que atirara em Jenna.

Gresa gritou uma vez mais, a pistola em sua mão tremendo violentamente. Se Brock fosse humano ou estivesse distraído como antes dentro da fábrica, quando sua ira voltada para Nassi impedira que percebesse que havia uma pistola apontada para ele do outro lado da sala, Gresa talvez conseguisse atirar nele agora.

Atirou, mas de modo desajeitado e sem mira.

E Brock se moveu na velocidade da luz, mergulhando sobre ele e derrubando-o, mandando a bala perdida para algum lugar no escuro.

Com um giro do braço, quebrou o pulso do atirador e se sentou sobre ele no chão.

– A sua morte será mais lenta – rosnou, curvando os lábios para revelar dentes e presas, prendendo o agressor de Jenna com o âmbar luminoso dos seus olhos transformados.

Gresa choramingou e soluçou, depois berrou horrorizado quando Brock se inclinou e enterrou a mandíbula na artéria enlouquecedoramente pulsante em seu pescoço. Sugou o sangue maculado pelo álcool para a boca, alimentando-se num furor de raiva e sede.

Bebeu e bebeu um pouco mais ainda.

O sangue o alimentou, mas foi a fúria, a vingança pelo que aqueles homens fizeram com uma fêmea inocente, com Jenna, que o saciaram verdadeiramente.

Brock se afastou e rugiu seu triunfo para o céu noturno, o sangue escorrendo pelo queixo numa trilha quente. Alimentou-se um pouco mais, depois segurou o crânio do humano entre as mãos, girando-o com força e quebrando-lhe o pescoço.

Quando tudo terminou, quando o pior da sua ira e a sede começaram a definhar, e tudo o que restava era o descarte imediato dos mortos, Brock lançou um olhar objetivo para a carnificina que executara. Era selvagem e absoluta.

Uma completa aniquilação.

– Jesus Cristo... – sibilou, ajoelhando-se e passando as mãos pela cabeça.

No que se referia a Jenna Darrow, não conseguiria manter as coisas estritamente profissionais.

Capítulo 8

– Espero que todas estejam com fome – disse Alex, passando pelas portas vaivém da cozinha da mansão, com uma tigela grande de frutas frescas cortadas numa mão e um cesto de biscoitos com ervas aromáticas quentinhos na outra.

Depositou ambos na mesa da sala de jantar diante de Jenna e Tess, que foram instruídas por Alex e as outras mulheres do complexo para que se sentassem e se servissem do café da manhã.

– Como está se sentindo, Jen? – perguntou Alex. – Precisa de alguma coisa? Se quiser erguer a perna, posso pegar um banquinho na outra sala.

Jenna meneou a cabeça.

– Estou bem. – Sua perna estava bem melhor desde a cirurgia da noite anterior, e ela não sentia muitas dores. Só por causa da insistência de Tess é que estava usando uma bengala para se movimentar. – Não precisa ficar me mimando.

– Essa é a minha melhor amiga, a policial do interior – disse Alex, revirando os olhos na direção de Tess e virando a mão num sinal de pouco caso. – Só um machucadinho a bala, não precisam se preocupar...

Jenna caçoou.

– Comparado com a semana que tive, um buraco a bala na coxa é a menor das minhas preocupações.

Ela não estava querendo solidariedade, apenas declarando um fato.

A mão de Tess pousou com suavidade em seu pulso, assustando-a com seu calor e a preocupação genuína no olhar.

– Nenhuma de nós pode fingir saber aquilo pelo que você passou, Jenna, mas espero que entenda que estamos aqui para cuidar de você agora. Você está entre amigas, todas nós.

Jenna resistiu ao efeito de consolo que as palavras de Tess exerciam sobre ela. Não queria se sentir relaxada naquele lugar, entre Alex e aquelas desconhecidas aparentemente gentis.

Nem com Brock.

Muito menos com ele.

Sua mente ainda estava confusa com o resgate inesperado na cidade. Fora um erro sair como havia saído, despreparada e afetada emocionalmente. Não fazia tanto tempo assim que se desligara da polícia para não se lembrar que o melhor modo de se ver em apuros era fugir despreparada em território desconhecido. Só o que reconheceu naquele meio segundo antes de sair do complexo foi o desespero em fugir da sua nova e sombria realidade.

Cometera um clássico erro de julgamento de principiante, incitado pela emoção, e acabara necessitando de resgate para voltar à segurança. Que o seu resgate tivesse surgido na forma de um vampiro formidável e aterrorizante era algo que ela não sabia se um dia conseguiria compreender.

No fundo, sabia que Brock salvara sua vida na noite anterior. Uma parte sua desejava que ele não o tivesse feito. Não queria ficar devendo nada a ele. Não gostava de dever a ninguém, muito menos a um homem que nem podia ser classificado como humano.

Deus, que reviravolta em sua vida...

Com seus pensamentos cada vez mais sombrios, Jenna afastou a mão da de Tess e se recostou na cadeira.

Tess não a pressionou a falar, simplesmente se inclinou sobre a mesa e inspirou um pouco da fragrância que emanava dos biscoitos.

– Hummm – gemeu, o braço fino amparando a curva do ventre arredondado. – É a receita de cheddar e manjericão da Dylan?

– Atendendo a pedidos – respondeu Alex vivamente. – E há mais de onde isso veio, incluindo as incríveis torradas francesas com crème brûlée de Savannah. Falando nelas, é melhor eu ir buscá-las para o banquete.

Enquanto Alex virava e desaparecia novamente na cozinha, Tess lançou um olhar furtivo para Jenna.

– Você ainda não viveu se não provou os biscoitos de Dylan e as torradas de Savannah. Confie em mim, são o paraíso.

Jenna sorriu com educação.

– Tudo me parece muito bom. Nunca fui muito de cozinhar. Minha tentativa de sucesso na cozinha é uma omelete de carne de alce com queijo suíço, espinafre e batatas.

– Carne de alce? – Tess gargalhou. – Bem, posso lhe garantir que nenhuma de nós já experimentou algo parecido. Talvez você possa preparar para nós um dia desses.

– Quem sabe? – disse Jenna sem se comprometer, levantando os ombros.

Se não fosse pela incômoda matéria desconhecida encravada em sua coluna, e agora pelo tiro que a manteria ali sabe lá Deus por quanto tempo, ela já teria ido embora. Não sabia quanto tempo ainda a fariam ficar ali, mas assim que conseguisse sair andando, já era. Não se importava com o que a Ordem precisava saber; não tinha nenhuma intenção de ficar por perto para ser o ratinho de laboratório deles.

Ainda era estranho demais pensar que estava ali com elas, num quartel-general secreto habitado por uma equipe de vampiros guerreiros e por mulheres aparentemente sãs e agradáveis que pareciam felizes e à vontade entre eles.

O surrealismo da coisa toda se intensificou quando Alex e o restante das mulheres da Ordem – cinco lindas jovens e a menina loira chamada Mira – saíram da cozinha com o restante do café da manhã.

Conversavam amigavelmente, relaxadas na companhia uma da outra como se tivessem estado juntas a vida inteira.

Formavam uma família, inclusive Alex, apesar de ela ter chegado ali apenas uma semana antes, assim como Jenna.

Um ritmo descontraído se fez na sala de jantar, enquanto pratos com bordas douradas eram passados adiante e completados com todo tipo de comida deliciosa. Taças de cristal eram enchidas com suco até a borda, e delicadas xícaras de porcelana logo se encheram com fragrante café torrado e coado.

Jenna observava tudo em silêncio enquanto a refeição prosseguia. Xarope de bordo aquecido e bolinhas de manteiga rodavam pela mesa, parando por mais tempo com a pequena Mira, que encharcou sua torrada com aquela doçura e cobriu os biscoitos com manteiga como se aquilo fosse cobertura. Mira engoliu um em duas mordidas grandes, depois atacou o resto da refeição com muita vontade.

Jenna sorriu sem querer ante o apetite voraz da menina, sentindo uma pontada de melancolia, senão culpa, quando pensou na filha. Libby sempre fora uma menina cuidadosa, disciplinada e séria, mesmo quando pequena.

Deus, o que não daria para poder ver Libby degustando algo tão simples quanto um café da manhã à sua frente na mesa?

Com os dedos melados, Mira pegou o copo de suco de laranja e sorveu um gole grande. Suspirou de contentamento ao apoiar o copo novamente num baque.

– Pode me passar o chantilly para eu pôr nos pêssegos? – perguntou, cravejando Jenna com seus misteriosos olhos violeta.

Por um instante, Jenna se sentiu capturada por aquele olhar. Dispensou a sensação e pegou a tigela que estava no meio do caminho entre ela e Mira do outro lado.

– Pode, *por favor*, me passar o chantilly? – Renata a corrigiu de seu lugar à direita da menina. A morena lançou-lhe uma piscadela decididamente maternal e carinhosa ao interceptar a tigela que Jenna segurava.

– Pode, por favor – Mira se corrigiu, não parecendo nem um pouco admoestada.

Jenna cortou um pedaço da torrada e a colocou na boca. Era exatamente o que Tess havia prometido, paradisíaca. Mal conseguiu refrear um gemido alto ao se deleitar com o sabor cremoso de baunilha.

– Gostou? – perguntou Savannah, que estava sentada em uma das cabeceiras da longa mesa de jantar.

– É deliciosa – murmurou Jenna, as papilas gustativas ainda vibrando de êxtase. Lançou um breve olhar, abarcando todas ali reunidas. – Obrigada por me deixarem partilhar disto com vocês. Nunca vi tanta comida junta em minha vida.

– Achou que a deixaríamos morrer de fome? – perguntou Gabrielle da outra cabeceira. Seu sorriso era acolhedor e amigável.

– Não sei bem o que pensei – respondeu Jenna, com honestidade. – Sendo bem franca, acho que ainda não processei tudo isso muito bem.

Gabrielle inclinou a cabeça num leve assentimento, parecendo sábia e serena, ainda que, sem dúvida, devesse ser mais jovem do que Jenna e seus trinta e três anos.

– Isso é compreensível. Você sofreu muito, e a sua situação é sem igual para todos nós.

– A minha situação – Jenna repetiu, refletindo enquanto mexia um pedaço de pão molhado em xarope de bordo em seu prato. – Está falando do objeto não identificado que está alojado na base do meu crânio?

– É, isso – concordou Gabrielle, com um tom gentil na voz. – E o fato de que você teve sorte de escapar do ataque do Antigo com vida. O simples fato de ele ter se alimentado de você e tenha permitido que você vivesse é...

– Inédito – sugeriu a mulher sentada com Gabrielle. Ela tinha cabelos ruivos e o belo rosto salpicado por sardas. – Se soubesse do que ele é capaz, se você tivesse noção do que aconteceu com tantas outras... – A voz se perdeu, um leve estremecimento fazendo o garfo em sua mão tremer. – É um milagre que você esteja viva, Jenna.

– Dylan tem razão – concordou Tess. – Há mais ou menos um ano, quando a Ordem descobriu que o Antigo havia sido despertado, temos tentado localizá-lo e a Dragos, o filho da mãe responsável por trazer de volta ao mundo esse tipo de perigo.

– Não sei qual dos dois é pior – Renata interveio. – O Antigo clamou muitas vidas inocentes, mas é Dragos, o neto sádico do Antigo, quem vem dando as ordens.

– Está dizendo que aquela criatura tem descendentes? – Jenna perguntou, sem conter sua repulsa.

Gabrielle sorveu um gole de café, depois, com cuidado, voltou a depositar a xícara no pires.

– Aquela criatura e outros tantos como ele deram início à Raça na Terra.

– Na Terra? – Jenna exclamou com uma risada descrente. – Está se referido a alienígenas agora? Aquele vampiro que me atacou...

– Não era deste mundo – Savannah concluiu por ela. – É verdade. Não é mais difícil de acreditar do que a existência dos próprios vampiros, se quer saber a minha opinião, mas é a mais pura verdade. Os Antigos estupraram e dominaram depois que aterrissaram aqui há milhares de anos. Com o passar do tempo, algumas das suas vítimas engravidaram com o que se tornaria a primeira geração da Raça.

– Isso faz algum sentido para vocês? – Jenna perguntou, ainda incrédula. Relanceou para Alex, ao seu lado. – Você também acredita nisso?

Alex concordou.

– Depois de conhecer Kade e todos os demais aqui no complexo, como posso não acreditar? Também vi o Antigo com meus próprios olhos, momentos antes de ele ser morto nos despenhadeiros fora de Harmony.

– E quanto a esse outro... Dragos? – perguntou Jenna, curiosa, sem querer, em fazer com que todas as peças desse incrível quebra-cabeça se juntassem se algum modo. – Onde ele entra?

Dylan foi a primeira a falar.

– Ao que parece, Dragos despertou o Antigo muito antes do que supúnhamos. Décadas antes, de fato. Ele o manteve escondido e o usou para criar uma nova leva de Primeira Geração, os membros mais fortes da Raça, visto que são descendentes diretos da linhagem do Antigo e não geneticamente diluídos, como as gerações posteriores.

– Dragos vem criando um exército pessoal dos mais poderosos, dos mais letais membros da espécie – acrescentou Renata. – São criados supervisionados, treinados para serem assassinos impiedosos. Assassinos particulares de Dragos, a quem ele convoca sempre que necessário para os seus desígnios.

Gabrielle assentiu.

– Para criar essa geração, Dragos também precisou de um estoque de mulheres férteis para engravidar do Antigo.

– As Companheiras de Raça – disse Alex.

Jenna olhou para ela.

– E o que são elas?

– Mulheres nascidas com um DNA e características sanguíneas distintas que as tornam capazes de partilhar um elo de sangue vitalício com os membros da Raça e de reproduzir seus filhos – disse Tess, a mão distraída acariciando o ventre distendido. – Mulheres como nós ao redor desta mesa.

O choque e o horror contraíram o íntimo de Jenna.

– Está dizendo que eu...

– Não – disse Tess, balançando a cabeça. – Você é mortal, não é uma Companheira de Raça. O seu hemograma é normal e você não tem a marca que o resto de nós tem.

Ante a confusão estampada no rosto dela, Tess mostrou a mão, que trazia uma marca rubra entre o polegar e o indicador. Era uma minúscula lua crescente com o que parecia uma gota de lágrima caindo em seu centro.

– Todas vocês têm essa tatuagem?

– Não é uma tatuagem – disse Alex. – É uma marca de nascença, Jenna. Todas as Companheiras de Raça têm uma em algum lugar do corpo. A minha está no quadril.

– Não existem muitas de nós no mundo – explicou Savannah. – A Raça considera as Companheiras de Sangue sagradas, mas Dragos não. Ele vem juntando essas mulheres há anos, mantendo-as em cativeiro; deduzimos que com o único propósito de gerarem os assassinos de Primeira Geração. Muitas delas foram mortas, seja por Dragos ou pelo Antigo.

– Como sabem disso? – Jenna perguntou, horrorizada pelo que ouvia.

Na outra ponta da mesa, Dylan pigarreou.

– Eu as vi. As mortas, quero dizer.

A parte policial de Jenna ficou alerta.

– Se vocês têm cadáveres, então têm provas e motivo para entregar esse cretino, Dragos, para as autoridades.

Dylan meneava a cabeça.

– Não vi os corpos. Vi as mortas. Elas... aparecem às vezes. Às vezes falam comigo.

Jenna não sabia se gargalhava ou se deixava a cabeça cair, derrotada.

– Você vê pessoas mortas?

– Toda Companheira de Raça tem uma habilidade ou talento próprio que a torna peculiar de algum modo – explicou Tess. – Para Dylan, é esse dom de se conectar com as outras Companheiras de Raça que já morreram.

Renata se inclinou para a frente, apoiando os antebraços na mesa.

– Através do dom de Dylan, sabemos com certeza que Dragos é o responsável pela morte de inúmeras Companheiras de Raça. E por meio de outra amiga da Ordem, Claire Reichen, cujo talento nos levou a localizar a base de operações de Dragos há alguns meses, sabemos que ele ainda mantém muitas mais. Desde então, a operação de Dragos se escondeu no submundo. Agora a principal missão da Ordem, além de acabar com o maldito o mais rápido possível, é encontrar o quartel-general dele e libertar as suas vítimas.

– Temos ajudado como podemos, mas é muito difícil localizar um alvo móvel – disse Dylan. – Podemos procurar os relatórios das pessoas desaparecidas, procurando por rostos que eu reconheça. E, durante o dia, vasculhamos abrigos para mulheres, orfanatos, albergues... qualquer lugar que possa nos levar às jovens desaparecidas.

Renata assentiu.

– Particularmente aquelas com habilidades extrassensoriais ou outras competências que possam indicar uma Companheira de Raça em potencial.

– Fazemos o que podemos – disse Gabrielle. – Mas ainda não tivemos muita sorte. É como se estivesse nos faltando a chave para desvendar tudo isso e, até a encontrarmos, parece que só ficamos dando voltas.

– Ei, espere um instante – disse Jenna, seu lado policial enferrujado compreendendo a frustração de seguir pistas infrutíferas. – A persistência costuma ser o melhor aliado de um investigador.

– Pelo menos não temos mais que nos preocupar com o Antigo – disse Savannah. – Essa é uma batalha a menos para enfrentar.

Ao redor da mesa de café da manhã, um coro de vozes concordantes ecoou essa declaração.

– Por que o Antigo deixou que *você* vivesse, Jenna?

A pergunta foi feita por Elise, uma loira baixinha de cabelos curtos do outro lado de Tess. A discreta do grupo, que se parecia com uma flor delicada, mas com um olhar franco e decidido de uma guerreira. Ela, provavelmente, devia precisar dessa força interior, levando-se em consideração a companhia que ela e as demais mulheres naquele complexo tinham.

Jenna baixou o olhar para o prato e refletiu sobre sua resposta. Demorou um tempo para encontrar as palavras.

– Ele me fez escolher.

– O que quer dizer com isso? – disse Savannah, com a testa se franzindo numa pergunta.

O que você decide, Jenna Tucker-Darrow?

Vida... ou morte?

Jenna sentiu todos os olhos cravados nela naquele silêncio. Forçando-se a enfrentar as perguntas não proferidas que pairavam no ar, ela ergueu o olhar. Empinou o queixo e falou sucinta e rapidamente:

– Eu queria morrer. É o que eu teria preferido, ainda mais naquele momento. Ele sabia disso, tenho certeza. Mas, por algum motivo, pareceu querer brincar comigo, então me fez decidir se eu queria ou não morrer naquela noite.

– Puxa, Jen, que horrível... – A voz de Alex se mostrou emocionada. Seu braço a envolveu pelos ombros num gesto de amparo. – Filho da puta cruel.

– Então – continuou Elise –, você disse ao Antigo que a deixasse viver e ele concordou... Simples assim?

Lembrando o momento com vívida clareza agora, Jenna balançou a cabeça com vigor.

– Eu lhe disse que queria viver, e a última coisa de que lembro é dele fazendo um corte no braço e retirando aquela coisa, aquela coisa minúscula que só Deus sabe o que é, e que agora está dentro de mim.

Ela sentiu, mais do que viu, a sutil troca de olhares ao redor da mesa.

– Acham que isso tem alguma significância? – perguntou, dirigindo a pergunta ao grupo como um todo. Tentou abafar a pontada repentina de medo que reverberou em seu peito. – Acham que o fato de ele ter colocado aquela coisa dentro de mim tem alguma importância em eu viver ou morrer?

Alex segurou a mão dela num gesto tranquilizador, mas foi Tess quem falou antes das outras.

– Talvez Gideon possa fazer outros testes para nos ajudar a descobrir isso.

Jenna engoliu em seco, depois assentiu.

Seu prato de comida permaneceu intocado pelo restante da refeição.

Num canto escurecido de um quarto num hotel luxuoso em Boston, onde cortinas pesadas impediam a passagem do menor dos raios solares da manhã, o macho da Raça chamado Dragos estava acomodado numa poltrona acolchoada em seda e tamborilava as unhas da mão na mesinha lateral de mogno. Atrasos o deixavam impaciente, e a impaciência o tornava letal.

– Se ele não chegar nos próximos sessenta segundos, um de vocês terá que matá-lo – disse para o par de assassinos de Primeira Geração que o flanqueavam como Cérberos musculosos de dois metros de altura.

Assim que terminou de falar, no corredor do lado de fora da suíte presidencial, o elevador privativo emitiu uma campainha eletrônica, anunciando a chegada do convidado. Dragos não se moveu de seu canto no quarto, aguardando em silêncio irritado enquanto outro dos seus guardas pessoais criados acompanhava o macho da Raça civil – um tenente na operação secreta de Dragos – até a suíte para a sua reunião particular.

O vampiro teve o bom senso de inclinar a cabeça no instante em que seu olhar recaiu sobre Dragos.

– Mil perdões por mantê-lo esperando, senhor. A cidade está tomada pelos humanos. Pessoas fazendo compras de Natal e turistas – disse ele, o desdém revelado em cada uma das sílabas bem pronunciadas. Tirou as luvas e as colocou nos bolsos do casaco de caxemira. – O meu motorista teve que dar uma dúzia de voltas no hotel antes de conseguirmos nos aproximar da entrada de serviço no andar subterrâneo.

Dragos continuou tamborilando os dedos na mesinha.

– Algo errado com a entrada principal?

Seu tenente, pertencente à segunda geração da Raça, assim como Dragos, empalideceu visivelmente.

– Estamos em pleno dia, senhor. Com toda essa claridade, eu me incineraria em questão de minutos.

Dragos apenas o fitou, nem um pouco incomodado. Também não estava satisfeito com o local inconveniente daquele encontro.

Preferiria muito mais o conforto e a segurança da sua residência. Mas isso já não era mais possível. Não depois que a Ordem interferiu em sua operação e o obrigou a buscar refúgio.

Temendo ser descoberto, ele não permitia mais que qualquer um dos seus associados civis soubesse onde seu quartel-general ficava. Como precaução adicional, nenhum deles conhecia a localização das suas propriedades nem da sua equipe. Ele não podia correr o risco de que seus tenentes caíssem no poder da Ordem e o acabassem comprometendo na esperança de que Lucan os poupasse de sua ira.

Só de pensar em Lucan Thorne e nos seus guerreiros, ele ficava com um gosto amargo na boca. Tudo pelo que tanto trabalhara, sua visão de um futuro no qual mal conseguia esperar para pôr as mãos, fora estragado pelas ações da Ordem. Eles o forçaram a bater em retirada. Forçaram-no a destruir o nervo central da sua operação – um superlaboratório de pesquisa científica que lhe custara centenas de dólares e muitas décadas para aperfeiçoar.

Tudo isso desaparecido agora, nada além de cinzas e escombros no meio de uma floresta em Connecticut.

Agora o poder e os privilégios a que Dragos estava acostumado por séculos foram substituídos por esconderijos nas sombras e olhadelas constantes por sobre o ombro para se certificar de que o inimigo não se aproximava. A Ordem o obrigara a fugir e se esconder como um coelho desesperado para se evadir da armadilha do caçador, e ele não gostava nem um pouco disso.

O último incômodo acontecera no Alasca, com a fuga do Antigo, o seu instrumento mais valioso e insubstituível na busca pela derradeira dominação. Já fora bastante ruim que o Antigo tivesse escapado durante seu transporte em seu novo tanque de contenção. Mas o desastre só piorou quando a Ordem não só conseguiu encontrar o laboratório no Alasca como também o fugitivo alienígena.

Dragos perdera essas duas peças fundamentais para os malditos. Não pretendia perder mais nada.

– Quero ouvir boas notícias – disse ao tenente, dardejando o macho por debaixo das sobrancelhas unidas. – Como tem progredido com a sua missão?

– Tudo está a postos, senhor. Esta semana, o alvo e sua família imediata acabaram de regressar aos Estados Unidos das suas férias no exterior.

Dragos grunhiu em concordância. O alvo em questão era um ancião da Raça, com quase mil anos de existência, um da Primeira Geração, de fato, motivo pelo qual Dragos o tinha em mira. Além de querer que Lucan Thorne e seu bando de guerreiros ficassem sem trabalho, Dragos também retornara aos objetivos da sua missão inicial: a extinção sistemática e total de cada um dos Primeira Geração da Raça naquele planeta.

O fato de Lucan e outro membro fundador da Ordem serem Primeira Geração só tornava seu objetivo mais doce. E ainda mais imperativo. Ao acabar com todos os Primeira Geração, exceto seus assassinos criados e treinados para servi-lo inquestionavelmente, Dragos e os outros membros da segunda geração da Raça se tornariam, por consequência, os vampiros mais importantes da atualidade.

E se, ou melhor, *quando* se cansasse de partilhar o futuro que ele sozinho entreviu e garantiu que acontecesse, então ordenaria ao seu exército pessoal de assassinos que dizimasse cada um dos seus contemporâneos da segunda geração também.

Sentado num silêncio contemplativo e aborrecido, ouvia enquanto seu tenente se apressava em rever os detalhes do plano que o próprio Dragos idealizou poucos dias antes. Passo a passo, tática a tática, o outro macho da Raça discorreu sobre tudo, garantindo-lhe que nada seria deixado ao acaso.

– O Primeira Geração e sua família estão sendo observados em período integral desde que voltaram para casa – disse o tenente. – Estamos prontos para disparar o gatilho dessa operação ao seu comando, senhor.

Dragos inclinou a cabeça num vago assentimento.

– Faça acontecer.

– Sim, senhor.

A mesura profunda e sua retirada foram quase tão agradáveis quanto a noção de que aquele golpe pendente deixaria absolutamente claro para a Ordem que ele podia ter sido atingido, mas estava longe de ser abatido.

Na verdade, sua presença no elegante hotel em Boston, e uma das importantes reuniões de apresentação que levaram semanas para serem arranjadas entre ele e um punhado de humanos influentes escolhidos a dedo, solidificaria a posição de Dragos em sua ascensão para a glória final. Ele praticamente já sentia o gosto do sucesso.

– Ah, mais uma coisa – Dragos chamou seu associado que partia.

– Sim, senhor.

– Se fracassar – disse ele de maneira agradável –, esteja preparado para que eu lhe sirva seu próprio coração.

O rosto do macho empalideceu, ficando branco como o carpete que cobria o piso tal qual neve fresca.

– Não fracassarei, senhor.

Dragos sorriu, expondo tanto os dentes quanto as presas.

– Certifique-se de que isso não aconteça.

Capítulo 9

Depois da bagunça carregada de morte da noite anterior na cidade, Brock considerou um triunfo pessoal que tivesse conseguido evitar Jenna em grande parte do dia após o seu retorno ao complexo.

Depois de ter descartado os dois corpos nas águas gélidas do rio Mystic, ficou sozinho até quase o amanhecer, tentando se libertar da fúria que parecia acompanhá-lo aquela noite.

Mesmo após estar no quartel-general da Ordem por algumas horas pela manhã, a raiva injustificada, e completamente indesejável, que o possuía ao pensar numa mulher inocente se deparando com o perigo fazia com que seus músculos vibrassem com uma necessidade de violência. Algumas boas horas de treino suado com as armas ajudaram a aplacar um pouco desse sentimento. Bem como o banho escaldante de quarenta minutos com o qual se castigara após o treino.

Ele até poderia achar que se sentia bem, com a cabeça no lugar de novo, se não fosse pelos golpes certeiros que Gideon lançara não muito tempo depois.

O primeiro foi a notícia de que Jenna descera depois do café da manhã com as outras mulheres do complexo e lhe pedira para fazer mais exames de sangue e de tecido. Ela havia se lembrado de algo a respeito do tempo passado com o Antigo, algo que Gideon dissera que havia deixado a fêmea valente bem atormentada.

O segundo golpe foi dado quase imediatamente depois que os primeiros resultados dos exames surgiram.

O sangue e o DNA de Jenna haviam mudado significativamente desde a última vez que Gideon os analisara.

No dia anterior, os resultados foram normais. Hoje, tudo estava alterado.

– Não podemos nos precipitar em conclusões. Não importa o que esses resultados possam indicar – disse, por fim, Lucan, em seu tom grave e sério.

– Talvez devamos fazer mais exames – sugeriu Tess, a única fêmea no laboratório de tecnologia no momento. Ela levantou o olhar dos resultados perturbadores para encarar Lucan, Brock e o restante da Ordem, que fora convocada ali para revisar os achados de Gideon. – Devo ir buscar Jenna e levá-la para a enfermaria para mais exames?

– Você até pode fazer isso – disse Gideon –, mas fazer outros exames não vai mudar nada. – Ele tirou os óculos de lentes azul-claras, jogando-os na mesa de acrílico diante dele. Pinçando o alto do nariz, balançou a cabeça de leve. – Esse tipo de mutação de DNA e a reprodução celular massiva simplesmente não acontecem. Os corpos humanos não são avançados o bastante para lidar com as exigências que mudanças dessa significância provocariam em seus órgãos e artérias, sem falar no impacto que algo assim teria no sistema nervoso central.

Com os braços cruzados diante do peito, Brock se recostou na parede ao lado de Kade, Dante e Rio. Não disse nada, esforçando-se para entender tudo o que via e ouvia. Lucan tinha aconselhado que ninguém se precipitasse em conclusões, mas era excessivamente difícil não fazer isso agora, com o futuro bem-estar de Jenna em jogo.

– Não entendo – disse Nikolai do outro lado do laboratório, onde estava sentado à mesa, junto com Tegan e Hunter. – Por que agora? Isto é, se tudo estava normal antes, por que a súbita mutação no sangue e no DNA?

Gideon deu de ombros.

– Pode ser porque até ontem ela esteve num sono profundo, quase em coma. Soubemos que sua força muscular tinha aumentado assim que despertou. Brock testemunhou isso em primeira mão, e nós também, quando Jenna fugiu do complexo. As mudanças celulares que estamos vendo agora podem ter sido uma reação retardada ao seu despertar. Estar consciente e alerta pode ter agido como algum tipo de disparador dentro de seu corpo.

– Ontem à noite ela foi alvejada – acrescentou Brock, refreando o rugido raivoso que lhe constringia a garganta. – Isso pode estar relacionado com o que vemos no sangue dela agora?

– Talvez – disse Gideon. – Tudo é possível, imagino. Isso não é nada que eu, nem ninguém nesta sala, já tenha visto antes.

– Pois é – concordou Brock. – Simplesmente uma maravilha.

No fundo da sala, com os coturnos apoiados na mesa de reuniões enquanto inclinava a cadeira para trás, Sterling Chase pigarreou.

– Levando tudo em consideração, talvez não seja uma boa ideia dar tanta liberdade a essa mulher aqui no complexo. Ela é um grande ponto de interrogação no momento. Por tudo o que sabemos, pode muito bem ser algum tipo de bomba prestes a explodir.

Por um longo instante, ninguém disse nada. Brock odiou esse silêncio. Odiou Chase por exprimir algo que nenhum dos guerreiros quis considerar.

– O que sugere? – perguntou Lucan, lançando um olhar sério para o macho que passara décadas como parte da Agência de Policiamento antes de se juntar à Ordem.

Chase arqueou as sobrancelhas loiras.

– Se dependesse de mim, eu a retiraria do complexo o mais rápido possível. Trancaria-na em algum lugar seguro, bem longe das nossas operações, pelo menos até termos a oportunidade de deter Dragos de uma vez por todas.

O grunhido de Brock surgiu na garganta, carregado de animosidade.

– Jenna fica aqui.

Gideon recolocou os óculos e assentiu na direção de Brock.

– Concordo. Eu não me sentiria à vontade em tirá-la daqui agora. Gostaria de observá-la, para entender melhor o que está acontecendo com ela a nível celular e neurológico, no mínimo.

– Façam como quiserem – disse Chase. – Mas isso será o funeral de todos nós se você estiver errado.

– Ela fica – disse Brock, estreitando o olhar para o outro lado da mesa, que perfurou o ex-agente que sorria.

– Você está todo animado com essa humana desde o segundo em que a viu – observou Chase, o tom leve, mas com a expressão carregada de desafio. – Tem algo a provar, amigo? O que foi... você é um daqueles tolos loucos por uma dama em apuros? O santo padroeiro das causas perdidas. Essa é a sua?

Brock voou por cima da mesa num único salto. Poderia ter acabado com as mãos no pescoço de Chase, mas o vampiro previu o seu ataque e se moveu com a mesma velocidade. A cadeira caiu para trás e, em meio segundo, os dois machos grandes estavam cara a cara, travados numa batalha que nenhum deles poderia vencer.

Brock sentiu mãos fortes afastando-o do confronto, Kade e Tegan, chegando ali antes que ele conseguisse desferir o soco que Chase merecia. E atrás de Chase estavam Lucan e Hunter, os dois e os demais prontos a pôr panos quentes na situação caso um dos machos resolvesse agir.

Encarando Chase com raiva, Brock se permitiu ser afastado, mas só isso. Pelo que não foi a primeira vez, refletiu sobre a natureza antagônica e agressiva de Sterling Chase, e pensou no que fazia com que o de outro modo habilidoso e fantástico guerreiro fosse tão volátil.

Se a Ordem tinha uma bomba acionada com que se preocupar em seu meio, Brock ficou pensando se não estava olhando para ela naquele mesmo instante.

– Por que diabos isso está demorando tanto?

Jenna não tinha percebido que dera vazão à sua preocupação em voz alta até sentir a mão de Alex.

– Gideon disse que queria fazer outros testes na sua amostra. Tenho certeza de que logo vamos ter notícias.

Jenna bufou um suspiro. De bengala na mão, mesmo sentindo apenas uma necessidade mínima de se apoiar nela, levantou-se do sofá no qual estivera sentada e claudicou até o outro lado da sala de estar do apartamento. Fora levada até ali por Alex e Tess depois que colheram a amostra do seu sangue na enfermaria poucas horas atrás, dizendo-lhe que lhe tinham dado o uso daquele espaço pela duração da sua estada no complexo.

Aquela suíte era uma melhora e tanto em relação ao quarto da enfermaria. Espaçosa e confortável, com mobília grande de couro e mesinhas de madeira escura meticulosamente polidas, não entulhadas de tranqueiras. Estantes altas de madeira perfiladas com livros clássicos, de filosofia e história à altura de uma biblioteca. Livros provocativos e sérios que pareciam em contraste com uma prateleira muito bem organizada – caramba, *em ordem alfabética* – de livros de ficção populares bem ao lado.

Jenna deixou seu olhar passar pelas prateleiras de títulos e autores, necessitando de uma distração momentânea para impedir que pensasse demais no que poderia estar provocando tanta demora para ouvir as respostas de Gideon e dos outros.

– Faz mais de uma hora que Tess está lá – observou, tirando um livro qualquer sobre cantoras de jazz de sua posição na seção de história. Folheou as páginas, mais para dar algo paras as suas mãos fazerem do que por algum interesse real pelo livro.

Enquanto passava pelo capítulo sobre a era dos clubes de jazz dos anos 1920, uma fotografia amarelada escorregou. Jenna a apanhou antes que caísse no chão. O rosto sorridente de uma mulher jovem num vestido de seda cintilante e pele brilhante a fitava da imagem. Com olhos grandes e amendoados e tez de porcelana que parecia reluzir em contraste com os cabelos negros longos, ela era linda e exótica, ainda mais no cenário do clube de jazz ao fundo.

Com sua própria vida num espiral de confusão e preocupação, Jenna sentiu-se perplexa por um momento pelo júbilo evidente no sorriso amplo da jovem. Era uma alegria tão patente, franca, que quase sentiu uma dor física ao vê-la. Ela também já vivenciara esse tipo de felicidade, não? Deus, quanto tempo se passara desde que sentira ainda que metade da vivacidade daquela jovem da fotografia?

Brava com essa sensação de autopiedade, Jenna guardou a fotografia no livro, que devolveu ao seu lugar na prateleira.

– Não aguento mais. Isso está me deixando louca.

– Eu sei, Jen, mas...

– Ao diabo. Não vou mais ficar aqui esperando – disse, virando-se para encarar a amiga. A ponta da bengala se chocou no tapete ao abrir caminho até a porta. – Eles já devem ter alguns resultados a esta altura. Tenho que saber o que está acontecendo. Vou lá agora mesmo.

– Jenna, espere – Alex pediu atrás dela.

Mas ela já estava no corredor, andando o mais rápido que conseguia, apesar do impedimento da bengala e da leve fisgada que trespassava sua perna a cada passo apressado.

– Jenna! – Alex a chamou, com as passadas rápidas ecoando no corredor já deserto.

Jenna prosseguiu pelos corredores de mármore branco polido. A perna começava a latejar, mas ela não se importou. Deixou a bengala de lado, que só a retardava, e faltou pouco para começar a correr na direção das vozes abafadas dos machos logo mais adiante. Ela arfava ao chegar à parede de vidro do laboratório de tecnologia, com suor sobre seus lábios e na testa provocado pela dor.

Seus olhos encontraram Brock antes de qualquer outro membro do grupo aparentemente solene. Seu rosto estava tenso, os tendões do pescoço esticados como cabos, a boca formando uma linha carrancuda, quase ameaçadora. Ele estava no fundo da sala, cercado pelos outros guerreiros, todos aparentando tensão e inquietação, ainda piores agora que ela estava ali. Gideon e Tess estavam próximos ao nicho de computadores na parte anterior do laboratório.

Todos pararam o que estavam fazendo para fitá-la.

Jenna sentiu o peso dos olhares como algo físico. Seu coração se contraiu. Obviamente, eles já tinham a análise de seu sangue. Será que os resultados eram tão horríveis assim?

Suas expressões eram inescrutáveis, todos a mantendo sob observação cautelosa, silenciosa, conforme seus passos desaceleraram diante das portas deslizantes do laboratório.

Deus, olhavam para ela como se nunca a tivessem visto antes.

Não, percebeu, ao notar que o grupo continuava imóvel, olhando para ela através da parede transparente que a separava do grupo solene do outro lado. Olhavam-na como se esperassem que já estivesse morta.

Como se ela fosse um fantasma.

Um medo horrível se instalou em seu estômago, mas ela não pretendia recuar agora.

– Deixem-me entrar – exigiu, irritada e aterrorizada. – Maldição, abram essa maldita porta e me digam o que está acontecendo!

Levantou a mão e cerrou o punho, mas antes que pudesse bater no vidro, as portas deslizaram num sibilo suave. Avançou para dentro, sendo seguida de perto por Alex.

– Podem me contar – disse Jenna, o olhar passando de um rosto silencioso a outro. Demorou-se em Brock, a única pessoa naquela sala, além de Alex, por quem ela sentia alguma confiança. – Por favor... Preciso saber o que descobriram.

– Ocorreram algumas mudanças no seu sangue – disse ele, a voz grave impossivelmente baixa. Gentil demais. – E no seu DNA também.

– Mudanças. – Jenna engoliu em seco. – Que tipo de mudanças?

– Anomalias – Gideon interviu. Quando ela virou a cabeça na direção dele, ficou surpresa pela preocupação no olhar do guerreiro. Ele falava com cautela, parecendo demais com um médico retardando o pior tipo de notícia a dar ao seu paciente. – Descobrimos uma reprodução celular estranha, Jenna. Mutações que estão sendo passadas ao seu DNA e que se multiplicam a uma velocidade excessiva. Essas mutações não estavam presentes na última análise que efetuamos no seu sangue.

Ela balançou a cabeça, tanto pela confusão quanto como um reflexo de negação ao que pensava estar ouvindo.

– Não estou entendendo. Está se referindo a algum tipo de doença? Aquela criatura me infectou com alguma coisa quando me mordeu?

– Nada disso – disse Gideon, lançando um olhar ansioso para Lucan. – Bem, não exatamente.

– Então, o que, *exatamente*? – ela exigiu saber. A resposta surgiu meio segundo mais tarde. – Ai, meu Deus. Esta coisa na minha nuca... – Ela pôs a mão sobre o ponto em que o Antigo havia inserido o material não identificado do tamanho de um grânulo. – Esta coisa que ele colocou dentro de mim está provocando as mudanças. É isso, não é?

Gideon assentiu de leve.

– É biotecnologia de algum tipo, nada que a Raça ou a espécie humana tenha capacidade de criar. Pelas radiografias mais recentes de hoje, parece que o implante está se integrando à sua medula espinhal num ritmo muito acelerado.

– Tire isso.

Uma rodada de olhares preocupados passou pelo grupo de machos grandes. Mesmo Tess parecia pouco à vontade, sem conseguir sustentar o olhar de Jenna.

– Não é tão simples assim – Gideon respondeu, por fim. – Talvez você deva ver as imagens por si só.

Antes que ela conseguisse pensar se queria ou não ver as provas daquilo que lhe estava sendo dito, a imagem do seu crânio e coluna piscou na tela plana afixada numa parede diante dela. Num segundo, Jenna notou o nauseante objeto do tamanho de um grão de arroz que brilhava no centro da sua primeira vértebra. Os tentáculos que estiveram presentes no dia anterior eram mais numerosos naquela nova imagem.

Muito mais do que centenas a mais, cada tênue feixe entrando – *inextricavelmente* – ao redor e através da sua medula óssea.

Gideon pigarreou.

– Como disse, o objeto aparentemente é formado por uma combinação de material genético e alta tecnologia avançada. Nunca vi nada assim antes, tampouco consegui encontrar algum tipo de pesquisa científica humana que se assemelhasse minimamente a isso. Considerando-se as transformações biológicas que temos observado em seu DNA e em seu sangue, parece ser a fonte do material genético do próprio Antigo.

O que significava que parte daquela criatura estava dentro dela. Vivendo ali. Vicejando.

A pulsação de Jenna ecoava em seu peito. Ela sentia o fluxo sanguíneo acelerado nas veias, células alteradas que ela imaginava abrindo caminho em seu corpo a cada batida do coração, multiplicando-se, crescendo, devorando-a por dentro.

– Arranquem isso de mim – disse ela, a voz se elevando por causa da angústia. – Tirem essa maldita coisa de dentro de mim ou eu mesma tiro!

Com as duas mãos, ela começou a arranhar a nuca, o desespero fazendo-a agir como louca.

Ela nem percebeu Brock se movendo da sua posição do outro lado do laboratório, mas, em menos de um instante, ele estava bem ao seu lado, as mãos grandes envolvendo-a com os dedos. Os olhos castanhos prenderam-na pelo olhar e não a soltaram.

– Relaxe agora – disse ele, num sussurro gentil, porém com firmeza tirou-lhe as mãos da nuca e segurou-as entre as suas. – Respire, Jenna.

Com os pulmões contraídos, ela emitiu um soluço.

– Solte-me. Por favor, deixem-me em paz, todos vocês.

Ela se afastou e tentou ir embora, mas a pulsação pesada e o tinir em seus ouvidos fez a sala girar ao seu redor com violência. Uma onda obscura de náusea a acometeu, envolvendo-a numa névoa densa e atordoante.

– Te peguei – a voz tranquilizadora de Brock murmurou junto ao seu ouvido.

Ela sentiu os pés deixarem o chão e, pela segunda vez em poucos dias, viu-se amparada pela segurança dos braços dele.

Capítulo 10

Ele não deu explicações para o que estava fazendo ou para onde a estava levando. Apenas saiu do laboratório de tecnologia e a carregou pelo mesmo corredor pelo qual ela viera minutos antes com Alex.

– Solte-me – exigiu Jenna, os sentidos ainda confusos, tinindo a cada longa passada das pernas de Brock. Mudou de posição nos braços dele, tentando ignorar como até mesmo o menor dos movimentos fazia sua cabeça girar e seu estômago revirar. A cabeça pendeu sobre o antebraço forte, um gemido de dor escapando. – Eu disse para me colocar no chão, inferno.

Ele grunhiu enquanto continuava a caminhar.

– Eu ouvi na primeira vez.

Ela fechou os olhos, só porque estava difícil demais mantê-los abertos e ver o teto do corredor se contorcer e girar logo acima enquanto Brock a carregava complexo adentro. Diminuiu o ritmo a certa altura, depois virou, e Jenna abriu os olhos, vendo que ele a levara de volta à suíte que agora era seu quarto.

– Por favor, me ponha no chão – murmurou, a língua grossa, a garganta seca. O latejar por trás dos olhos se tornara uma pulsar firme, o tinido nos ouvidos um lamento agudo que parecia partir seu crânio ao meio. – Deus – arfou, sem conseguir disfarçar a agonia. – Está doendo muito...

– Ok – disse Brock baixinho. – Tudo vai ficar bem agora.

– Não, não vai. – Ela choramingou, humilhada pelo som da sua fraqueza, e pelo fato de que Brock a estava vendo assim. – O que está acontecendo comigo? O que ele fez comigo?

– Isso não importa agora – sussurrou Brock, a voz grave mostrando-se contraída. Uniforme demais para ser confiável. – Primeiro, vamos fazer você superar isto.

Atravessou o quarto com ela e se ajoelhou para acomodá-la no sofá. Jenna se recostou e deixou que ele lhe endireitasse as pernas, não tão perdida no desconforto e na preocupação para deixar de notar o carinho das mãos fortes daquele homem, que, provavelmente, seriam capazes de extrair a vida de alguém com pouco mais do que uma contorção.

– Relaxe – disse ele, as mãos fortes e carinhosas afagando seu rosto, os olhos escuros incitando-a a sustentar seu olhar. – Apenas relaxe e respire, Jenna. Consegue fazer isso por mim?

Ela se acalmou um pouco de pronto, relaxando ao som do seu nome nos lábios dele, o resvalar quente dos dedos que desciam pelo rosto e pelo maxilar e, depois, pela lateral do pescoço. As lufadas curtas de ar que entravam e saíam dos seus pulmões começaram a se acalmar, enquanto Brock amparava a nuca com uma mão e deslizava a outra palma num indo e vindo lento sobre o peito dela.

– Isso mesmo – murmurou, o olhar preso ao dela, intenso e, ainda assim, inacreditavelmente carinhoso. – Solte toda a dor e relaxe. Você está segura, Jenna. Pode confiar em mim.

Ela não sabia por que essas palavras deveriam afetá-la como a afetaram. Talvez a dor a tivesse enfraquecido. Talvez fosse o medo do desconhecido, o abismo da incerteza que subitamente se tornara a sua realidade desde aquela noite gélida e horrenda no Alasca.

E talvez fosse pelo simples fato de que fazia muito tempo, quatro solitários anos, desde que ela sentira a carícia cálida de um homem, mesmo que apenas para oferecer consolo.

Quatro anos vazios desde que se convencera de que não precisava de nenhum contato afetuoso ou intimidade. Quatro anos infindáveis desde que se lembrava do como era se sentir uma mulher de carne e osso, como se fosse desejada. Como se pudesse, um dia, ser capaz de abrir o coração para algo mais.

Jenna fechou os olhos quando lágrimas começaram a arder. Afastou a onda de emoção que surgiu inesperadamente e, em vez disso, concentrou-se nas pontas dos dedos quentes e reconfortantes de Brock em sua pele. Deixou que sua voz a acalentasse, sentindo suas palavras e seu toque trabalharem juntos para ajudá-la a superar a angústia do estranho trauma que parecia estar despedaçando-a de dentro para fora.

– Isso é bom, Jenna. Apenas respire agora.

Ela sentiu a garra de dor em seu crânio relaxar enquanto ele lhe falava. Brock acariciou suas têmporas com os polegares, os dedos esticados em seus cabelos, amparando sua cabeça de maneira reconfortante. O tinir agudo em seus ouvidos começou a diminuir, a desaparecer, até, por fim, sumir de vez.

– Você está indo muito bem – murmurou Brock, a voz mais sombria do que antes, um pouco mais do que um grunhido. – Solte tudo, Jenna. Dê o resto para mim.

Ela exalou um suspiro profundo, sem conseguir mantê-lo dentro de si enquanto Brock a afagava no rosto e no pescoço. Ela gemeu, abraçando o prazer que lentamente devorava sua agonia.

– Isso é bom – sussurrou, sem poder resistir ao desejo de se aproximar do seu toque. – A dor já não é tão forte agora.

– Isso é muito bom, Jenna. – Ele inspirou, parecendo mais um arquejo, depois exalou um gemido. – Liberte-se de tudo.

Jenna sentiu um tremor vibrar por seus dedos enquanto ele falava. As pálpebras se abriram e ela arfou ao vê-lo tão tenso.

Os tendões do pescoço estavam retesados, a mandíbula travada com tanta força que era um milagre que seus dentes não tivessem trincado. Um músculo latejava no rosto delgado. Gotas de suor se formavam na testa e sobre os lábios.

Ele estava com dor.

Uma dor impossível, assim como ela estivera há minutos, antes que seu toque parecesse afastar a agonia.

Foi então que ela entendeu.

Ele não estava simplesmente acalmando-a com as mãos. Ele estava, de alguma forma, tirando a dor dela. Canalizando-a, de propósito, para si.

Ofendida com a ideia, porém ainda mais envergonhada por ter se deixado permanecer ali deitada, imaginando que a carícia dele fosse algo mais do que pura piedade, Jenna se retraiu do seu toque e se pôs sentada num canto do sofá. Respirou fundo de ultraje ao fitar os olhos escuros que reluziam fachos de luz âmbar.

– Que diabos pensa que está fazendo? – arfou, pondo-se de pé.

O músculo que estivera latejando em seu maxilar se retesou quando ele se levantou para enfrentá-la.

– Ajudando você.

Imagens tomaram conta da sua mente em um instante: repentinas lembranças vívidas dos momentos posteriores ao seu cativeiro com a criatura que invadira o seu chalé no Alasca.

Naquele momento, ela também sentira dores. Estivera aterrorizada e em estado de choque, tão devastada de horror e confusão que achou que acabaria morrendo.

E se lembrou das mãos delicadas e cálidas que a confortaram. O rosto de um belo desconhecido sério que entrara em sua vida como um anjo negro e a manteve a salvo, protegida e tranquila, quando tudo em seu mundo fora transformado em caos.

– Você esteve lá – murmurou, atônita por perceber só então. – No Alasca, depois que o Antigo sumiu. Você ficou comigo. Também tirou minha dor naquela hora. E mais tarde, depois que fui trazida para o complexo. Meu Deus... Você ficou comigo o tempo todo em que estive na enfermaria?

Os olhos dele permaneceram fixos nos dela, sombrios, inescrutáveis.

– Eu era o único que podia ajudar você.

– Quem te pediu isso? – exigiu saber, num tom sabidamente áspero, mas desesperada por expurgar o calor que ainda trafegava dentro dela, indesejado e espontâneo.

Já era ruim que ele achasse necessário acalentá-la como se ela fosse algum tipo de criança em sua provação prolongada. E ainda pior que ele parecesse pensar ser necessário repetir isso agora também. Maldita fosse se permitisse que ele pensasse, por um segundo sequer, que ela, de fato, desejara seu toque.

Com a expressão ainda carregada pelo que lhe fizera instantes antes, ele meneou a cabeça e imprecou.

– Para uma mulher que não quer a ajuda de ninguém, você bem que parece precisar muito.

Ela mal resistiu à tentação de lhe dizer onde ele podia enfiar sua compaixão.

– Sei cuidar de mim sozinha.

– Como cuidou ontem à noite na cidade? – ele a desafiou. – Como fez há poucos minutos no laboratório, pouco antes que os meus braços fossem a única coisa entre o seu traseiro teimoso e o chão?

A humilhação queimou seu rosto tal qual um tapa.

– Sabe de uma coisa? Faça-nos um favor e não me faça mais favor algum!

Ela se virou para se afastar dele, seguindo para a porta ainda aberta para o corredor. Cada passo miraculosamente sem dor só aumentava sua raiva de Brock, deixando-a ainda mais determinada a colocar o máximo possível de distância entre eles.

Antes que conseguisse se aproximar da soleira, ele se postou diante dela, bloqueando-lhe o caminho, mesmo que ela não tivesse visto ou ouvido ele se mover.

Parou. Encarou-o, atordoada por sua evidente velocidade sobrenatural.

– Saia da minha frente – disse, tentando passar por ele.

Ele deu um passo para o lado, colocando o corpo imenso diretamente diante do dela. A intensidade do seu olhar revelou que ele queria lhe dizer algo mais, mas Jenna não queria ouvir. Precisava ficar sozinha.

Precisava de espaço para pensar sobre tudo o que lhe acontecera... Tudo que ainda estava acontecendo, ficando cada vez mais assustador ao mesmo tempo.

– Saia da frente – disse ela, odiando o leve tremor em sua voz.

Brock lentamente levantou a mão e afastou uma mecha de cabelo da testa dela. Foi um gesto meigo, uma afabilidade que ela tanto precisava, mas que tinha medo de aceitar.

– Você está no nosso mundo agora, Jenna. Quer queira admitir ou não, precisa de ajuda.

Ela observou-lhe a boca enquanto ele falava, desejando não se sentir tão atenta aos lábios cheios e sensuais. Ele ainda estava suportando a sua dor; podia saber pelo ligeiro inflar nas narinas enquanto ele inspirava e expirava de modo controlado. Tampouco a tensão do belo rosto e do pescoço forte se desfizera.

Durante toda a sua vida, ela se esforçou para provar seu valor, primeiro para o pai e para o irmão, Zach, sendo que ambos deixaram claro que duvidavam que ela tivesse o necessário para fazer parte da força policial. Mais tarde, esforçou-se para ser uma mãe e esposa perfeitas. A vida toda fora estruturada numa fundação de força, disciplina e competência.

De maneira inacreditável, enquanto ficava ali diante de Brock, não foi o fato de ele ser algo mais que humano – algo perigoso e alienígena – que fez com que ela quisesse que o chão se abrisse e a engolisse. Foi o medo de que ele pudesse enxergar através da casca de raiva que ela usava como uma armadura, vendo-a como o fracasso solitário e amedrontado que ela, de fato, era.

Brock balançou de leve a cabeça em sua direção enquanto o silêncio se estendia entre eles. Os olhos perscrutaram seu rosto por inteiro antes de se deterem sobre o seu olhar.

– Existem coisas piores do que precisar se apoiar em alguém de vez em quando, Jenna.

– Maldição! Eu disse para sair da minha frente! – Ela pousou as palmas sobre o peito largo e o empurrou com toda a raiva e medo que havia dentro dela.

Brock foi lançado para trás, quase se chocando com a parede oposta do corredor.

Jenna arquejou, assustada e surpresa com o que acabara de fazer.

Horrorizada.

Brock era muito forte, com quase dois metros de altura e mais de cem quilos de músculo e força. Alguém muito mais forte do que ela. Alguém muito mais poderoso do que qualquer outra pessoa que já tivesse conhecido.

As sobrancelhas dele se ergueram em sinal de surpresa.

– Jesus Cristo – murmurou, com muito mais admiração do que raiva na voz.

Jenna suspendeu as mãos diante de si e fitou-as como se elas pertencessem a outra pessoa.

– Ai, meu Deus... Como eu... O que aconteceu?

– Está tudo bem – garantiu ele, voltando para perto dela com aquela enlouquecedora tranquilidade.

– Brock, desculpe. Verdade, eu não queria...

– Eu sei – disse ele, assentindo com seriedade. – Não se preocupe. Você não me machucou.

Uma bolha de histeria subiu-lhe pela garganta. Primeiro, a notícia chocante de que o implante de algum modo estava alterando seu DNA, e agora isso: uma força que não tinha como ser sua, mas, de alguma maneira, era. Relembrou sua fuga da propriedade e as estranhas habilidades linguísticas que pareceu adquirir desde que o Antigo deixara uma parte de si emaranhado em sua medula espinhal.

– Que diabos está acontecendo comigo, Brock? Quando tudo isso vai terminar?

Ele lhe segurou as mãos trêmulas entre suas palmas com firmeza.

– O que quer que esteja acontecendo, você não tem que passar por isso sozinha. Precisa entender isso.

Ela não sabia se ele falava em nome de todos no complexo ou por si só. Ela não tinha voz para pedir uma explicação. Disse a si mesma que não importava o significado das palavras dele; contudo, isso não desacelerou seu coração quando o fitou. Sob o calor dos insondáveis olhos castanhos, ela sentiu os seus piores medos se dissolverem.

Sentia-se aquecida e protegida, coisas que queria negar, mas não podia enquanto Brock a estivesse segurando pelas mãos e pelo olhar.

Ele franziu a testa após um longo momento e lentamente soltou-lhe as mãos, deixando as suas deslizarem pelos braços dela, numa carícia sensual, demorando-se o suficiente para deixar claro que aquilo não era nada menos do que íntimo. Jenna sabia disso, e via que ele também sabia.

Os olhos escuros pareceram se aprofundar, engolindo-a. Recaíram sobre sua boca e lá ficaram enquanto a respiração de Jenna saía num suspiro trêmulo.

Ela sabia que devia se afastar dele agora. Não havia motivo para permanecerem perto assim, com meros centímetros separando seus corpos. Menos ainda entre a boca dele e a dela. Só seria preciso um leve inclinar da cabeça dele ou um erguer da dela e seus lábios se encontrariam.

A pulsação de Jenna acelerou ante a ideia de beijar Brock.

Coisa que, quando ele a carregara para o quarto, estivera bem longe dos seus pensamentos. Não muito tempo atrás, quando seu medo e sua raiva a fizeram sibilar e grunhir como um animal selvagem preso numa armadilha de caçador.

Mas agora, enquanto Brock permanecia tão perto que ela sentia o calor do corpo dele irradiando para o seu, a fragrância da pele tentando-a a aproximar o rosto e inspirar seu cheiro, beijá-lo era uma necessidade secreta que pulsava dentro dela a cada batida fugidia do seu coração.

Talvez ele soubesse o que ela estava sentindo.

Talvez ele estivesse sentindo a mesma coisa.

Ele emitiu uma imprecação, depois recuou um passo, encarando-a com ardor e firmeza.

– Ah... droga... Jenna...

Quando ergueu as mãos fortes e segurou o seu rosto com delicadeza, todo o ar pareceu evaporar no quarto. Os pulmões de Jenna pareceram congelar dentro do peito, mas o coração continuava acelerado, batendo tão rapidamente que pensou que ele poderia explodir.

Esperou, num misto de terror e esperança, atônita com a necessidade que tinha de sentir a boca de Brock na sua.

A língua dele molhou os lábios, o movimento permitindo que ela tivesse um vislumbre das pontas das suas presas, reluzindo como diamantes. Ele praguejou novamente, depois se afastou um pouco, deixando uma lufada de ar frio diante dela onde o calor do seu corpo estivera apenas um segundo antes.

– Eu não deveria estar aqui – murmurou com voz espessa. – E você precisa descansar. Fique à vontade. Se não houver cobertas suficientes na cama, encontrará mais no armário do banheiro. Use tudo que precisar.

Jenna teve que se dar um chacoalhão mental para entender a conversa.

– Este... hum... Este quarto é seu?

Ele acenou de leve, já saindo para o corredor.

– Era. Agora é seu.

– Espere – Jenna o seguiu. – E quanto a você? Você tem onde ficar?

– Não se preocupe – disse ele, parando para olhá-la quando ela se apoiou na maçaneta. – Descanse um pouco, Jenna. Te vejo por aí.

O sangue ainda corria quente nas veias de Brock pouco depois, quando ele parou diante de uma das últimas suítes residenciais e bateu à porta fechada.

– Faltam ainda onze minutos para a hora que combinamos – diz a voz profunda e prática do macho da Raça do outro lado.

A porta se abriu, e Brock foi perfurado por um par de olhos dourados inescrutáveis.

– Avon chama – disse Brock à guisa de um cumprimento ao suspender a mochila de couro preta que continha todos os seus pertences pessoais retirados dos seus aposentos. – E o que quer dizer com isso, cheguei onze minutos antes? Não me diga que você vai ser um daqueles colegas de quarto certinhos que fazem tudo seguindo um cronograma. Minhas escolhas são limitadas, já que você e Chase têm os últimos quartos do complexo. E, para falar a verdade, se Harvard e eu tivermos que dividir um quarto, não sei se sobreviveremos uma semana.

Hunter nada disse enquanto Brock passava por ele e entrava no quarto. Ele o seguiu para a parte das camas, tão sorrateiro quanto um fantasma.

– Pensei que fosse outra pessoa – afirmou um tanto tardiamente.

– É mesmo? – Brock girou de frente para o estoico Primeira Geração, verdadeiramente curioso a respeito do mais recente e reservado membro da Ordem. Sem falar no fato de que estava ávido para desviar a mente dos seus pensamentos ardentes a respeito de Jenna Darrow. – A quem esperava além de mim?

– Não importa – respondeu Hunter.

– Ok. – Brock deu de ombros. – Só estou tentando bater papo, mas tudo bem.

A expressão do Primeira Geração continuou impassível, absolutamente normal. O que não era surpresa, levando-se em consideração o modo como o macho fora criado: como um dos assassinos domésticos de Dragos. Inferno, o cara nem mesmo tinha um nome. Como o restante do exército pessoal criado por Dragos a partir do Antigo, referiam-se ao Primeira Geração apenas pelo único propósito da sua vida: Hunter[3].

---

3 Caçador

Ele chegara à Ordem há poucos meses, depois que Brock, Nikolai e alguns dos outros guerreiros atacaram uma reunião de Dragos e dos seus tenentes. Hunter fora libertado durante o ataque e agora era aliado contra o seu criador nos esforços da Ordem em acabar com Dragos.

Brock parou diante das duas camas que estavam em cada lado do quarto em estilo modesto. As duas estavam arrumadas com precisão militar, coberta marrom e lençóis brancos sem nenhuma prega, um único travesseiro meticulosamente colocado na cabeceira de cada estrado.

– Então, qual é a sua cama?

– Não faz diferença para mim.

Brock voltou a fitar o rosto impassível e os inescrutáveis olhos dourados.

– É só me dizer em qual costuma dormir e eu pego a outra.

O olhar nivelado de Hunter não se alterou em nada.

– São apenas mobília. Não tenho nenhum apego nem por uma, nem por outra.

– Nenhum apego – repetiu Brock num murmúrio. – Pois é, cara. Talvez você possa me dar algumas dicas sobre essa sua postura "não estou nem aí". Acho que viria bem a calhar de tempos em tempos. Especialmente no que se refere às mulheres.

Com um grunhido, largou suas coisas na cama da esquerda, depois esfregou as mãos no rosto e na cabeça. O gemido que escapou dele estava carregado de frustração e do desejo retido que vinha abafando desde que se forçara a deixar Jenna e a tentação de que não precisava.

– Maldição – grunhiu, o corpo tinindo de novo só de lembrar o belo rosto erguido ao fitá-lo.

Era como se ela estivesse à espera de um beijo seu. Tudo que era masculino dentro de si afirmara isso com absoluta certeza na hora, mas ele sabia que aquela era a última coisa de que Jenna precisava.

Ela estava confusa e vulnerável, e ele se considerava mais do que um homem que poderia tirar vantagem disso só porque a sua libido clamava por ela. Claro, isso não o fazia se sentir muito melhor a respeito da excitação que, do nada, voltava à vida de novo, deixando toda a sua honradez de lado.

– Que beleza, meu herói – admoestou-se severamente. – Agora vai precisar afundar numa banheira de gelo por uma semana por ter bancado o nobre...

– Está se sentindo mal? – perguntou Hunter, assustando Brock, que não havia percebido que o outro macho ainda estava atrás dele no quarto.

– É... – disse Brock, dando uma risada sardônica. – Não ando muito bem, não. Se quer saber a verdade, não estou me sentindo bem desde que pus os olhos nela.

– A fêmea humana – disse Hunter, com um ar de compreensão grave. – Está aparente que ela é um problema para você.

Brock emitiu um suspiro sem humor algum.

– Acha mesmo?

– Sim, acho. – Não havia julgamento em sua voz, apenas uma declaração dos fatos. Ele falava como uma máquina: total precisão, zero sentimento. – Deduzo que todos no laboratório de tecnologia chegaram à mesma conclusão hoje, quando permitiu que Chase provocasse sua ira por conta dos comentários sobre o seu apego àquela mulher. Suas ações demonstraram uma fraqueza do seu treinamento e, pior, falta de autocontrole. Reagiu de modo impensado.

– Obrigado por notar – respondeu Brock, suspeitando que seu sarcasmo seria desperdiçado no caçador antissocial e imperturbável. – Lembre-me de encher o seu saco daqui até a semana seguinte se um dia chegar a relaxar o bastante para deixar uma mulher o irritar.

Hunter não reagiu, apenas o fitou sem demonstrar nenhuma centelha de emoção.

– Isso não acontecerá.

– Merda – disse Brock, meneando a cabeça ante o soldado Primeira Geração rígido que fora criado na base da negligência e da disciplina do castigo. – Você não deve ter estado com a mulher certa se tem tanta segurança assim.

A expressão de Hunter continuou estoica. Distante e imparcial. Na verdade, quanto mais Brock olhava para ele, mais claramente começava a enxergar a verdade.

– Caramba. Já esteve, algum dia, com uma mulher, Hunter? Meu Deus... Você é virgem, não é?

Os olhos dourados do Primeira Geração continuaram fixos no olhar de Brock como se considerasse aquilo algum teste de força de vontade no qual ele não permitiria que a revelação o afetasse. E Brock tinha que dar o braço a torcer, pois nenhum grau de emoção cintilou naqueles olhos sinistros, tampouco nas feições perfeitamente disciplinadas.

A única coisa que fez Hunter reagir foi o barulho suave de chinelos se arrastando pelo corredor. Uma voz infantil, Mira, chamando da sala de estar.

– Hunter, você está aí?

Ele se virou sem dar nenhuma explicação e foi se encontrar com a garotinha.

– Agora não é uma boa hora. – Brock o ouviu lhe dizer em seu tom modulado e grave.

– Mas não quer saber o que acontece com Harry quando ele põe a capa da invisibilidade? – perguntou Mira, o desapontamento abaixando o tom de sua voz normalmente alegre. – Essa é uma das minhas partes prediletas no livro. Você tem que ouvir esse capítulo. Vai amar.

– Ela tem razão, é uma das melhores partes. – Brock saiu do quarto, sem saber o que o fez sorrir mais: a percepção de que o implacável assassino Primeira Geração era um virgem sem experiência alguma, ou a mais recente notícia, igualmente divertida, de que o encontro que ele aparentemente atrapalhara ao aparecer com as suas coisas era a hora da leitura de Hunter com a mais jovem residente do complexo.

Deu uma piscadela e um sorriso para Mira quando ela se acomodou no sofá e abriu o livro na parte em que havia parado de ler.

– Relaxe – disse a Hunter, que estava de pé, tão duro quanto uma estátua. – Não vou revelar os seus segredos a ninguém.

Não esperou para ver a reação dele, apenas foi andando para o corredor, deixando Hunter olhando-o enquanto saía.

Capítulo 11

– Cruzem os dedos, meninas, mas acho que acabamos de encontrar a pista que procurávamos. – Dylan desligou o telefone e girou a cadeira para ficar de frente para Jenna, Alex, Renata e Savannah, todas reunidas na sala de reuniões das Companheiras de Raça nas últimas horas.

Na verdade, chamá-la de sala de reuniões não lhe fazia justiça. Havia pelo menos meia dúzia de computadores numa mesa longa num dos lados da sala, caixas de arquivos suspensos organizados por localização dispostas numa estante alta para facilitar o acesso, quase cada espaço da parede coberto por mapas marcados da Nova Inglaterra e gráficos de investigação detalhados que envergonhariam boa parte das unidades de casos antigos arquivados da polícia. Em meio a esses gráficos, muitos esboços de retratos falados de jovens, os rostos de algumas desaparecidas, a quem a Ordem e suas companheiras diligentes estavam determinadas a encontrar.

Não, Jenna pensou ao olhar ao redor, aquela não era uma mera sala de reuniões.

Aquela era uma sala devotada à estratégia, a uma missão, à guerra.

Jenna acolhia a energia do lugar, ainda mais depois das notícias perturbadoras que recebera a respeito do seu último exame de sangue. Também precisava da distração a fim de não pensar nos inesperados momentos ardentes que partilhara com Brock no quarto dele, ou melhor, no seu. Ela praticamente dera um salto quando lhe surgiu a oportunidade de sair de lá depois que ele foi embora. Fora Alex quem apareceu procurando-a pouco depois, e fora ela quem a trouxera consigo para a sala de guerra das Companheiras de Raça para ter companhia e ficar conversando.

Ela não desejara se interessar pelo trabalho em que as mulheres da Ordem estavam envolvidas, mas, enquanto esteve entre elas, foi quase impossível para a policial dentro de si ignorar o rastro de uma boa busca por informações. Sentou-se um pouco ereta na cadeira ante a mesa de reuniões quando Dylan andou até a impressora para pegar uma folha que acabara de sair da máquina.

– O que conseguiu? – perguntou Savannah.

Dylan bateu a folha na mesa diante das mulheres reunidas.

– Irmã Margaret Mary Howland.

Jenna e as outras se inclinaram para olhar para a imagem escaneada. Era a foto de um grupo de uma dúzia ou pouco mais de garotas e jovens mulheres. Pelo estilo das roupas, parecia ter sido tirada uns vinte anos antes. O grupo estava reunido num gramado abaixo das escadas de uma varanda coberta, no tipo de pose que as estudantes às vezes faziam para a foto escolar anual. A não ser pelo fato de que, naquele caso, não havia uma escola atrás delas, mas uma casa grande, simples, autoproclamada Lar para Mulheres St. John, Queensboro, Nova York.

Uma mulher de meia-idade de rosto gentil usando um crucifixo como pingente e um vestido de verão modesto estava ao lado do grupo reunido debaixo do beiral branco no qual a placa pintada estava suspensa. Uma das moças mais jovens estava com a mulher de mais idade, os ombros finos seguros por mãos carinhosas, o rostinho erguido com um olhar luminoso de afeto.

– É ela – disse Dylan, apontando para a mulher com o sorriso maternal e braços protetores. – Irmã Margaret.

– E ela é...? – perguntou Jenna, sem conseguir conter a curiosidade.

Dylan relanceou para ela.

– Neste instante, se ainda estiver viva, esta mulher é a nossa aposta mais segura para descobrirmos mais sobre as Companheiras de Raça que sumiram ou acabaram mortas pelas mãos de Dragos.

Jenna balançou a cabeça de leve.

– Não estou entendendo.

– Algumas das mulheres que ele matou, e provavelmente muitas outras que ele mantém em cativeiro, vieram de abrigos de fugitivas – disse Dylan. – Veja bem, não é incomum que as Companheiras de Raça se sintam confusas e deslocadas na sociedade mortal. A maioria de nós não sabe o quanto é diferente, muito menos o motivo para isso. Além da marca de nascença em comum e das características biológicas, todas nós temos também habilidades extrassensoriais singulares.

– Não o tipo de coisa que você vê nos programas da TV ou em comerciais anunciando serviços de pessoas psíquicas – explicou Savannah. – Talentos verdadeiramente extrassensoriais são normalmente o meio mais seguro de identificar uma Companheira de Raça.

Dylan concordou.

– Às vezes, esses talentos são uma bênção, mas em muitas outras são uma maldição. O meu dom foi uma maldição em boa parte da minha vida, mas, felizmente, tive uma mãe amorosa. Por isso, não importava o quanto eu ficasse confusa ou assustada, sempre tive a segurança de um lar.

– Mas nem todas têm essa sorte – acrescentou Renata. – Para Mira e para mim, foi uma extensa fila de orfanatos em Montreal. E, de tempos em tempos, chamávamos a rua de lar.

Jenna ouvia em silêncio, agradecendo a boa sorte de ter nascido em uma família normal e relativamente próxima, onde o maior problema de infância foi tentar competir com o irmão pelo afeto e pela aprovação dos pais. Ela não conseguia imaginar os tipos de problemas que as fêmeas nascidas com a marca de nascença da lágrima e da lua crescente tiveram que suportar. Seus problemas, por mais incompreensíveis que fossem, pareciam diminuir um pouco enquanto ponderava sobre as vidas que aquelas mulheres tiveram. Para não falar do inferno que as mortas ou desaparecidas tiveram que suportar.

– Quer dizer que vocês acreditam que Dragos visava as jovens que acabavam nesse tipo de abrigo? – perguntou.

– Sabemos disso – disse Dylan. – A minha mãe costumava trabalhar num abrigo para pessoas que fugiam de casa em Nova York. É uma longa história, uma para ser contada outro dia, mas, basicamente, foi descoberto que o abrigo para o qual ela trabalhava havia sido fundado e era dirigido pelo próprio Dragos.

– Ai, meu Deus... – arfou Jenna.

– Ele estivera se escondendo por trás de um nome falso, Gordon Fasso, enquanto circulava em meio à sociedade humana, e ninguém fazia ideia de quem ele fosse até... até ser tarde demais. – Dylan parou para inspirar profundamente e se fortalecer. – Ele matou minha mãe depois que percebeu que havia sido desmascarado e que a Ordem estava se aproximando dele.

– Lamento muito – sussurrou Jenna, com sinceridade. – Perder alguém que se ama para esse tipo de maldade...

As palavras se perderam enquanto algo frio e determinado borbulhou dentro dela. Como ex-policial, ela conhecia o sabor amargo da injustiça e a necessidade de equilibrar a balança. Mas suprimiu esse sentimento, dizendo a si mesma que a luta da Ordem contra aquele inimigo, Dragos, não era sua. Ela tinha as próprias batalhas para enfrentar.

– Tenho certeza de que Dragos vai ter o que merece no final – disse.

Era uma frase inútil, oferecida com certo distanciamento. Mas ela queria muito estar certa. Sentada ali com aquelas mulheres, tendo-as conhecido um pouco melhor no curto tempo em que estava no complexo, Jenna rezava para que a Ordem fosse bem-sucedida ao enfrentar Dragos. Pensar que alguém tão perverso quanto ele estivesse à solta no mundo era inaceitável.

Pegou a imagem impressa e fitou a expressão calorosa da freira, que estava tal qual uma pastora ao lado de seu rebanho vulnerável.

– Como esperam que essa mulher, a Irmã Margaret, possa ajudá-las?

– A rotatividade de pessoal é alta nesses abrigos – explicou Dylan. – Aquele em que minha mãe trabalhava não era exceção. Uma amiga que costumava trabalhar com ela lá me informou o nome da Irmã e me deu a foto. Ela disse que a freira se aposentou há vários anos, mas fez trabalho voluntário em diversos abrigos em Nova York desde meados dos anos 1970. Por isso, é o tipo de pessoa com quem precisamos conversar.

– Alguém que esteve em abrigos por muito tempo e pode ser capaz de identificar antigas residentes a partir dos retratos falados – disse Savannah, indicando os rostos afixados nas paredes.

Jenna assentiu.

– Esses retratos são de mulheres que estiveram em abrigos?

– Esses retratos – disse Alex ao lado de Jenna – são de Companheiras de Raça que estão sendo mantidas por Dragos enquanto estamos aqui conversando.

– Quer dizer que ainda estão vivas?

– Estavam há alguns meses. – A voz de Renata soou dura. – Uma amiga da Ordem, Claire Reichen, usou seu dom de Companheira de Raça, o poder de viajar em seus sonhos, para localizar o quartel-general de Dragos. Ela viu as prisioneiras, mais de vinte, trancadas em celas do laboratório dele. Embora Dragos tenha realocado sua operação antes que pudéssemos salvá-las, Claire tem trabalhado com um desenhista para documentar os rostos que viu.

– Na verdade, é lá que Claire está agora, ela e Elise – explicou Alex. – Elise tem muitos amigos na comunidade civil da Raça aqui em Boston. Ela e Claire têm trabalhado em alguns novos retratos, baseados no que Claire viu no covil de Dragos.

– Depois que tivermos os rostos das prisioneiras – disse Dylan –, podemos começar a procurar por nomes e possíveis familiares.

Qualquer coisa que possa nos ajudar a nos aproximar de onde essas mulheres estão.

– E quanto aos bancos de dados de pessoas desaparecidas? – perguntou Jenna. – Vocês compararam os esboços com os perfis listados em grupos como o Centro Nacional de Pessoas Desaparecidas?

– Sim, e voltamos de mãos vazias – disse Dylan. – Muitas dessas mulheres e garotas nos abrigos são fugitivas e órfãs. Muitas são abandonadas. Umas fogem de casa, deliberadamente cortando todos os laços com a família e com os amigos. O resultado final é o mesmo: ninguém sente falta delas ou procura por elas no sistema; portanto, não há registros arquivados.

Renata concordou com um leve grunhido que pareceu falar de sua experiência.

– Quando você não tem nada, nem ninguém, você pode desaparecer, e é como se nunca tivesse existido.

Por causa dos seus anos na força policial do Alasca, Jenna sabia que isso era bem verdade. As pessoas desapareciam sem deixar rastro tanto nas grandes cidades como em pequenas comunidades. Isso acontecia todos os dias, embora ela jamais tivesse imaginado que fosse pelos motivos que Dylan, Savannah, Renata e as outras mulheres lhe explicavam agora.

– Qual o plano de vocês depois que identificarem as Companheiras de Raça desaparecidas?

– Depois que tivermos uma ligação pessoal com pelo menos uma delas – disse Savannah –, Claire pode tentar se comunicar através dos sonhos e, quem sabe, conseguir informações sobre a localização de onde as prisioneiras estão.

Jenna estava acostumada à rápida digestão e compreensão dos fatos, mas sua cabeça começava a girar com tudo o que estava ouvindo. E não conseguia evitar que sua mente procurasse por soluções para os problemas diante dela.

– Espere um instante. Se o dom de Claire a levou ao covil de Dragos uma vez, por que ela não pode simplesmente repetir isso?

– Para que seu dom funcione, ela precisa de algum tipo de elo emocional ou pessoal com a pessoa que está tentando localizar nos sonhos – respondeu Dylan. – O elo dela antes não era com Dragos, mas com outra pessoa.

– O antigo companheiro dela, Wilhelm Roth – explicou Renata, praticamente cuspindo o nome dele. – Ele era uma pessoa cruel, mas, comparada à de Dragos, sua crueldade não era nada. Jamais permitiríamos que Claire tentasse contatar o próprio Dragos. Isso seria suicídio.

– Tudo bem. Então onde nós ficamos com isso? – perguntou Jenna, o "nós" saindo de sua boca antes que ela percebesse o que havia dito. Mas era tarde demais para retirá-lo, e ela estava interessada demais para fingir outra coisa. – Onde você imagina que as coisas vão a partir daqui?

– Tenho esperanças de localizar a Irmã Margaret e que ela possa nos ajudar a desvendar alguma coisa – disse ela.

– Temos como entrar em contato com ela? – perguntou Renata.

A animação de Dylan se arrefeceu um pouco.

– Infelizmente, não há como termos certeza sequer de que ela ainda esteja viva. A amiga da minha mãe disse que ela deve estar com uns oitenta anos agora. A única boa notícia é que seu convento tem sede em Boston, então, existe a possibilidade de ela estar aqui. Por enquanto, só o que temos é seu número do seguro social[4].

– Dê esse número a Gideon – sugeriu Savannah. – Tenho certeza de que ele consegue invadir o sistema do governo para conseguir todas as informações de que precisamos sobre ela.

– Foi isso mesmo que pensei – Dylan respondeu com um sorriso.

Jenna pensou em oferecer ajuda para localizar a freira. Ainda tinha amigos na força policial e em algumas agências federais. Com apenas

---

4 O número do seguro social, *social security number*, é um número de registro que todos os cidadãos americanos têm, como um CPF e um INSS unificados. Através dele, é possível localizar as pessoas, pois esse número é unificado em todo o território nacional. (N.T.)

um telefonema ou e-mail, ela poderia pedir um ou outro favor confidencial. Mas as mulheres da Ordem pareciam ter tudo sob controle.

E seria melhor para ela não se envolver em nada daquilo, lembrou-se com severidade, enquanto Dylan pegava o telefone ao lado do seu computador e ligava para o laboratório de tecnologia.

Alguns minutos mais tarde, Gideon e Rio entraram na sala de guerra. Os dois guerreiros receberam um relatório resumido do que Dylan descobrira. Antes mesmo de ela terminar de explicar o que havia descoberto, Gideon se acomodou diante de um computador e começou a trabalhar.

Jenna ficou olhando da sua cadeira junto à mesa enquanto todos os outros, Savannah, Renata, Alex, Rio e Dylan, se reuniram ao redor de Gideon para vê-lo fazer a sua mágica. Savannah estava certa: ele não precisou mais do que alguns minutos para invadir um *firewall* de um site do governo americano e começar a baixar os registros de que precisavam.

– A Irmã Margaret Mary Howland está bem viva, de acordo com a Administração do Seguro Social – anunciou ele. – Sacou a aposentadoria dela do mês passado, no valor de 298 dólares e alguns trocados num endereço em Gloucester. Estou imprimindo as informações agora.

Dylan deu um sorriso amplo.

– Gideon, você é um deus da tecnologia.

– Meu prazer é servir. – Levantou-se da cadeira e puxou Savannah para um beijo rápido, porém ardente. – Diga que está impressionada, amor.

– Estou impressionada – respondeu ela, rindo ao mesmo tempo em que lhe dava um tapa no ombro.

Ele sorriu, lançando um olhar para Jenna por sobre os óculos.

– Ela me ama – disse ele, puxando a bela companheira num abraço apertado. – Na verdade, ela é louca por mim. Não consegue viver sem mim. Muito provavelmente, está querendo me levar para a cama neste instante para se aproveitar de mim.

– A-hã. É o que você pensa – replicou Savannah, mas havia uma centelha ardente em seu olhar ao fitá-lo.

– Uma pena que não estamos tendo a mesma sorte para conseguir uma pista sobre a Sociedade TerraGlobal – lamentou Rio, o braço passando ao redor dos ombros de Dylan no que pareceu uma manobra instintivamente íntima.

Renata franziu o cenho.

– Nenhuma pista ainda?

– Nada – Gideon interveio. Ele deve ter percebido o olhar confuso de Jenna. – A Sociedade TerraGlobal é o nome da empresa que acreditamos que Dragos esteja usando como fachada para algumas das suas operações secretas.

Alex disse em seguida:

– Lembra-se daquela mineradora que abriu perto de Harmony há alguns meses, a Mineradora Coldstream? – Ante o aceno de Jenna, Alex continuou: – Pertencia a Dragos. Acreditamos que era para ela ter sido usada como uma prisão para o Antigo depois que o transportassem para o Alasca. Infelizmente, todos sabem como isso terminou.

– Conseguimos rastrear a Mineradora Coldstream até a Sociedade TerraGlobal – acrescentou Rio. – Mas só conseguimos avançar até aí. Sabemos que a TerraGlobal tem muitas camadas, mas está demorando demais para conseguirmos dissecá-las. Nesse ínterim, Dragos se esconde cada vez mais fundo, a cada minuto ficando mais longe do nosso alcance.

– Vocês vão pegá-lo – disse Jenna. Tentou ignorar a aceleração do coração ante a necessidade de pegar algumas armas e liderar a busca. – Vocês têm que pegá-lo, então vão pegá-lo.

Rio, com seu rosto marcado por cicatrizes demonstrando determinação ao assentir em concordância, fitou os olhos de Dylan.

– É. Um dia, nós *vamos* pegar esse filho da puta. Ele vai pagar por tudo o que já fez.

Debaixo do braço forte, Dylan deu um sorriso tristonho. Escondeu-se em seu abraço, tentando abafar um bocejo.

– Venha – disse Rio, afastando uma mecha dos cabelos ruivos dos olhos dela. – Você tem dedicado muitas horas a tudo isso. Agora vou levá-la para a cama.

– Não é uma má ideia – disse Renata. – A noite logo chega e aposto como Nikolai está testando a nova munição na sala de armas. Está na hora de ir buscar meu homem.

Enquanto ela se despedia e saía, Dylan e Rio, Savannah e Gideon faziam o mesmo.

– Quer ficar comigo e com Kade um pouco? – perguntou Alex.

Jenna balançou a cabeça de leve.

– Não, estou bem. Acho que vou ficar aqui por alguns minutos, para relaxar um pouco. O dia foi longo e estranho.

O sorriso de Alex mostrou empatia.

– Se precisar de qualquer coisa, sabe onde me encontrar. Certo?

Jenna assentiu.

– Estou bem. Mas obrigada.

Observou a amiga sair e desaparecer lentamente pelo corredor. Quando não restava mais nada na sala a não ser silêncio e tranquilidade, Jenna se levantou e se aproximou da parede com os mapas, gráficos e retratos.

Era admirável o que a Ordem e as suas companheiras estavam tentando fazer. Era um trabalho importante, mais importante do que qualquer outra coisa com que Jenna se deparara no interior do Alasca, ou, na verdade, em qualquer outro lugar.

Se tudo o que ela descobrira nos últimos dias fosse verdade, então o que a Ordem fazia ali era salvar o mundo.

– Jesus Cristo... – sussurrou, atordoada com a enormidade de tudo aquilo.

Ela tinha que ajudar.

Se fosse capaz, mesmo que de uma maneira pequena, ela tinha que ajudar.

Não tinha?

Jenna andou ao redor da sala, com sua própria batalha acontecendo dentro de si. Não estava pronta para participar de algo como aquilo. Não enquanto ainda tinha tantas coisas para descobrir a respeito de si mesma. Com o irmão morto, ela não tinha mais nenhuma família. O Alasca fora seu lar durante toda a vida e agora isso também se fora, uma parte da sua existência anterior apagada para ajudar a Ordem a preservar seus segredos enquanto continuavam a perseguir o inimigo.

Quanto ao seu futuro, não sabia nem por onde começar. A substância alienígena dentro dela era um problema jamais imaginado, e nem adiantava desejar, porque aquilo não sumiria. Nem mesmo a mente brilhante de Gideon parecia capaz de arrancá-la daquela complicação confusa.

E também havia Brock. De todas as coisas que lhe aconteceram entre a invasão do Antigo ao seu chalé e a adoção atual, inesperada, ainda que não insuportável, por todos ali no quartel-general da Ordem, Brock estava se mostrando a coisa com a qual ela menos estava preparada para lidar.

Não estava nem um pouco perto disso no que se referia aos sentimentos que ele lhe provocava. Coisas que ela não sentia em anos, e, muito certamente, não queria sentir agora.

Nada em sua vida era certo, e a última coisa de que precisava era se envolver ainda mais nos problemas que os guerreiros e as suas companheiras enfrentavam.

No entanto, Jenna se viu seguindo para um computador na mesa ali perto. Sentou-se diante do teclado e entrou no navegador da internet, depois entrou num daqueles sites de e-mail grátis e criou uma conta.

Iniciou uma mensagem nova e digitou o endereço de um dos seus amigos da Polícia Federal em Anchorage. Fez uma única pergunta, uma questão a ser investigada confidencialmente como um favor pessoal.

Inspirou fundo, depois apertou o botão de enviar.

Capítulo 12

No vestiário ao lado da sala das armas, Brock esticou a mão às costas para aumentar a temperatura da água de quente para escaldante. Com as mãos apoiadas na porta de teca do cubículo reservado, inclinou a cabeça em direção ao peito e agradeceu pelo jato de água cauterizante que lhe batia nos ombros e descia pelo pescoço. Vapor se formava ao seu redor, espesso como névoa, desde a cabeça até o piso de ladrilhos aos seus pés.

– Cristo! – Kade sibilou, alguns cubículos mais distante. – Duas horas direto de treino mano a mano não foi bastante castigo para você? Agora sente a necessidade de ferver vivo aí?

Brock grunhiu, passando a mão pelo rosto enquanto o vapor continuava a se formar e o calor continuava a açoitar seus músculos tensos demais. Encontrara Niko e Chase na sala das armas depois de deixar seus pertences no quarto que partilharia com Hunter. Parecia-lhe razoável esperar que alguns rounds de treinos de lâminas e treinos corpo a corpo bastariam para exaurir um pouco da sua inquietação e distração. Deveria ser assim, mas não foi.

– O que está acontecendo com você, cara?

– Não sei do que está falando – murmurou Brock, levando a cabeça e os ombros mais para baixo do jato de água escaldante.

A zombaria de Kade se fez ouvir no vestiário cavernoso.

– Até parece que não sabe.

– Droga – Brock exalou em meio à névoa que cobria sua cabeça. – Por que estou com a sensação de que você vai me explicar?

Houve o rangido da torneira sendo fechada, seguido pela batida da porta do chuveiro de Kade quando ele seguiu para o vestiário anexo. Alguns minutos depois, a voz de Kade soou do outro cômodo.

– Vai me contar o que aconteceu aquela noite em Southie, na fábrica?

Brock fechou os olhos e emitiu algo muito parecido com um rosnado, até mesmo para os seus ouvidos.

– Não há nada a contar. Havia fios soltos. Cuidei do assunto.

– A-hã – murmurou Kade. – Foi isso mesmo que imaginei que tivesse acontecido.

Quando Brock levantou a cabeça, viu o guerreiro parado diante dele. Kade estava totalmente vestido com jeans e camiseta preta, apoiado na parede oposta. Seu olhar prateado estreitado, como quem sabe o que está acontecendo.

Brock respeitava demais o amigo para tentar enganá-lo.

– Aqueles humanos eram a ralé que não pensaria duas vezes antes de ferir uma mulher inocente. Não acredita que esse tipo de brutalidade deve ser perdoado, acredita?

– Não. – Kade o encarou, depois assentiu com sobriedade. – Se eu me deparasse com alguém que tivesse colocado um dedo sequer em Alex, eu teria matado o desgraçado. Foi o que fez, não foi? Matou aqueles homens?

– Não eram homens, aqueles... – Brock grunhiu. – Eram cachorros raivosos, e o que fizeram com Jenna – aquilo que achavam que poderiam fazer e se safar – provavelmente não foi a primeira vez que machucaram uma mulher. Duvido que Jenna teria sido a última. Então, isso mesmo, acabei com eles.

Por um bom momento, Kade nada disse. Apenas o observou, mesmo depois que Brock voltou a colocar a cabeça debaixo do jato furioso, sem sentir necessidade de mais explicações. Nem mesmo para seu melhor amigo na Ordem, o guerreiro que era como um irmão para ele.

– Maldição – murmurou Kade depois de um longo silêncio. – Você gosta dela, não gosta?

Brock balançou a cabeça, tanto em negação como para tirar a água do rosto.

– Lucan me deu a responsabilidade de cuidar dela, de mantê-la segura. Só estou fazendo aquilo que esperam de mim. Ela é mais uma missão, nada diferente das outras.

– Ah, tá. Sem dúvida – caçoou Kade. – Eu tive uma missão como essa lá no Alasca há não muito tempo. Acho que já te contei uma ou duas vezes sobre ela, não foi?

– Isso é diferente – resmungou Brock. – O que você e Alex têm... Não é a mesma coisa. Alex é uma Companheira de Raça, para começar. Não existe a possibilidade de as coisas ficarem sérias com Jenna. Não sou do tipo que curte relacionamentos de longo prazo e, além disso, ela é humana.

As sobrancelhas escuras de Kade se uniram em sinal de preocupação.

– Não sei se algum de nós pode ter certeza do que ela é agora.

Brock absorveu a verdade dessa declaração com uma onda renovada de preocupação, não só por Jenna, mas pela Ordem e pelo resto da nação da Raça. O que quer que estivesse acontecendo com ela, parecia estar se acelerando naquele mesmo instante. Não tinha como negar que as notícias sobre seus exames de sangue o perturbavam. Sem falar que aquela porção alienígena colocada dentro dela estava se infiltrando cada vez mais em seu corpo, a um nível que nem mesmo Gideon parecia preparado para combater.

Brock emitiu uma imprecação debaixo do jato punitivo de água.

– Se está tentando fazer com que eu me sinta melhor a respeito disso tudo, sinta-se à vontade para parar a qualquer instante.

Kade riu, obviamente se divertindo com tudo aquilo.

– Sabe, não acho que você vá ter uma conversa de coração aberto com seu novo companheiro de quarto, então sou eu, aqui e agora, demonstrando que me importo.

– Sinto-me tocado – murmurou Brock. – Agora caia fora e deixe eu me escaldar em paz.

– Com todo prazer. Toda essa conversa sobre missões e mulheres me lembrou que tenho deveres importantes em meu apartamento que venho negligenciando...

Brock grunhiu.

– Lembranças a Alex.

Kade apenas sorriu ao se despedir, depois seguiu para a saída mais próxima.

Depois que ele se foi, Brock só ficou uns minutos mais debaixo da água. Já estava tarde, mas ele estava energizado demais para dormir. E o lembrete de Kade sobre as mutações biológicas de Jenna fez sua mente acelerar.

Enxugou-se, depois vestiu uma camiseta cinza e jeans escuros. Calçou os coturnos, sentindo uma súbita necessidade de voltar para a sala das armas para gastar um pouco mais de energia até o pôr do sol, quando poderia, por fim, escapar do complexo uma vez mais. Mas suar a camisa não funcionara muito da primeira vez; duvidava que o ajudasse agora.

Sem saber o que o livraria daquela agitação, Brock se viu andando pelo corredor principal do complexo, na direção do laboratório de tecnologia. Os corredores estavam silenciosos, desertos. Nada surpreendente para aquela hora do dia, quando os guerreiros comprometidos estavam com suas fêmeas e o restante dos ocupantes do quartel-general descansava antes do início das patrulhas da noite.

Brock deveria pensar em fazer o mesmo, porém estava mais interessado em saber se Gideon descobrira algo mais a respeito dos exames de sangue de Jenna. Ao entrar no corredor comprido que o levaria até o laboratório, ouviu movimentos em outra das salas do complexo.

Seguindo o barulho de papéis, parou diante da porta aberta do centro de comando da missão das Companheiras de Raça.

Jenna estava sozinha lá dentro.

Sentada à mesa de reuniões, com diversas pastas espalhadas diante de si e muitas outras empilhadas junto ao cotovelo, ela estava reclinada sobre um bloco de anotações, caneta na mão, completamente absorvida pelo que estava escrevendo, o que quer que fosse. A princípio, achou que ela não soubesse que ele estava ali. Mas em seguida, a mão dela parou no meio da página, e a cabeça se ergueu. As mechas de cabelo castanho caíram como seda quando ela se virou para ver quem estava na porta.

Aquela seria a sua chance para se esconder rápido, antes que ela o visse. Ele era da Raça, poderia estar ali e desaparecer antes que os olhos mortais registrassem sua presença. Em vez disso, por algum motivo idiota, sobre o qual não desejava refletir, avançou um passo e pigarreou.

O olhar castanho de Jenna se arregalou ao vê-lo.

– Oi – disse ele.

Ela sorriu de leve, parecendo pega desprevenida. E por que não estaria, depois da maneira como ele havia deixado as coisas entre os dois da última vez em que se viram? Ela pegou uma das pastas e colocou por cima do bloco de anotações.

– Pensei que todos tivessem ido descansar.

– E foram. – Ele entrou ainda mais na sala e passou os olhos nas informações sobre a mesa. – Parece que Dylan e as outras já conseguiram recrutar seus serviços.

Ela deu de ombros, numa negação débil.

– Eu só... estava olhando algumas coisas. Comparando anotações de alguns arquivos, anotando algumas ideias.

Brock se sentou ao lado dela.

– Elas vão gostar disso – disse ele, impressionado por ela estar ajudando. Esticou a mão na direção das suas anotações. – Posso ver?

– Não é nada de mais, mesmo – disse ela. – É só que algumas vezes ajuda alguém de fora dar uma olhada.

Ele relanceou para a letra curva e precisa que preenchia quase toda a página. A mente dela parecia funcionar do mesmo modo organizado, baseado no fluxo lógico das suas anotações e na lista de sugestões que fizera para a investigação das pessoas desaparecidas que Dylan e as outras Companheiras de Raça vinham procurando nos últimos meses.

– É um bom trabalho – disse ele, sem elogiar, apenas declarando um fato. – Dá para ver que você é uma excelente policial.

Outro levantar de ombros de negação.

– Não sou mais policial. Faz tempo que me afastei.

Ele a observou enquanto falava, notando o arrependimento que pairava em seu tom de voz.

– Não significa que não continue boa ainda no que faz.

– Parei de ser boa há algum tempo. Uma coisa aconteceu e eu... perdi minha motivação. – Ela o fitou, sem piscar. – Houve um acidente de carro há quatro anos. Meu marido e nossa filha de seis anos de idade morreram, só eu sobrevivi.

Brock assentiu.

– Eu sei. Lamento por sua perda.

A empatia dele pareceu incomodá-la de algum modo, e ela ficou meio sem saber o que fazer. Talvez lhe fosse mais fácil falar sobre a sua tragédia em seus termos, sem saber que ele já tomara conhecimento dela. Agora ela o fitava incerta, como se temesse que ele a julgasse de alguma maneira.

– Tive dificuldades para... aceitar que Mitch e Libby tinham partido. Por muito tempo, mesmo agora, é complicado entender como eu tenho que seguir em frente.

– Você vive – disse Brock. – É só o que pode fazer.

Ela assentiu, mas havia assombro em seu olhar.

– Você faz parecer tão fácil.

– Fácil não, apenas necessário. – Ele a viu cutucar um clipe torto em um dos relatórios. – Foi por isso que você se retirou do trabalho na polícia, porque não sabia como viver depois do acidente?

Fitando o espaço bagunçado na mesa diante dela, ela franziu a testa, em silêncio por um instante.

– Pedi demissão porque eu não conseguia mais executar minhas funções. Toda vez que eu tinha que me apresentar numa violação de trânsito, mesmo uma simples colisão de para-choque ou um pneu furado, eu chegava tremendo tanto ao local que mal conseguia sair do carro para oferecer ajuda. E nos chamados mais complicados, em acidentes sérios ou brigas domésticas que acabavam em violência, eu me sentia nauseada durante dias. Tudo o que eu aprendi no treinamento e no trabalho pareceu se despedaçar quando aquele caminhão carregando lenha atravessou a estrada escorregadia e destroçou minha vida. – Relanceou para ele, com seus olhos castanho-claros mais obstinados e firmes do que jamais vira. – Deixei de ser policial porque sabia que não conseguiria executar meu trabalho da maneira que ele precisava ser feito. Não queria que ninguém que pudesse depender de mim pagasse pela minha negligência. Por isso, pedi demissão.

Brock respeitava a coragem e a resiliência de Jenna desde que colocara os olhos nela. Agora, sua opinião apenas aumentara.

– Você se importava com o seu trabalho e com as pessoas que dependiam de você. Isso não é um sinal de fraqueza. Isso demonstra força. E, está claro, você amava o seu trabalho. E acho que ainda ama.

Por que essa simples observação atiçaria algum ponto fraco nela ele não entendia, mas teria que ser cego para não notar a centelha defensiva que brilhou em seus olhos. Jenna desviou o olhar ao perceber que deixara aquilo escapar e, quando falou, não havia raiva em sua voz. Apenas um tom de resignação.

– Sabe bastante sobre mim, não? Acho que não sobrou muito que você ou a Ordem não saibam sobre mim a esta altura.

– Alex nos contou apenas o básico – admitiu ele. – Depois do que aconteceu no Alasca, precisávamos saber algumas coisas.

Ela resmungou.

– Quer dizer, depois que comecei a falar coisas sem nexo enquanto dormia e me tornei um fardo indesejável para a Ordem.

– Mais ou menos isso – disse ele, continuando sentado quando ela se levantou e começou a se afastar dele, os braços cruzados diante do peito. Percebeu que ela abandonara por completo a bengala que Tess lhe dera, e que a perna machucada revelava apenas um leve manquejar a cada passo. – Vejo que seu ferimento já está melhorando.

– Está bem melhor. – Ela o fitou por sobre o ombro. – Na verdade, nem era tão grave assim.

Brock inclinou a cabeça como se concordasse, mas ele se lembrava muito bem da gravidade do ferimento. Se ela estava se curando a um ritmo acelerado, deduziu que as mutações genéticas descobertas por Gideon deviam estar por trás disso.

– Estou feliz que esteja se sentindo melhor – disse, pensando que, provavelmente, ela não precisava de um lembrete sobre a matéria desconhecida inserida dentro de si.

Seu olhar se deteve sobre ele, suavizando-se.

– Obrigada pelo que fez na noite passada, ir atrás de mim e me tirar daquele lugar horrível. Acho que você salvou a minha vida. Sei que salvou, Brock.

– Não foi nada.

Deus, ele esperava que ela jamais ficasse sabendo dos detalhes selvagens com que ele lidara com seus agressores. Ela não estaria agradecendo se o tivesse visto em ação naquela noite, nem se tivesse testemunhado o modo violento com que satisfizera tanto a sua sede quanto a sua fúria naqueles humanos desgraçados. Se soubesse do que ele era capaz, ela, sem dúvida, o enxergaria da mesma maneira que o Antigo que a atacara.

Não sabia por que isso o incomodava tanto. Não queria que ela o igualasse a um monstro, pelo menos não enquanto estivesse encarregado pela Ordem de protegê-la. Ela precisava confiar nele, e, como seu protetor designado, ele tinha que se certificar disso. Tinha um trabalho a fazer, e não estava disposto a perder de vista essa responsabilidade.

Mas sua questão com Jenna ia além disso, ele bem sabia. Só não tinha a mínima intenção de dissecar o assunto agora, nem num futuro próximo.

Observou-a se aproximar da parede coberta de mapas e gráficos que documentava a busca pelas Companheiras de Raça que a Ordem suspeitava que Dragos estivesse mantendo em cativeiro.

– Este trabalho é incrível – murmurou Jenna. – Dylan, Savannah, Renata, Tess... Todas as mulheres que conheci aqui são verdadeiramente incríveis.

– Sim, elas são – concordou Brock. Levantou-se e caminhou até onde estava Jenna. – A Ordem sempre foi uma força a ser respeitada, mas, desde que me juntei a ela, tenho visto nossas forças redobrarem por causa do envolvimento das fêmeas deste complexo.

Ela lhe lançou um olhar que ele considerou difícil de interpretar.

– O que foi?

– Nada. – Um leve sorriso tocou seus lábios quando ela meneou um pouco a cabeça. – Só estou surpresa em ouvir isso. A maioria dos homens com quem tive contato no trabalho, inclusive meu pai e meu irmão, preferiria comer seus distintivos a admitir que era melhor para eles trabalhar em equipe com as mulheres.

– Eu não tenho um distintivo – disse ele, retribuindo o sorriso. – E não sou como a maioria dos homens.

Ela riu de leve, mas não desviou o olhar.

– Não, você não é. E mesmo assim, é um dos poucos aqui que não tem uma Companheira de Raça.

Ele pensou nisso, mais do que apenas um pouco intrigado pelo fato de ela estar curiosa sobre sua vida pessoal.

– Trabalho é uma coisa. Assumir uma companheira com um elo de sangue é outra. É um tipo de situação eterna, e sou alérgico a relacionamentos de longo prazo.

Os olhos inteligentes o avaliaram.

– Por quê?

Seria fácil dar-lhe uma resposta charmosa e sem fundamento, do tipo a que estava acostumado a dar quando Kade e os outros tocavam no assunto de Companheiras de Raça e de envolvimentos sentimentais. Mas ele não poderia olhar para Jenna e ser outra coisa a não ser honesto, não importando como isso mudaria a forma como ela o enxergava.

– Relacionamentos de longo prazo aumentam as chances de eu desapontar alguém. Por isso, me esforço para me manter longe disso.

Ela não disse nada por um ou dois minutos. Apenas o encarou em silêncio, os braços ainda ao seu redor, uma centena de emoções acentuando a cor de seus olhos.

– É, sei o que está querendo dizer – disse, por fim, a voz mal passando de um sussurro rouco. – Sei tudo a respeito de desapontar as pessoas.

– Não tem como eu acreditar nisso. – Ele não conseguia enxergar a mulher capaz e confiante deixando de fazer algo que se dispusera a fazer.

– Pode acreditar – disse ela com seriedade, girando sobre os calcanhares e seguindo para junto da outra parede, onde um punhado de retratos falados fora disposto ao longo de mapas e de anotações. Quando voltou a falar, havia uma casualidade em sua voz que parecia forçada. – Então, essa sua alergia a relacionamentos duradouros é alguma novidade para você, ou sempre evitou compromissos?

Ele teve uma imagem mental instantânea de olhos reluzentes e de uma risada maliciosa e musical que ainda ouvia às vezes, como um fantasma à espreita em suas lembranças.

– Já existiu alguém. Bem... Poderia ter havido alguém. Ela morreu há muitos anos.

A expressão de Jenna ficou sombria de remorso.

– Brock, sinto muito. Não tive a intenção de...

Ele deu de ombros.

– Não precisa se desculpar. Isso foi há um século. – Quase literalmente, ele percebeu, atordoado pelo fato de que tanto tempo havia se passado desde que o seu descuido custara a vida de alguém a quem ele, supostamente, deveria ter protegido.

Jenna voltou a se aproximar e se recostou na beira da mesa ao lado dele.

– O que aconteceu com ela?

– Foi assassinada. Eu trabalhava como guarda-costas no Refúgio Secreto de uma família em Detroit na época. Era minha responsabilidade mantê-la a salvo, mas meti os pés pelas mãos. Ela desapareceu sob a minha vigilância. Seu corpo foi encontrado meses mais tarde, brutalizado a ponto de não ser reconhecido, abandonado num rio.

– Ah, meu Deus... – A voz de Jenna saiu suave, carregada de empatia. – Que horrível.

– É, foi mesmo – disse ele, lembrando-se muito bem do horror do que havia sido feito a ela, antes e depois de ser morta. Três meses na água não deixaram mais fácil de olhar o que lhe haviam feito.

– Sinto muito – repetiu Jenna, esticando uma mão para apoiá-la no músculo saltado do bíceps dele.

Ele tentou ignorar a súbita percepção que surgiu com aquele contato. Mas tentar não perceber sua atração por ela era o mesmo que ordenar ao fogo que não fosse quente. Toque-o e você se queimará. Assim como ele queimava agora, quando relanceou para a mão pálida de Jenna em contraste com a sua pele escura.

Quando ele levantou o olhar para ela, percebeu pela forma sutil com que ela inspirava que seus olhos muito provavelmente estavam iluminados por centelhas cor de âmbar, a transformação traindo seu desejo por ela. Ela engoliu em seco, mas não desviou o olhar.

Que Deus o ajudasse, mas ela tampouco retraiu a mão, nem mesmo quando o seu rugido de macho excitado se formou na base da garganta.

Pensamentos do que acontecera com ela há poucas horas em seu apartamento jorraram como uma onda de lembranças ardentes. Não havia mais do que alguns poucos centímetros entre eles, mesmo agora. Ficou imaginando se Jenna queria que ele a beijasse. Estivera inseguro quanto ao que ela sentia, e com a possibilidade de ela estar sentindo algo parecido com seu próprio desejo. Agora, precisava saber com uma ferocidade que o assustava.

Para ter certeza de que não estava interpretando mal, nem que fosse apenas pela sua sanidade, cobriu a mão dela com a sua. Aproximou-se, postando-se de frente para ela, que ainda estava apoiada na mesa.

Ela não se retraiu. Encarou-o bem nos olhos, confrontando-o, bem como ele esperava que ela fizesse.

– Eu não sei bem como lidar com tudo isto – disse ela com suavidade. – As coisas que têm acontecido comigo desde aquela noite no Alasca... Todas as perguntas que talvez nunca sejam respondidas. Sei lidar com isso. De alguma forma, vou aprender a lidar. Mas você... Isto... – Ela baixou o olhar para as mãos unidas, os dedos entrelaçados. – Não sou boa nisso. Meu marido se foi há quatro anos. Não houve ninguém desde então. Nunca estive pronta para isso. Não quis...

– Jenna. – Brock tocou no seu queixo, erguendo-o com suavidade para fitá-la nos olhos. – Tudo bem se eu te beijar?

Os lábios dela vacilaram num sorriso que ele não resistiu a provar. Inclinou a cabeça e a beijou devagar, para que ela se acostumasse, apesar da intensidade do seu desejo.

Embora ela tivesse confessado estar sem prática, ele jamais teria imaginado isso pela sensualidade dos lábios dela ao encontro dos seus. O beijo, tanto suave quanto direto, dando e recebendo, o incendiou. Ele se aproximou, até se ajustar entre suas pernas, precisando sentir o corpo dela pressionado contra o seu enquanto passava a língua ao longo dos lábios aveludados. Correu as mãos pela lateral de seu corpo, ajudando-a a subir na mesa quando a perna machucada começou a tremer.

O beijo fora um erro. Achara que as coisas terminariam ali – apenas um beijo –, mas, agora que começara, ele simplesmente não sabia como encontraria forças para pôr um fim naquilo.

E, pela sensação dela em seus braços, pelos gemidos e sussurros de prazer enquanto os beijos davam início a algo mais poderoso, teve certeza de que ela também queria mais.

Mas, pelo visto, não poderia estar mais errado.

Foi só quando percebeu a umidade em seu rosto que notou que ela estava chorando.

– Jesus – sibilou, recuando de pronto e sentindo-se um cretino ao ver seu rosto marcado pelas lágrimas. – Desculpe. Se eu te pressionei rápido demais...

Ela balançou a cabeça, visivelmente triste, mas sem conseguir falar nada.

– Diga que eu não te machuquei, Jenna.

– Droga. – Ela inspirou fundo. – Não posso fazer isto. Desculpe, a culpa é minha. Eu nunca deveria ter deixado que você...

As palavras foram interrompidas quando ela o empurrou para longe, desvencilhando-se dele, e correu para o corredor.

Brock ficou ali por um minuto, todo tenso e dolorido, ávido de desejo. Deveria deixá-la ir. Considerar aquilo apenas um desastre evitado por um triz e tirar a tentadora Jenna Darrow da cabeça.

Sim, é exatamente isso o que deveria fazer, e ele sabia muito bem disso.

Mas, quando esse pensamento se formou, ele já estava na metade do corredor, seguindo os sons do choro de Jenna até seu antigo apartamento.

Capítulo 13

Jenna se sentia a maior das covardes, uma fraude absoluta, enquanto fugia pelos corredores, tentando engolir as lágrimas. Deixara Brock pensar que não o queria. Provavelmente o fez acreditar que ele a pressionara de algum modo com aquele beijo, quando quase a derretera numa poça na mesa daquela sala de reuniões. Deixou que ele ficasse se preocupando por ter feito algo errado, que talvez a tivesse magoado, e essa era a coisa mais injusta de todas.

No entanto, não conseguira deixar de fugir, precisando colocar alguma distância entre eles com uma determinação que beirava o desespero. Ele a fazia sentir demais. Coisas para as quais não estava preparada. Coisas que ela necessitava com tamanha profundidade, mas que não merecia.

Por isso fugiu, mais aterrorizada do que nunca e odiando a covardia que a fazia colocar pé ante pé. Quando chegou ao quarto, estava tremendo e sem fôlego, lágrimas ainda descendo pelas faces.

– Jenna.

O som da voz grave atrás dela foi como uma carícia ardente em sua pele. Virou-se de frente, atônita com a velocidade e com o silêncio que o levaram até ali não mais do que um segundo depois dela. Mas, em retrospecto, ele não era humano. Não era um homem de fato – uma coisa da qual ela tinha que se lembrar quando ele estava tão próximo, com todo aquele tamanho, a intensidade do olhar se comunicando com tudo o que era feminino dentro dela.

Sua boca ainda estava inchada pelos beijos dele. Sua pulsação ainda batia descompassada. O calor ainda ardia dentro dela.

E como se soubesse disso, Brock se aproximou ainda mais. Esticou o braço e pegou sua mão, sem dizer nada. Não havia necessidade de palavras. Apesar das lágrimas que começavam a diminuir e do tremor das suas pernas, ela não conseguia esconder o desejo que sentia por ele.

Não resistiu quando ele a trouxe para perto, para o calor do seu corpo. Para o conforto dos seus braços.

– Estou com medo – sussurrou ela. Essas palavras não lhe vinham fáceis, como nunca vieram.

Com o olhar preso ao dela, ele lhe acariciou o rosto.

– Não precisa ter medo de mim. Não vou machucar você, Jenna.

Acreditou nele, mesmo antes de ele inclinar a cabeça e resvalar os lábios num beijo dolorosamente carinhoso. De maneira incrível e impossível, confiava naquele homem que não era um homem. Queria as mãos dele sobre si. Queria sentir aquela conexão de novo com alguém, mesmo que não estivesse pronta para pensar em algo além do físico, do desejo de tocar e de ser tocada.

– Está tudo bem – ele murmurou ao encontro da sua boca. – Está segura comigo, prometo.

Jenna fechou os olhos ao absorver suas palavras, as mesmas que a acalmaram na escuridão do seu chalé no Alasca, e de novo na enfermaria do complexo. Brock fora seu elo com o mundo dos vivos depois da sua provação com o Antigo. Sua única corda de segurança durante os infindáveis pesadelos que se seguiram nos dias depois que ela fora trazida àquele lugar estranho, modificada de tantas maneiras.

E agora...?

Agora ela não sabia muito bem como ele se encaixava na confusão que restara da sua vida. Não estava pronta para pensar nisso.

Tampouco estava plenamente segura de estar preparada para as sensações que ele lhe provocava.

Recuou um pouco, a dúvida e a vergonha ainda se avolumando na parte dela que ainda lamentava a perda, a ferida aberta em sua alma que há muito tempo aceitara que jamais se cicatrizaria por completo.

Pressionando a testa no calor da solidez de seu peito, no algodão macio que exalava seu cheiro exótico característico, Jenna inspirou profundamente para se fortalecer. E expirou num suspiro entrecortado.

– Será que eu os amava o suficiente? É o que não paro de me perguntar desde aquela noite em meu chalé...

As mãos fortes de Brock alisaram suas costas, fortes e carregadas de compreensão, dando a calma que ela precisava a fim de reviver aqueles momentos torturosos quando o Antigo a pressionara para que ela decidisse o próprio destino.

– Ele me fez escolher, Brock. Naquela noite em meu chalé, pensei que ele iria me matar, mas não matou. Eu não teria lutado se ele matasse. E ele sabia disso, acho. – Na verdade, ela tinha certeza. Naquela noite em que o Antigo invadira sua casa, ela não estava bem. Ele vira a garrafa de uísque vazia no chão e a pistola carregada em sua mão. A caixa de fotografias que ela pegava todos os anos por volta do aniversário do acidente que lhe roubara a família e que a deixara para viver sozinha. – Ele sabia que eu estava preparada para morrer, mas, em vez de me matar, forçou-me a dizer as palavras, a lhe dizer em voz alta o que eu queria mais: vida ou morte. Foi como uma tortura, algum tipo de jogo doentio que ele me fez jogar contra a minha vontade.

Brock resmungou alguma imprecação incompreensível, mas as mãos continuaram suaves às suas costas, carinhosas, num calor tranquilizador.

– Ele me fez escolher – disse ela, lembrando-se de cada minuto insuportável daquela provação.

Mas, ainda pior do que as horas infindáveis do seu aprisionamento e de vê-lo alimentando-se dela, do que o horror de perceber que seu captor não era uma criatura deste mundo, foi o momento terrível no qual ouviu a própria voz rouca dizer as palavras que pareciam rasgar das profundezas mais íntimas e envergonhadas de sua alma.

Quero viver.

Ai, meu Deus... por favor, deixe-me viver.

Não quero morrer!

Jenna engoliu o nó de angústia que se formara em sua garganta.

– Fico pensando que não os amava o bastante – sussurrou, devastada ante esse pensamento. – Fico pensando que, se os amasse de verdade, teria morrido com eles. Que, quando o Antigo me forçou a escolher se queria ou não viver, eu teria feito uma escolha diferente.

Quando o choro ficou preso em sua garganta, os dedos de Brock resvalaram seu queixo. Ergueram seu rosto para seu olhar solene.

– Você sobreviveu – disse ele, a voz firme, mas com infinito afeto. – Foi só o que fez. Ninguém a culparia por isso, muito menos eles.

Ela fechou os olhos, sentindo o peso do arrependimento diminuir um pouco com as palavras reconfortantes que ouvia. Mas o vazio em seu coração era um lugar frio e oco. Um que se tornou ainda maior quando Brock a tomou nos braços, confortando-a. O calor e a preocupação dele penetraram em sua pele como um bálsamo, acrescentando mais emoção ao desejo que não diminuíra por conta da proximidade do corpo forte. Torceu-se no refúgio que era seu abraço, apoiando o rosto na força sólida e firme que ele era.

– Posso acabar com isso, Jenna. – Ela sentiu a pressão da boca, o fluir da respiração em seus cabelos enquanto ele beijava o topo de sua cabeça. – Posso carregar sua dor por você, se quiser.

Havia uma parte nela que se rebelava contra isso. A mulher forte, a policial experiente, aquela que sempre enfrentava qualquer situação, se retraiu ante a ideia de que seu sofrimento pudesse ser pesado demais para ela mesma suportar. Nunca precisou de ajuda, tampouco se dispôs a pedir, jamais. Esse tipo de fraqueza jamais lhe serviria.

Retraiu-se, a recusa na ponta da língua. Mas quando abriu os lábios para falar, as palavras não surgiram. Fitou o belo rosto de Brock, os olhos penetrantes que pareciam enxergar bem dentro dela.

– Quando foi a última vez que se permitiu ser feliz, Jenna? – Ele afagava seu rosto com tanta suavidade, com tanta reverência, que ela estremeceu sob seu toque. – Quando foi a última vez que sentiu prazer?

A mão grande desceu ao longo do pescoço. O calor irradiou da palma ampla e dos dedos longos. Sua pulsação acelerou conforme ele espalmou a nuca, o polegar acariciando o ponto sensível debaixo da orelha.

Então, ele a aproximou de si, inclinando-lhe o rosto para se encontrar com o seu. Beijou-a, lenta e profundamente. A fusão vagarosa da boca dele ao encontro da sua lançou uma corrente de calor líquido em suas veias. O fogo se empoçou em seu centro, seu íntimo se enchendo com um desejo ardente e ávido.

– Se você não quiser isto – murmurou ele ao encontro dos seus lábios –, basta dizer. A qualquer hora, eu paro...

– Não. – Ela balançou a cabeça ao erguer a mão para tocar no maxilar forte. – Eu te quero, mas tanto que isso está me assustando demais.

O sorriso dele se espalhou preguiçosamente, os lábios sensuais se afastando para revelar os dentes brancos e a extensão aumentada das presas. Jenna fitou sua boca, sabendo que os instintos básicos humanos de sobrevivência deviam estar disparando todo tipo de alarme, avisando-a de que aproximar-se demais daqueles caninos seria letal.

Mas ela não sentiu medo. Em vez disso, sua mente reconheceu a transformação dele com um sentimento inexplicável de aceitação. Excitação até, enquanto o castanho absorvente de seus olhos começou a reluzir com uma luz âmbar incandescente.

Acima do colarinho da camiseta cinza e debaixo das mangas curtas que se agarravam aos montes firmes dos bíceps musculosos, os *dermaglifos* de Brock pulsavam em cores. As marcas da pele do membro da Raça assumiram uma cor mais acentuada do que seu costumeiro tom de bronze, tornando-se mais bordô e dourado, junto com um roxo escuro. Jenna percorreu os dedos ao longo das curvas e arcos dos seus *glifos*, maravilhando-se com a beleza sobrenatural.

– Tudo o que eu achava que sabia é diferente agora – ponderou em voz alta enquanto permanecia no círculo dos braços dele, distraidamente tracejando os desenhos dos *glifos* que desciam. – Tudo mudou agora. Eu mudei, de maneiras que nem sei se farão sentido para mim. – Levantou o olhar. – Não estou atrás de mais confusão em minha vida. Não acho que eu seja capaz de lidar com mais isso além de todo o resto.

Ele sustentou o seu olhar, sem julgá-la, revelando apenas paciência e uma aura de controle imperturbável.

– Você está confusa agora, enquanto te toco... ou quando a beijo?

– Não – disse ela, surpresa ao constatar isso. – Nem antes.

– Isso é bom. – Ele se inclinou e clamou sua boca novamente, sugando o lábio inferior, capturando-o entre os dentes ao afagar suas costas, depois espalmando a mão na curva das nádegas. Apertou-a com possessividade, rebocando o corpo eletrizado ao longo da sua ereção. Esfregou o nariz na curva do pescoço, os lábios quentes e úmidos em sua pele. Quando falou de novo, sua voz estava mais grossa do que antes, carregada do mesmo tipo de avidez que a percorria. – Permita-se sentir prazer, Jenna. Se quiser, é só isso o que precisa acontecer entre nós. Sem pressão, sem amarras. Sem promessas que nenhum de nós está pronto para fazer.

Ah, Deus. Parecia tão bom, tão tentador, ceder ao desejo que vinha crescendo entre eles desde que ela despertou no complexo da Ordem. Não estava pronta para abrir o coração novamente, talvez nunca estivesse pronta para essa vulnerabilidade de novo, mas não sabia se era forte o bastante para resistir ao presente que Brock estava lhe oferecendo.

Ele a beijou na base da garganta.

– Está tudo bem, Jenna. Entregue o resto para mim agora. Liberte-se de tudo, exceto disto.

– Sim. – Ela suspirou, sem conseguir refrear um arquejo quando as carícias trafegaram por seu corpo. As mãos fortes e habilidosas lançaram picadas de energia pelas suas veias, o talento sobrenatural sugando todo o peso remanescente de tristeza, de dor e de confusão. A boca ardente e habilidosa deixou apenas sensações e avidez em seu rastro.

Ele beijou uma pequena trilha ao longo do pescoço, depois pelo maxilar, até que seus lábios se encontraram com os dela uma vez mais. Jenna acolheu sua paixão, abrindo-se para ele enquanto a língua passava pelo vale entre seus lábios. Ele gemeu quando ela o sugou para dentro, grunhiu uma aprovação absolutamente masculina enquanto ela passava os dedos ao redor da sua cabeça, segurando-o com mais firmeza ao encontro da sua boca.

Deus, ela não fazia ideia de quanto necessitava do toque de um homem. Ficara tempo demais sem aquela intimidade, forçosamente se privando do contato sexual e daquele tipo de relaxamento. Por quatro anos, convencera-se de que não queria nem precisava daquilo, apenas mais um castigo autoimposto pela grave ofensa de ter sobrevivido ao acidente que matara seus entes queridos.

Acreditara-se imune ao desejo; no entanto, ali com Brock, todas aquelas barreiras antes impenetráveis estavam sendo derrubadas, caindo ao seu redor como se não fossem mais do que folhas secas. Ela não conseguia sentir culpa pelo prazer que ele estava lhe proporcionando. Não havia como saber se pela habilidade de Brock de absorver a sua angústia ou pelo desejo reprimido. Só o que ela conhecia era a intensidade crescente das reações do seu corpo ao dele, uma onda de prazer e de antecipação que a deixava sem ar e querendo ainda mais.

As mãos grandes passaram para os ombros, depois começaram sua viagem para os seios. Através do algodão fino da camisa dela, os mamilos endureceram, ficando rijos e doloridos, vivos com sensações a cada carícia aplicada. Jenna gemeu, querendo mais dos toques dele.

Capturou sua mão e a guiou por baixo da bainha larga da camisa. Ele não precisou de mais orientações. Em menos de um segundo, soltou o fecho do sutiã e cobriu a pele nua com a palma quente. Brincou com o botão duro ao acariciá-la.

– Melhor assim? – murmurou ele, logo abaixo da orelha. – Diga se está gostando.

– Deus... Sim! – Era tão bom que ela mal conseguia formar palavras.

Jenna sibilou de prazer, jogando a cabeça para trás enquanto uma sensação espiralada se contraía em seu íntimo. Ele continuou tocando-a, beijando-a e acariciando-a, enquanto lentamente tirava sua camisa. Fez o mesmo com o sutiã aberto, deslizando as alças finas pelos ombros, escorregando-as pelos braços. De repente, ela estava nua da cintura para cima diante dele. O instinto de se cobrir – de esconder as cicatrizes que cruzavam seu tronco por causa do acidente, e aquela no abdômen que era um lembrete diário do difícil trabalho de parto de Libby – surgiu de leve, mas apenas por um instante.

Só pelo tempo que demorou para erguer a cabeça e se deparar com o olhar de Brock.

– Você é linda – disse ele, pegando-lhe as mãos com suavidade e afastando-as do corpo antes que ela tivesse a oportunidade de se sentir envergonhada pelo elogio dele ou pela sua observação franca.

Nunca se sentira especialmente bela. Confiante e capaz, bem fisicamente e forte. Essas palavras ela entendia e aceitava. Palavras que a acompanharam em boa parte dos seus trinta e três anos de vida, mesmo durante o casamento. Mas linda? Era-lhe tão estranha quanto o idioma desconhecido que se ouvira falar no vídeo na enfermaria no dia anterior.

Brock, este sim, era lindo. Ainda que parecesse uma palavra esquisita para descrever a sombria força da natureza que estava diante dela.

Cada mancha castanha dos olhos dele sumira, devorada pelo brilho âmbar que aquecia suas faces como uma chama viva. As pupilas afinaram parecendo fendas, e as faces magras agora estavam mais angulares, a pele escura imaculada esticada por sobre os ossos, ressaltando a aparência atordoante das presas longas e afiadas.

Aqueles olhos ardentes prenderam os seus, enquanto ele tirava a camiseta e a deixava cair no chão ao lado dela. O peito era incrível, uma parede maciça de músculos bem torneados cobertos por um desenho intricado de *glifos* pulsantes. Ela não resistiu ao desejo de tocar a pele lisa, só para ver se era tão sedosa sob seus dedos quanto lhe parecia ao olhar. Era ainda mais macia do que imaginara, mas a força absoluta e sobrenatural abaixo dela era inconfundível.

Brock lhe parecia tão letal quanto fora ao salvá-la na cidade, a não ser, talvez, pela ira gélida que emanara dele como em ondas aquela noite, pois agora ele vibrava com algo igualmente agressivo e intenso: desejo. Todo centrado nela.

– Você está... Maldição, Jenna – ele disse rouco, tracejando a linha do seu ombro, depois circundando a ponta rósea do seu seio. – Você não faz ideia de quanto é adorável, faz?

Ela não respondeu, nem saberia como. Em vez disso, aproximou-se e puxou a boca dele para a sua para mais um beijo ardente. Pele contra pele, os seios esmagados contra os músculos firmes do peito dele, Jenna quase entrou em combustão de tanto desejo. Seu coração batia forte, a respiração acelerada, enquanto Brock abaixava a mão e descia o zíper de seus jeans. Ela mordeu os lábios quando ele deslizou as mãos entre a cintura da calça e a pele dos seus quadris, depois fez descer os jeans por sobre a calcinha branca. Ele se afundou sobre os calcanhares, acompanhando a descida dos jeans com as mãos.

Tomou cuidado perto do ferimento a bala, a fim de não mexer no curativo que envolvia a coxa.

– Tudo bem? – perguntou, erguendo o olhar para ela, a voz grave tão rouca que ela mal a reconheceu. – Se houver dor, posso cuidar dela.

Jenna balançou a cabeça.

– Não está doendo. Está tudo bem, mesmo.

Os olhos reluzentes âmbar se fecharam baixando os cílios ao voltar para a tarefa que tinha em mãos. Com os jeans removidos, ele se apoiou nos calcanhares e olhou para ela, deslizando as mãos para cima e para baixo na extensão das suas pernas.

– Tão, tão linda – ele a elogiou, depois inclinou a cabeça e pressionou os lábios no triângulo de algodão branco entre as coxas, a única peça de roupa que a cobria agora.

Jenna expeliu um suspiro trêmulo quando ele prendeu o tecido entre os dentes e as presas. Com o olhar carregado de propósito, fitou-a, as mãos ainda acariciando as pernas, e puxou a peça antes de soltá-la, deixando voltar ao seu lugar, cobrindo a pele aquecida. Ele a seguiu com a boca, beijando-a de novo, com mais determinação agora, afastando o irrisório pedaço de pano e esfregando o rosto ainda mais na fenda úmida do seu sexo.

As mãos a seguravam pelas nádegas enquanto ele a explorava com os lábios e a língua e o resvalar erótico dos dentes na pele úmida do seu centro. Despiu-a da calcinha, depois afastou as coxas e a sugou novamente. Levou uma mão até o meio das pernas, acrescentando o toque dos dedos à habilidade enlouquecedora da boca. Jenna estremeceu, perdida em sensações e a pouco menos do que uma inspiração de desfalecer.

– Céus – arfou ela, tremendo quando ele sondou suas dobras com a ponta do dedo, penetrando-a apenas de leve, enquanto seus beijos a deixavam cada vez mais tensa. Moveu-se na direção dele, inundada pelo calor. – Meu Deus... Brock, não pare.

Ele gemeu ao encontro da umidade dela, um longo ronronar de evidente apreciação masculina que vibrou em seus ossos e músculos até seu cerne aquecido. O clímax de Jenna a atravessou tal qual uma tempestade. Estremeceu com a sua força, exclamando quando o prazer a assolou e a fez subir aos céus. Quase se desfez, a sensação pairando quase como poeira estelar enquanto ela espiralava mais e mais alto, com tremores de puro deleite trespassando-a, um após o outro.

Sentia-se sem ossos ao flutuar de volta à realidade. Sem ossos e exausta, apesar de seu corpo ainda estar vibrando, repleto de sensações. E Brock ainda a beijava. Ainda a afagava com os dedos, arrancando cada um dos tremores restantes enquanto ela se agarrava aos ombros largos e arfava com o prazer dos tremores.

– Acho que eu estava precisando disso – sussurrou, estremecendo quando o riso baixo dele ecoou em sua pele ainda sensível. Ele a beijou no interno da coxa, mordiscando de leve, e suas pernas vacilaram um pouco sob o próprio peso. Ela se deixou cair para a frente, envolvendo Brock pelas costas. – Ah, meu Deus. Eu não imaginava o quanto precisava disso.

– O prazer foi meu – ele disse, rouco. – E ainda não terminei. – Mudou de posição debaixo dela, passando o braço ao seu redor e acomodando-a sobre o ombro. – Segure firme em mim.

Ela não teve escolha. Antes de entender o que ele pretendia, ele já se levantava. Carregou-a como um peso morto sobre um ombro e se pôs de pé, como se ela não passasse de um fardo de penas. Jenna se segurou como ele lhe dissera, sem deixar de admirar a força absoluta com que ele caminhava até o quarto adjacente. Vestindo apenas os jeans, os músculos das costas se flexionavam e contraíam debaixo da pele lisa a cada longa passada, um concerto perfeito de boa forma e talhe.

Não havia dúvidas, ele era lindo.

E seu corpo já eletrizado zunia com calor renovado quando ela percebeu que ele a carregava direto para a imensa cama *king size*.

Ele afastou a colcha e o lençol, depois a depositou na beira do colchão. Jenna observou com desejo crescente enquanto ele desabotoava os jeans e os retirava. Ele não estava usando nada por baixo. *Glifos* elaborados tracejavam a cintura estreita e o quadril, descendo pelas pernas vigorosas. As cores pulsavam e se transformavam, atraindo seu olhar por um breve instante da ereção evidente, que estava rija e imensa enquanto ele apenas observava enquanto ela o avaliava dos pés à cabeça.

Jenna engoliu com a boca seca quando ele se aproximou dela, devastador em toda a sua nudez. O olhar reluzente ainda mais brilhante, as presas ainda mais alongadas.

Ele parou perto da cama, crispando a testa quando ela se deteve no seu olhar transfigurado.

– Está com medo de mim... deste jeito?

Ela só balançou a cabeça de leve.

– Não, não estou com medo.

– Se estiver preocupada com relação a uma possível gravidez...

Ela voltou a balançar a cabeça.

– Meus danos internos no acidente cuidaram disso. Não posso engravidar. De toda forma, pelo que soube, DNA humano e da Raça não se misturam.

– Não – confirmou ele. – E em relação a quaisquer outras preocupações que possa ter, está segura comigo. Não existem doenças nos da minha espécie.

Jenna assentiu.

– Confio em você, Brock.

O crispar da testa dele diminuiu, mas ele permaneceu imóvel.

– Se não tiver certeza, se não é isso o que você quer, então o que lhe disse antes ainda vale. Podemos parar a qualquer instante. – Ele riu baixinho. – Acho que isso pode acabar comigo agora, já que está toda sensual na minha cama, mas eu paro. Que Deus me ajude, mas eu paro.

Ela sorriu, emocionada por alguém tão poderoso demonstrar tamanha honra e humildade. Ela afastou o lençol e abriu espaço para ele ao seu lado.

– Não quero parar.

A boca dele se abriu num sorriso amplo. Com um grunhido, foi em frente e sentou na cama ao seu lado. A princípio, apenas se tocaram e se acariciaram, beijando-se com suavidade, aprendendo mais sobre seus corpos. Brock foi paciente, apesar de a tensão em seu corpo revelar que ele estava se torturando por se refrear. Foi atencioso e carinhoso, tratando-a como uma amante querida, apesar de terem concordado de antemão que aquilo entre eles jamais seria outra coisa além de algo casual, sem amarras.

Para Jenna, parecia incrível que um homem que ela mal conhecia – aquele macho da Raça que tinha todo o direito de assustá-la – pudesse lhe parecer tão familiar, tão íntimo. Brock, porém, dificilmente era um estranho. Ele estivera ao seu lado em meio ao seu pesadelo pessoal, e de novo nos dias de sua recuperação ali no complexo. E a procurara naquela noite em que estivera sozinha e ferida na cidade, um improvável salvador sombrio.

– Por que fez aquilo? – perguntou baixinho, os dedos percorrendo os *dermaglifos* que se curvavam pelos ombros e desciam pelo peito. – Por que ficou comigo no Alasca e depois todos aqueles dias na enfermaria?

Ele ficou em silêncio por um momento, as sobrancelhas escuras unidas sobre o olhar reluzente.

– Odiei ver o que aconteceu com você. Você era apenas uma inocente que se viu em meio a um tiroteio. Você é humana. Não merecia ser arrastada para o meio da nossa guerra.

– Já sou uma garota crescida. Sei lidar com isso – disse, uma resposta automática que não sentia verdadeiramente. Ainda mais depois dos resultados perturbadores dos seus exames de sangue. – E quanto a agora? O que estamos fazendo aqui, quero dizer... Isto faz parte do seu programa "seja legal com a humana" também?

– Não. Claro que não. – A carranca dele se acentuou a ponto de mostrar raiva. – Acha que isso é pena? É isso o que você acha que é? – Ele inspirou fundo, revelando as pontas das presas ao rolá-la de costas e ficar sentado em cima dela. – Para o caso de não ter percebido, estou excitado pra caramba por você. Se me excitar mais, acabo explodindo.

Para provar seu ponto de vista, ele deu uma estocada nada sutil com o quadril, acomodando-se entre as dobras úmidas de seu sexo. Ele bombeou algumas vezes, fazendo a rigidez do membro entrar e sair da fenda dela, atiçando-a com o calor da sua excitação. Passou o braço por trás do joelho dela, levantando-lhe a perna até seu ombro, virou o rosto para a coxa e deu-lhe uma mordiscada.

– Isto é desejo puro e simples, nada de piedade – disse, sua voz rouca ao penetrá-la, longa e profundamente.

Jenna não conseguiria formular uma resposta mesmo que tentasse. A sensação atordoante de tê-lo preenchendo-a, estendendo-a cada vez mais a cada estocada, era tão sobrepujante que lhe roubou o fôlego. Ela se segurou a ele com as duas mãos enquanto ele lhe capturou a boca num beijo ardente, balançando acima dela, o corpo se movimentando num ritmo exigente.

A crista de um novo clímax já se formava dentro dela, e não conseguiu contê-lo. Sentiu o calor do próprio sangue nas veias, a pulsação imperiosa de Brock também, reverberando sob seus dedos e em cada terminação nervosa. Seus ouvidos estavam tomados pelo som do seu grito silencioso de libertação, pela fricção dos corpos unidos se retorcendo sobre os lençóis. O cheiro do sexo e do sabonete e do suor limpo na pele quente a intoxicaram. O sabor dos beijos ardentes de Brock em seus lábios só a fazia desejar outros mais.

Ela tinha fome, de uma maneira inexplicável.

Tinha fome dele, tão profunda que parecia retorcê-la de dentro para fora.

Queria saboreá-lo. Saborear o poder que ele era.

Arfando após o clímax, afastou-se da boca dele. Ele praguejou algo sombrio sob o fôlego, as investidas cada vez mais intensas, as veias e os tendões saltando no pescoço e nos ombros como cabos espessos elevando-se da pele.

Segurando-se a ele, Jenna deixou a cabeça pender por um momento, tentando se perder no ritmo dos corpos. Tentando não pensar na dor que corroía suas entranhas, no impulso confuso, porém irresistível que atraía seu olhar para o pescoço forte. Para as veias saltadas que pulsavam como tambores de guerra aos seus ouvidos.

Pressionou o rosto na coluna forte do pescoço dele e percorreu a língua no ponto pulsante que encontrou ali. Ele gemeu, um som prazeroso que só servia como combustível para o fogo que ainda queimava dentro dela. Ela se aventurou um pouco mais, cerrando os dentes sobre a pele dele. Brock grunhiu uma imprecação, e ela mordeu com um pouco mais de força, sentindo a onda de tensão que atravessou todo o corpo dele, que estava no limiar agora, os braços como granito ao redor dela, cada estocada dos quadris ficando mais intensa.

Jenna cravou os dentes com mais força na pele suave.

Mordeu até ele ficar louco de paixão...

Até ela sentir o sabor da primeira gota de sangue na língua.

Capítulo 14

Brock não soube o que causou maior impacto, o calor estreito e úmido da fenda de Jenna prendendo seu membro enquanto ele se encaminhava para o clímax ou a mordida repentina e absolutamente inesperada em seu pescoço.

Juntas, as duas sensações se mostraram cataclísmicas.

Segurou Jenna pelas costas e arremeteu ao seu encontro enquanto a tensão endurecia, se tornava mais quente, até a explosão. Com as presas expostas e latejando, lançou a cabeça para trás num grito gutural ao gozar, o mais compacto, rápido e incessante, o gozo mais intenso de toda a sua vida.

E, mesmo enquanto cessava, seu gozo não satisfez o desejo que sentia por ela. Puxa vida, nem um pouco. Seu sexo permaneceu rígido dentro dela, ainda exaltando e impulsionando, funcionando por vontade própria enquanto a fragrância doce e terrena do corpo de Jenna se misturava ao cheiro do seu próprio sangue.

Ele tocou o ponto onde a mordida dela ainda latejava. As pontas dos seus dedos surgiram pegajosas por conta do filete de sangue que escorria em seu peito.

– Jesus Cristo – sibilou ele, a voz contraída por causa da surpresa e do excesso de excitação.

– Desculpe – murmurou ela, parecendo chocada. – Eu não quis...

Quando ele olhou para Jenna, a luz âmbar dos seus olhos transformados banhava o belo rosto e a boca. A linda boca inchada pelos beijos trocados. Seu sangue estava ali também, lustroso e rubro em seus lábios.

Tudo que era da Raça dentro dele se concentrou naquela mancha brilhante e escura, o desejo selvagem surgindo em seu íntimo. E ainda pior quando a ponta da língua rosada lambeu qualquer traço escarlate.

Uma fome o constringiu como um torno. Ele já estava perigoso por causa do desejo e agora, com essa avidez nova e crescente... Titubeou, ainda que cada impulso selvagem dentro dele clamasse de desejo para que tomasse aquela mulher de todas as maneiras que alguém da sua espécie tomaria.

Forçando-se a apaziguar as coisas antes que elas saíssem ainda mais do controle, deslizou para fora do seu calor e virou as pernas na beirada do colchão com uma imprecação oportuna. O chão estava gelado sob seus pés, frígido ao encontro da sua pele suave e avivada. Quando a mão de Jenna pousou em suas costas, seu toque o trespassou como uma chama.

– Brock, você está bem?

– Preciso ir – respondeu, palavras ríspidas que rasparam em sua língua.

Foi difícil demais fazer seu corpo se afastar da cama enquanto Jenna estava tão próxima, tão nua e linda. Tocando-o com preocupação encantadora, ainda que desnecessária.

Aquele encontro – o sexo que ele oferecera com tanta benevolência, pensando ter tudo sob controle – deveria ser para ela. Pelo menos foi disso que ele se convenceu quando a beijou na sala de guerra e percebeu que ela estava sozinha, intocada, há tempo demais. Mas fora um movimento egoísta da sua parte.

Ele a desejara, e esperou que só precisasse tê-la em sua cama para tirá-la da cabeça. Antecipara que ela seria como qualquer outra das suas parceiras humanas deliberadamente descomplicadas e agradavelmente prazerosas. Não poderia estar mais errado. Em vez de aplacar a atração que sentia por Jenna, fazer amor com ela só aumentou seu desejo. Ainda a desejava, agora ainda mais do que antes.

– Não posso ficar. – A declaração murmurada era mais um reforço para si mesmo do que uma explicação direcionada a ela. Sem fitá-la, sabendo que não conseguiria encontrar as forças para sair dali caso o fizesse, levantou-se. Esticou-se para pegar os jeans e os vestiu com rapidez. – O pôr do sol logo virá. Tenho que revisar as instruções da patrulha, preparar as armas e a munição...

– Tudo bem, não precisa me dar explicações – interrompeu-o atrás dele. – Eu não ia pedir que você ficasse aqui me abraçando nem nada assim.

Isso fez com que ele se virasse. Ficou aliviado em ver que não havia nem julgamento nem raiva em sua expressão, nem no olhar firme que prendeu o seu, mas não apostou muito na determinação do maxilar dela. Ela devia imaginar que aquilo a fazia parecer forte, imperturbável – a confiança ensaiada e impassível que dizia que ela nunca recuaria ante nenhum desafio.

Se tivesse acabado de conhecê-la, poderia ter acreditado naquela expressão. Mas só o que ele enxergava era a vulnerabilidade secreta e frágil que se escondia atrás daquela máscara de quem não leva desaforo para casa.

– Não pense que isto foi um erro, Jenna. Não quero que lamente o que aconteceu aqui.

Ela deu de ombros.

– O que há para lamentar? Foi só sexo.

Sexo enlouquecedoramente incrível, corrigiu-a mentalmente, mas conteve seu impulso de dizer, pois só de pensar nisso já ficava excitado novamente. Deus, ele precisava encontrar um chuveiro frio bem rápido. Ou, quem sabe, uma banheira de gelo. Por uma semana inteira.

– É. – Pigarreou. – Tenho que ir agora. Se a sua perna incomodar, ou se precisar de qualquer outra coisa... se eu puder fazer algo por você, é só dizer. Ok?

Ela assentiu, mas ele entendeu, pelo brilho desafiador em seus olhos e pelo elevar teimoso do queixo, que ela jamais o procuraria. Ela podia ter relutado em aceitar a sua ajuda antes, mas, agora, estava mais do que determinada a recusar tudo o que ele pudesse lhe oferecer.

Se ele tinha dúvidas de que aquele encontro fora um erro, a resposta estava bem ali na sua frente.

– Te vejo por aí – disse ele, sentindo-se tão inútil quanto soou.

Não esperou até que ela lhe dissesse para esperar sentado, ou algo ainda mais sucinto do que isso. Virou-se e saiu do quarto, apanhando a camiseta no meio do caminho, chamando-se de idiota de primeira classe ao fechar a porta atrás de si, seguindo pelo corredor vazio.

Com um gemido de autodepreciação, Jenna se deixou cair de novo na cama enquanto a porta do quarto se fechava atrás de Brock. Ela sempre levou jeito para assustar os homens, com ou sem uma pistola carregada na mão, mas fazer com que um homem formidável como Brock, um vampiro, pelo amor de Deus, fugisse correndo pela porta depois do sexo deveria valer algum tipo de prêmio.

Ele disse que não queria que ela pensasse que ficar nua com ele havia sido um erro. Não queria que ela se arrependesse. Contudo, a expressão do seu rosto ao fitá-la parecia contradizer tudo isso. E o modo como ele saíra em disparada tampouco deixava muito espaço para dúvidas.

– Foi apenas sexo – murmurou entredentes. – Vê se cresce.

Ela não sabia por que deveria se sentir magoada ou envergonhada. Se não por outro motivo, devia estar grata pela liberação da sua frustração sexual acumulada. Ficou muito claro que ela precisava daquilo. Não se lembrava de se sentir tão excitada e descontrolada como esteve com Brock. Por mais saciada que se sentisse, seu corpo ainda vibrava. Todos os seus sentidos pareciam sintonizados numa frequência acima do normal. Sua pele parecia viva, formigando com hipersensibilidade, apertada demais para o seu corpo.

E também havia a mais estranha das emoções. Deitou-se, tomada pela confusão a respeito da curiosidade que a fizera morder Brock, com tanta força que chegara a arrancar sangue. O estranho sabor doce e picante dele ainda pairava em sua língua, tão exótico e enigmático quanto ele próprio.

Ela tinha a leve sensação de que deveria estar chocada com o que fizera. Na verdade, sentira-se horrorizada logo em seguida, mas enquanto estava ali deitada, sozinha na cama que pertencia a ele, uma parte obscura e confusa sua desejava mais.

Que diabos estava pensando? Devia estar perdendo a cabeça ao pensar tais coisas, quanto mais ter se permitido agir por impulso.

Ou, talvez, o que a motivava era algo pior...

– Caramba. – Jenna se sentou quando uma preocupação repentina e doentia surgiu.

Seu sangue e seu DNA começaram a sofrer alterações depois que aquele implante fora colocado dentro dela. E se isso não fosse a única coisa que estivesse mudando?

Com o medo pesando como uma rocha fria em seu estômago, saltou da cama e se apressou para o banheiro, acendendo todas as luzes. Recostando-se na bancada, arreganhou o lábio superior e fitou seu reflexo.

Nada de presas.

Ainda bem.

Nada a não ser seu reflexo já conhecido, seus dentes humanos sem nada de especial. Nunca se sentiu tão feliz em vê-los desde o dia em que tirara o aparelho ortodôntico aos treze anos, quando era uma garota alta e valente que teve que chutar os traseiros de muitos dos colegas de ensino médio por todas as gozações que recebia por causa da sua boca metálica e do sutiã de sustentação esportivo. Teria sido poupada de muito esforço e muitos hematomas se tivesse podido mostrar um par de presas afiadas para os seus torturadores adolescentes.

Suspirou longamente e se recostou na pia. Ela parecia normal, o que era um alívio, mas, por dentro, estava diferente. Sabia disso, e não precisava dos resultados mais recentes dos exames de Gideon para lhe dizer que algo peculiar estava acontecendo debaixo da sua pele.

Em seus ossos.

No sangue que parecia correr como rios de lava em suas veias.

Levou uma mão por baixo dos cabelos, esfregando os dedos na nuca, onde o Antigo fizera a incisão e inserira o odioso pedaço biotecnológico dentro dela. Já havia cicatrizado, ela não sentia nenhum traço sob a superfície da pele como antes. Todavia, vira as radiografias; sabia que estava lá, infiltrando-se em seus nervos e na medula óssea. Misturando-se ao seu DNA.

Tornando-se uma parte sua.

– Droga – murmurou, uma onda de vertigem surgindo.

De que outras maneiras sua vida podia se complicar mais? Ela tinha algo monumental com que lidar, e, mesmo assim, ficara nua com Brock. Pensando bem, talvez ela tivesse precisado estar com ele exatamente por causa de todo o resto com que vinha lidando ultimamente. O que não precisava era complicar ainda mais uma situação já complicada.

Por certo, não precisava se sentar ali e se preocupar com o que ele poderia pensar dela agora. Não precisava de nada disso, mas ficar dizendo isso para si mesma não impedia que pensamentos sobre ele invadissem sua mente.

E, enquanto tirava o curativo que cobria o ferimento em sua coxa e ligava o chuveiro, disse a si mesma que não precisava que Brock, nem ninguém mais, a ajudasse a superar o que haveria adiante. Por muito tempo já, ela estava sozinha. Sabia o que era lutar por conta própria, superar dias sombrios.

Mas saber disso não a impedia de se lembrar da força de Brock – do poder calmante das suas palavras suaves e das mãos habilidosas.

As promessas suavemente murmuradas de que ela não estava sozinha. De que, com ele, estava segura.

– Não preciso dele – sussurrou para o eco vazio do banheiro. – Não preciso de nada de ninguém.

Houve um leve tremor em sua voz, uma nota trêmula de medo que ela odiou ouvir. Inalou fundo e expirou um xingamento.

Entrou debaixo do chuveiro, debaixo da água quente, e fechou os olhos. Deixou que o vapor a envolvesse por completo, permitindo que o ritmo da água caindo engolisse seu choro suave e trêmulo.

Brock não deveria se surpreender por encontrar um dos outros guerreiros, já que a noite se aproximava e a maioria dos membros da Ordem logo sairia em patrulha pela cidade. Mas, muito provavelmente, a última pessoa que gostaria de ver ao sair do vestiário, onde passara pelo menos uma hora debaixo do jato frio, era Sterling Chase.

O antigo agente da Agência de Policiamento estava limpando suas pistolas numa das mesas da sala de armas. Ele ergueu os olhos do trabalho quando Brock entrou, já vestido de uniforme preto e coturnos, pronto para começar a missão da noite.

– Parece que você e eu somos parceiros hoje – anunciou Chase. – Lucan vai mandar Kade e Niko para Rhode Island. Algo relacionado com alguma informação que Reichen conseguiu em seu recente trabalho na Europa. Eles vão sair assim que escurecer.

Brock grunhiu. Ele e Chase, parceiros de patrulha? E por falar num dia ruim ficando ainda pior...

– Obrigado por avisar. Vou tentar não te matar acidentalmente enquanto procuramos pelos bandidos hoje.

Chase lhe lançou um olhar inexpressivo.

– Digo o mesmo.

– Droga – sibilou Brock num suspiro. – Qual de nós o irritou assim?

As sobrancelhas de Chase se ergueram debaixo do cabelo loiro curto.

– Lucan – explicou Brock. – Não entendo por que ele nos colocaria juntos, a menos que esteja tentando demonstrar alguma coisa para um de nós ou ambos.

– Na verdade, foi sugestão minha.

A admissão não melhorou muito as coisas. Brock ficou imóvel, a suspeita crispando sua testa.

– Você sugeriu que fôssemos parceiros na patrulha.

Chase inclinou a cabeça.

– Isso mesmo. Considere isto um ramo de oliveira. Saí da linha antes em relação a você e à humana. Eu não deveria ter dito o que disse.

Brock o encarou, incrédulo. Avaliou-o com atenção, mais do que disposto a esquentar as coisas se ele sentisse um mínimo de duplo sentido no macho arrogante.

– Deixa eu te dizer uma coisa, Harvard. Não sei que tipo de jogo você está fazendo, mas você não vai querer foder comigo.

– Jogo nenhum – disse Chase, os olhos azuis perfurantes impassíveis. Objetivos, francos, para assombro de Brock.

– Muito bem – disse devagar, cauteloso para que o outro não se sentisse confiante rápido demais.

Já estivera em missões com Sterling Chase. Já o vira trabalhar, e sabia que o macho podia ser uma serpente, tanto em combates armados como numa guerra de palavras. Ele era perigoso, e só porque estava estendendo a mão numa trégua aparente não significava que Brock devesse se mostrar disposto a confiar nele.

– Ok – murmurou. – Desculpas aceitas.

Chase assentiu, depois voltou a limpar as armas.

– A propósito, o corte no seu pescoço está sangrando.

Brock grunhiu uma imprecação ao levantar a mão e passar os dedos sobre a marca de mordida de Jenna. Só havia um leve traço de sangue ali, mas mesmo apenas uma fração bastaria para chamar a atenção de alguém pertencente à Raça. Quer estivesse numa trégua ou não, era bem a cara de Chase não deixar isso passar sem ao menos um comentário.

– Estarei pronto para sairmos ao anoitecer – disse Brock, os olhos cravados na cabeça loira que nem se mexeu em resposta, a atenção de Chase permanecendo fixa no trabalho disposto na mesa à sua frente.

Brock girou e saiu para o corredor. Não precisava do lembrete do ocorrido entre ele e Jenna. Ela esteve em sua mente, ocupando grande parte dos seus pensamentos, desde o momento em que saíra do seu antigo apartamento.

O pedido de desculpas de Chase o fez perceber que também devia um.

Não queria deixar as coisas como havia deixado com Jenna. Uma parte sua questionava se ele havia sido justo ao segui-la, indo atrás dela depois que saíra correndo, refreando as lágrimas. Arrancara sua tristeza com o toque, mas será que fazer isso também a deixou maleável às suas necessidades?

Não fora seu plano manipulá-la até sua cama, não importando o quanto a desejava. E, se a seduzira, não havia como confundir o desejo de Jenna depois que haviam começado. Não era muito difícil rememorar a sensação das mãos dela em sua pele, suaves e exigentes. A boca dela, quente e molhada, na sua, dando e recebendo, enlouquecendo-o. O corpo dela o embainhou, suave, uma seda cálida, uma lembrança que o fez enrijecer só de pensar.

E depois, quando ele sentiu a pressão cega dos seus dentes humanos em sua garganta...

Puta merda.

Nunca antes vivenciara nada tão sensual.

Jamais conheceu uma mulher tão desejável quanto Jenna, e ele não vivera exatamente a vida de um monge para não ter base de comparação. As fêmeas humanas há muito se tornaram seu tipo preferido, uma digressão agradável sem as ameaças de um relacionamento. E nunca se sentiu tentado a pensar além de poucas noites no que se referia às amantes humanas. Agora se questionava se não pensava em Jenna sob a mesma ótica. Bem no fundo, tinha que admitir que tivera esperanças de mantê-la naquele pequeno compartimento.

E, neste instante, estava determinado a abafar a atração que sentia por ela e se afastar enquanto ainda havia chance.

Mas ainda existia a questão de como as coisas tinham ficado entre eles.

Mesmo que ela estivesse chateada, e tinha todos os motivos para estar, queria que soubesse que ele lamentava muito. Não pelo sexo, que fora tão fenomenal que era um milagre os dois não terem entrado em combustão juntos, mas por ter saído sem enfrentar sua própria fraqueza. Ele queria consertar aquilo para que pudessem seguir em frente.

E serem o que, amigos?

Inferno, sequer tinha certeza se sabia como fazer isso. Podia contar seus amigos nos dedos de uma mão, e nenhum era humano. Nenhum deles era uma fêmea que o incendiava apenas estando no mesmo cômodo.

Apesar disso tudo, viu-se diante dos seus antigos aposentos, o punho cerrado pronto para bater à porta. Encostou as juntas dos dedos numa batida leve. Nenhuma resposta.

Por um momento, ponderou se devia simplesmente dar meia-volta e deixar as coisas como estavam. Catalogar o episódio com Jenna como um erro que jamais voltaria a se repetir. Mas, antes que conseguisse decidir o que seria pior, entrar sem ser convidado ou fugir novamente, ele abriu a porta.

O cômodo estava escuro, sem nenhuma luz acesa. Ele sentiu o cheiro de xampu e de vapor se dissipando do banheiro ao entrar silenciosamente no apartamento. Não emitiu som algum ao entrar no quarto, onde Jenna estava deitada na sua cama, adormecida, virada de lado, de costas para ele. Avançou na direção dela, observando-a por um momento, atento à respiração pausada e tranquila.

O desejo de se deitar ao seu lado foi muito forte, mas ele se conteve. Com dificuldade.

Seu cabelo escuro estava espalhado sobre o travesseiro, úmido, em mechas lustrosas. Esticou a mão e deixou os dedos passarem por aquela maciez, atento para não perturbá-la. Seu pedido de desculpas teria que esperar. Talvez ela não desejasse ouvi-lo.

Sim, talvez fosse melhor para ambos se ele simplesmente se afastasse de qualquer envolvimento pessoal e o mantivesse estritamente profissional pelo tempo em que ela permanecesse no complexo. Deus bem sabia, esse parecia um plano sensato. O mais seguro para ambos, mas especialmente para ela. Aproximar-se demais de alguém a quem fora designado para proteger significava tornar-se desatento no que estava treinado a fazer.

Já passara por isso, e uma jovem vibrante pagara o preço com a própria vida. Não estava disposto a colocar Jenna nesse tipo de perigo. Sim, claro, ela era durona e capaz, não a inocente ingênua que depositara sua confiança em Brock, morrendo por causa do erro. Mas, enquanto estivesse encarregado do bem-estar de Jenna, incumbido da sua proteção, teria que se manter distante. Essa promessa ele estava determinado a cumprir.

Muito provavelmente ela não discutiria, depois do modo como ele estragou as coisas entre eles naquele mesmo quarto.

Soltou a mecha úmida sobre o travesseiro. Sem dizer nada, sem nenhum som, afastou-se da cama. Saiu do apartamento tão sorrateiramente quanto havia entrado... Sem saber que, na quietude do quarto, os olhos de Jenna se abriram, a respiração suspensa enquanto ela o ouvia realizar uma fuga quase perfeita pela segunda vez naquela noite.

Capítulo 15

– Terra chamando Jenna. Está tudo bem com você?

– Hã? Ah, sim. Estou bem. – Jenna levantou o olhar para Alex, saindo do torpor que vinha roubando sua concentração a noite inteira. Desde a entrada e a saída sorrateiras de Brock em seu quarto há algumas horas. Sem falar no sexo incrível que precedeu aquilo. – Só estou perdida em pensamentos, acho.

– Foi exatamente o que perguntei – disse Alex. – Você está em outro lugar desde que se sentou aqui comigo hoje à noite.

– Desculpe. Não há com que se preocupar. Está tudo bem.

Jenna pegou o garfo e revirou um pedaço de salmão no prato. Não estava com fome, mas quando Alex a apanhara no quarto para jantarem juntas, não conseguiu negar que ficara feliz em ter a companhia da melhor amiga. Ela queria fingir, mesmo que por pouco tempo, que as coisas permaneciam como no Alasca, há poucas semanas, antes de ela tomar conhecimento da corrupção e da morte do irmão, antes de ela ficar sabendo sobre vampiros e biotecnologia alienígena e mutações aceleradas de DNA.

Antes de ela piorar seus problemas se deitando com Brock.

– Oooi! – Do outro lado da mesa, Alex a observava por sobre a borda do copo de cerveja. – Para a sua informação, você está fazendo aquilo de novo, Jen. O que está acontecendo?

– Está se referindo a algo além do óbvio? – Jenna replicou, deixando o prato de lado e se recostando na cadeira.

Olhou para a amiga, a pessoa mais compreensiva e incentivadora que ela conhecia, a única pessoa, além de Brock, que lhe dera o apoio de que precisava para superar a pior provação da sua vida. Jenna percebeu que devia a Alex mais do que o costumeiro "não se preocupe comigo". Pouco importava que Alex tivesse a habilidade de saber de tudo por meio do seu detector de mentiras inato, cortesia da sua genética de Companheira de Raça.

Jenna respirou fundo e emitiu um suspiro.

– Uma coisa aconteceu. Entre mim e Brock.

– Uma coisa... aconteceu? – Alex a fitou em silêncio por um instante antes que suas sobrancelhas se unissem em sinal de confusão. – Está querendo dizer que...

– É. É isso mesmo o que estou querendo dizer. – Jenna se levantou da mesa e começou a pegar os pratos. – Eu estava sozinha na sala de guerra, depois que todos tinham ido descansar. Brock chegou e começamos a conversar, depois a nos beijar. As coisas ficaram bem intensas, bem rápidas. Acho que nenhum de nós planejou que isso acontecesse.

Alex a seguiu até a cozinha.

– Você e Brock... transaram? – perguntou. – Fizeram sexo na sala de guerra?

– Deus, não! Só nos beijamos lá. Na mesa de reuniões. O sexo veio depois, no quarto dele. Ou melhor, no meu quarto. – Jenna sentiu o rosto arder. Não estava acostumada a discutir sua vida íntima, basicamente porque fazia muito tempo que não tinha uma. E, por certo, nada tão descontrolado como o que ela e Brock partilharam. – Ah, pelo amor de Deus, não me faça entrar em detalhes. Diga alguma coisa, Alex.

Ela a fitou, meio que de boca aberta.

– Eu, hã... estou...

– Chocada? Desapontada? Pode falar – disse Jenna, tentando entender o que a amiga devia estar pensando dela, sabendo que estivera evitando qualquer coisa semelhante a um relacionamento ou intimidade nos anos desde o acidente, só para ir para a cama com um dos guerreiros da Ordem após poucos dias em sua companhia. – Você deve me achar patética. Deus bem sabe que eu acho.

– Jenna, não. – Alex a segurou pelos ombros, forçando-a a encará-la. – Não acho nada disso de você. Estou surpresa... Mas, pensando bem, nem tanto. Era meio óbvio para mim que você e Brock tinham uma conexão, antes mesmo de você ser trazida para o complexo. E Kade mencionou, algumas vezes, que Brock se sentia muito atraído por você e que estava preocupado mostrando-se protetor.

– Verdade? – A curiosidade ganhou vida dentro dela, contra a sua vontade. – Ele falou com Kade sobre mim? Quando? O que ele disse? – De repente, sentiu-se uma adolescente querendo saber detalhes de uma paixonite juvenil. – Meu Deus, deixa pra lá. Não quero saber. Não importa. O que aconteceu entre nós não significou nada. Na verdade, quero mesmo é esquecer isso tudo.

Se ao menos fosse fácil assim tirar tudo aquilo da cabeça.

O olhar de Alex se suavizou, as palavras foram cuidadosas.

– É isso o que Brock acha também? Que fazer amor não significou nada? Que vocês deveriam tentar fingir que nada aconteceu?

Jenna pensou na paixão que partilharam e nas palavras carinhosas dele depois. Ele lhe dissera que não queria que ela se arrependesse daquilo. Que não queria que ela pensasse que aquilo havia sido um erro. Palavras doces e atenciosas que lhe dissera pouco antes de sair em disparada do quarto deixando-a sozinha e confusa no escuro.

– Concordamos de cara que não haveria envolvimento emocional, que não haveria nada entre nós – ouviu-se murmurar ao desviar do olhar de Alex e se virar para pegar mais pratos. Não queria pensar em como fora bom estar nos braços de Brock, ou na avidez assustadora que ele lhe incitava. – Foi só sexo, Alex, e apenas uma vez. Quero dizer, tenho coisas mais importantes com que me preocupar, certo? Não vou piorar tudo me envolvendo com ele – fisicamente ou de qualquer outro modo.

Parecia um argumento bastante razoável, ainda que ela não estivesse totalmente segura se estava tentando convencer a si mesma ou a amiga.

Alex saiu da cozinha atrás dela.

– Acho que já gosta dele, Jenna. Acho que Brock começou a significar alguma coisa para você e isso a está aterrorizando.

Jenna virou, aflita por ouvir a verdade dita em voz alta.

– Não quero sentir nada por ele. Não posso, Alex.

– Seria tão ruim assim se sentisse?

– Sim – respondeu com ênfase. – A minha vida já é incerta o bastante. Eu não seria tola em me apaixonar por ele?

O sorriso de Alex foi sutilmente compassivo.

– Acho que existem coisas piores que poderia fazer. Brock é um bom homem.

Jenna meneou a cabeça.

– Ele nem é totalmente humano, para o caso de uma de nós se esquecer desse pequeno detalhe. Embora eu talvez devesse estar questionando a minha própria humanidade, depois que o mordi.

As sobrancelhas de Alex se arquearam.

– Você o mordeu?

Tarde demais para tentar esconder sua revelação, Jenna bateu o dedo na lateral do pescoço.

– Enquanto estávamos na cama. Não sei o que deu em mim. Acho que fui arrebatada pelo momento e... o mordi. Com força suficiente para extrair sangue.

– Puxa – Alex disse lentamente, avaliando-a. – E como você se sentiu mordendo-o? – Jenna bufou.

– Louca. Impulsiva. Como um trem desgovernado. Foi muito embaraçoso, se quer saber a verdade. Acho que Brock também achou isso. Ele mal conseguiu esperar para sair correndo dali.

– Falou com ele desde então?

– Não, e espero não ter que falar. Como já disse, vai ser melhor se ele e eu esquecermos disso tudo.

Mas, mesmo ao dizer isso, ela não conseguiu deixar de pensar no momento em que percebeu que ele voltara para o quarto depois que ela tomara banho e se deitara. Não conseguiu deixar de pensar no seu desespero para que ele falasse com ela, que dissesse alguma coisa, qualquer coisa, naqueles poucos minutos em que a observara no escuro, achando que ela estava adormecida sem notar sua presença.

E agora, depois de tentar convencer a si mesma e a Alex que estava no controle da situação com Brock, a lembrança da paixão deles fazia seu sangue correr inegavelmente mais rápido nas veias.

– Foi um erro – murmurou. – Não vou piorar tudo imaginando que há mais nisso. Só o que posso fazer é me esforçar para que isso não se repita.

Ela parecia tão segura de si que pensou que Alex acreditaria nela, mas, quando olhou para a amiga, sua melhor amiga, que sempre esteve ao seu lado, nas tragédias e nos triunfos, seus olhos estavam gentis, carregados de compreensão.

– Vamos, Jen. Vamos acabar de lavar a louça e depois ver como Dylan e as outras estão indo nas investigações.

– Faz 25 minutos que estamos sentados aqui, meu chapa. Acho que o seu cara não vai aparecer. – Brock, atrás do volante do Rover estacionado, olhou para Chase. – Quanto tempo mais vamos ter que ficar aqui esperando pelo idiota?

Chase observou o estacionamento deserto, coberto de neve em Dorchester, onde marcara um encontro com um dos seus antigos contatos da Agência.

– Deve ter acontecido alguma coisa. Mathias Rowan é um bom homem. Ele não é de marcar e não aparecer. Vamos esperar mais uns cinco minutos.

Brock emitiu um grunhido de impaciência e aumentou o aquecedor do utilitário. Ele não gostara da notícia de ter Chase como parceiro na patrulha da noite, mas ficou ainda menos animado que o trabalho na cidade incluísse a perspectiva de se encontrar com um membro da verdadeira organização policial da nação da Raça. A Agência e a Ordem mantinham um relacionamento de desconfiança de longa data, pois os dois lados discordavam de como crime e castigo deveriam ser lidados entre os membros da Raça.

Se a Agência foi um dia eficiente em algum momento no passado, Brock não sabia. Há muito tempo a organização se tornara mais política do que qualquer outra coisa, geralmente favorecendo a bajulação e a retórica como uma forma de solucionar os problemas, duas coisas que, por acaso, estavam ausentes nos registros da Ordem.

– Cara, como eu odeio o inverno – murmurou Brock quando outra nevasca começou a cair. Uma rajada de vento gélido bateu na lateral do veículo, uivando como uma *banshee* através do estacionamento vazio.

Verdade fosse dita, boa parte do seu mau humor tinha a ver com o modo com que havia estragado as coisas com Jenna. Não conseguia parar de pensar em como ela estaria, no que estaria pensando. Se o desprezava, o que, por certo, era direito dela. Estava ansioso para que a missão daquela noite chegasse ao fim, para poder voltar ao complexo e ver com seus próprios olhos se Jenna estava bem.

– O seu cara, esse Rowan, é melhor ele não estar tirando uma com a gente – resmungou. – Não fico gelando a minha bunda por qualquer um, muito menos por um virtuoso idiota da Agência.

Chase lançou-lhe um olhar significativo.

– Quer você acredite ou não, existem alguns bons indivíduos na Agência de Policiamento. Mathias Rowan é um deles. Ele tem sido meus olhos e meus ouvidos lá dentro há meses. Se quisermos alguma chance de descobrir os possíveis aliados de Dragos na Agência, precisamos de Rowan do nosso lado.

Brock assentiu com seriedade e voltou a se recostar para continuar na espera. Chase devia ter razão a respeito daquele aliado improvável. Poucos dentro da Agência gostavam de admitir que havia rupturas nas suas fundações, rupturas que permitiram que um câncer como Dragos operasse dentro da organização durante décadas. Dragos se escondera atrás de um nome falso, acumulando poder e informações, recrutando um número incalculável de seguidores que partilhavam suas opiniões e que não se importavam em matar por ele, em morrer por ele, se o dever assim o exigisse. Dragos subira na hierarquia, chegando ao nível da diretoria na Agência antes que a Ordem o desmascarasse há vários meses e o fizesse se refugiar no submundo.

Embora tivesse saído da Agência, a Ordem tinha certeza de que ele não rompera todos os seus laços. Havia aqueles que ainda estavam de acordo com seus planos perigosos. Aqueles que ainda se aliavam a ele numa conspiração silenciosa, escondendo-se sob as camadas de cretinice burocrática que impediam que Brock e os outros guerreiros entrassem à força, carregados de munição, para acabar com eles.

Um dos principais objetivos de Chase desde que Dragos batera em retirada e fugira era dissecar essas camadas dentro da Agência. Para se aproximar dele, a Ordem precisaria se aproximar dos seus tenentes sem disparar nenhum alarme. Um movimento em falso poderia fazer com que Dragos se escondesse ainda mais.

Uma operação mais do que secreta, e ainda mais delicada visto que a Ordem depositara suas esperanças de sucesso nas mãos voláteis e impulsivas de Sterling Chase, e a confiança deste num antigo amigo cuja lealdade só era atestada por sua palavra.

No painel do carro do lado do passageiro, o celular de Chase começou a vibrar.

– Deve ser Rowan – disse ele, pegando o aparelho e atendendo à chamada. – Sim. Estamos esperando. Onde você está?

Brock ficou observando a neve cair através do para-brisa, atento à parte da conversa de Chase que não pareciam boas notícias.

– Ah, merda, algum morto? – Chase ficou calado por um segundo, depois sibilou uma imprecação. Ante o olhar questionador de Brock, ele explicou: – Foi retido por outro chamado. Um garoto de um Refúgio Secreto deixou as coisas saírem do controle numa festa. Houve uma briga, depois alimentação na rua. Um humano morto, outro fugiu a pé, sangrando bastante.

– Jesus... – Brock murmurou.

Um humano morto e uma sangria acontecendo numa rua pública já era bastante ruim. O problema maior era a testemunha fugitiva. Não era difícil imaginar a histeria que um humano tresloucado poderia causar, correndo por aí gritando a palavra "vampiro". Sem falar no que poderia provocar à espécie de Brock.

O cheiro de sangue fresco, dos glóbulos vermelhos escoando poderia ser um chamariz para qualquer membro da Raça num raio de cinco quilômetros. E Deus não permitisse que houvesse algum Renegado ainda na cidade. Uma fungadela de um ferimento bastaria para incitar a ralé da Raça viciada em sangue numa onda de loucura.

O maxilar de Chase ficou rijo ao voltar a falar com Mathias Rowan no celular.

– Me diga que os seus homens retiveram o fugitivo. – A julgar pelo xingamento que se seguiu, Brock deduziu que a resposta fora não. – Maldição, Mathias. Você sabe tão bem quanto eu que temos que tirar esse humano das ruas. Mesmo que seja necessário envolver a divisão inteira de Boston para rastreá-lo, faça isso. Quem da Agência está aí com você?

Brock viu e ouviu enquanto a conversa se estendia, observando um lado de Sterling Chase que não reconhecia. O antigo agente era frio e autoritário, lógico e preciso. O cabeça-quente imprevisível com que Brock acabara se acostumando como membro da Ordem parecia ter ficado atrás daquele líder capaz e incisivo ao seu lado no Rover.

Ouvira dizer que Chase fora um garoto de ouro na Agência antes de se unir à Ordem, ainda que isso não tivesse sido provado no ano em que Brock vinha trabalhando ao seu lado. Agora sentia o surgimento de um respeito novo pelo antigo agente, além de uma curiosidade crescente a respeito do outro lado obscuro dele, que nunca parecia estar muito longe da superfície.

– Onde você está, Mathias? – Chase gesticulou para Brock fazer o carro andar enquanto falava com seu contato na Agência. – Olha aqui, deixe que eu me preocupo se a Ordem precisa ou não se envolver nisso. Não estou pedindo permissão, e você e eu nunca tivemos esta conversa, entendeu? Poupe isso para quando eu chegar aí. Já estamos a caminho.

Brock virou o Rover e seguiu as instruções de Chase depois que ele interrompeu os protestos audíveis de Mathias Rowan e guardou o celular no bolso do casaco. Aceleraram dentro da cidade, na direção do cais industrial, onde muitos dos jovens – tanto humanos como da Raça – se reuniam em *raves* e festas particulares após outras festas.

Não foi difícil encontrar a cena do crime. Dois sedãs pretos sem identificação estavam estacionados junto a um depósito do cais. Diversos machos da Raça em seus casacos e ternos pretos de lã circundavam um objeto grande inerte na neve suja do estacionamento adjacente ao depósito.

– São eles – disse Chase. – Reconheço a maioria da Agência.

Brock conduziu o Rover até a área, olhando para o grupo quando diversas cabeças se viraram na direção do veículo que se aproximava.

– Sim, são eles mesmos. Inúteis e confusos – comentou Brock, avaliando-os num relance. – Qual deles é o Rowan?

Ele não precisava ter perguntado. Logo depois, um do grupo se afastou dos outros, apressando-se para se encontrar com Brock e Chase enquanto eles saíam do carro. O agente Mathias Rowan era alto e grande como qualquer outro guerreiro, os ombros largos como montes grossos debaixo do casaco de alfaiataria bem cortado. Olhos verde-claros revelavam inteligência e desagrado conforme se aproximava, a pele esticada nas maçãs do rosto.

– Pelo visto, vocês, garotos da Agência, estão com um probleminha esta noite – disse Chase, levantando a voz para que o resto dos agentes reunidos o ouvisse. – Pensamos que poderiam precisar de uma ajuda.

– Você ficou louco? – reclamou Rowan, bem baixinho, para só Chase ouvir. – Você deve saber que qualquer um desses agentes prefere arrancar as pernas a deixar que você se meta numa investigação.

– É mesmo? – respondeu Chase, a boca encurvada num sorriso arrogante. – A noite está meio devagar até agora. Seria interessante deixá-los tentar.

– Chase, mas que droga. – Rowan manteve a voz baixa. – Eu disse para você não vir.

Chase resmungou:

– Houve um tempo em que quem dava as ordens aqui era eu e você as seguia, Mathias.

– Não mais. – Rowan franziu o cenho, mas não havia animosidade na sua expressão. – Temos três agentes em perseguição ao fugitivo; eles o apanharão. O prédio foi esvaziado, não há mais humanos, e qualquer testemunha em potencial do incidente teve a memória apagada. Está tudo sob controle.

– Ora, ora... a merda do Sterling Chase. – A recepção mal-humorada foi trazida pelo vento invernal, atravessando o estacionamento industrial onde alguns outros homens haviam se afastado do grupo mais atrás.

Chase olhou naquela direção, estreitando os olhos ante o homenzarrão da frente.

– Freyne – grunhiu, quase cuspindo o nome, como se não suportasse seu sabor. – Eu deveria ter imaginado que o idiota estaria aqui.

– Estão interferindo em assuntos da Agência – disse o agente Rowan, mais alto agora, para que todos o ouvissem. Lançou um olhar de aviso para Chase, mas falou com a arrogância irritante que parecia ser padrão nos agentes assim como os ternos e os sapatos bem lustrados. – Este incidente não é da alçada da Ordem. É um problema de Refúgio Secreto, e temos a situação sob controle.

Sorrindo perigosamente para os dois que se aproximavam, Chase deu a volta no amigo com pouco mais do que uma olhada de esguelha. Brock o acompanhou, os músculos se preparando para uma luta, já que registrara o ar de ameaça nos dois agentes que se aproximaram para confrontá-los.

– Jesus Cristo, é você mesmo – disse aquele que se chamava Freyne, os lábios curvados para trás em sinal de desdém. – Pensei que não o veria mais depois que estourou os miolos do seu sobrinho Renegado no ano passado.

Brock ficou tenso, pego desprevenido pelo comentário e sua crueldade deliberada. O ultraje o atiçou, contudo, Chase pareceu não se surpreender ante o lembrete impiedoso. Ignorou a tirada, num esforço que deve ter lhe custado um controle incrível, pelo maxilar travado, quando ele passou pelos antigos colegas ao se encaminhar para o homicídio.

Brock acompanhou as passadas largas de Chase, atravessando o redemoinho de flocos de neve, ao longo de janelas escurecidas de um sedã parado onde o garoto do Refúgio Secreto, que permitira que a sede o controlasse, aguardava. Brock sentiu o peso do olhar do jovem enquanto ele e Chase passavam ao lado do carro, suas imagens – dois machos muito bem armados em uniformes pretos e longos casacos de couro, sem dúvida membros da Ordem – refletidas nos vidros.

No chão perto do prédio, a neve estava manchada de vermelho-escuro onde a briga acontecera. O cadáver de um humano assassinado agora estava fechado num saco com zíper, sendo carregado num carro da Agência estacionado ali perto. O sangue estava morto e não era nenhuma tentação, mas o cheiro metálico ainda permeava o ar, fazendo com que as gengivas de Brock formigassem com o surgimento das presas.

Atrás deles, passadas esmagaram a neve e os pedriscos. Freyne pigarreou, pelo visto sem vontade de deixar as coisas quietas.

– Sabe, Chase, vou ser franco. Ninguém o culparia por abater aquele garoto.

– Agente Freyne – alertou Mathias Rowan, um aviso que não foi atendido.

– Ele não tinha como não saber, certo, Chase? Quero dizer... O garoto era Renegado, e só existe uma maneira de lidar com isso. A mesma maneira com que se lida com um cão raivoso.

Por mais determinado a atormentar que o agente estivesse, Chase parecia igualmente determinado a não lhe dar ouvidos.

– Por aqui – disse ele para Brock, apontando para indicar uma trilha de pingos grossos a partir da cena do crime.

Brock assentiu. Já havia notado a trilha que o fugitivo fizera. E, por mais que ele mesmo desejasse pegar o agente Freyne e socá-lo até não poder mais, se Chase conseguia ignorá-lo, ele faria o mesmo.

– Parece que ele fugiu para o cais.

– É – concordou Chase. – A julgar pela quantidade de sangue que ele está derramando, está fraco demais para ir muito longe. O cansaço vai obrigá-lo a parar em menos de um quilômetro.

Brock olhou para Chase.

– Portanto, se a área foi vasculhada e ninguém o encontrou ainda...

– Ele deve estar se escondendo em algum lugar não muito longe daqui – Chase concluiu o pensamento por ele.

Estavam para seguir a trilha quando a risada de Freyne soou logo atrás deles.

– Botar uma bala no meio da cabeça do garoto foi um ato de misericórdia, se quer saber a minha opinião. Mas há quem fique se perguntando se a mãe dele acha o mesmo... já que você matou o filho bem na frente dela.

Com isso, Chase parou. Brock relanceou na sua direção, vendo um músculo latejando perigosamente no maxilar travado.

Enquanto o resto do pequeno grupo se afastou da área próxima, Mathias Rowan se postou na frente do agente, a fúria vibrando em cada centímetro dele.

– Droga, Freyne, eu disse para calar a boca, e isso é uma ordem!

Mas o filho da puta não se dispôs a parar. Deu a volta em seu superior, ficando bem na frente de Chase.

– É de Elise que eu sinto pena nisso tudo. Aquela pobre mulher adorável... Ter perdido seu irmão Quentin na linha de batalha há tantos anos, e agora você mata o único filho bem na frente dela. Acho que não é surpresa nenhuma que ela tenha procurado consolo em outro lugar, mesmo em meio à ralé da Ordem. – Freyne emitiu um som vulgar na base da garganta. – Uma fêmea bonitinha como ela poderia ter escolhido quem quisesse dentre os machos que queriam levá-la para a cama. Caramba, eu mesmo teria me deliciado com uma amostra. Fico surpreso que você não o tenha feito.

Chase soltou um urro que reverberou pelo chão. Num movimento borrado que nem mesmo Brock conseguiu acompanhar, Chase se lançou sobre Freyne. Os dois machos grandes bateram nos pedriscos e na neve no chão, Chase prendendo o agente debaixo dele, socando-o no rosto.

Freyne também bateu, mas não era páreo para a fúria de Chase. Observando de perto, Brock não sabia se alguém poderia suportar a fúria letal que parecia emanar dele enquanto desferia golpe atrás de golpe.

Nenhum dos agentes fez menção de deter a altercação, muito menos Mathias Rowan. Ele ficou para trás, calado, estoico, o resto dos seus subordinados parecendo imitar suas reações. Deixariam Chase matar Freyne, e, quer essa morte fosse ou não merecida, Brock não podia permitir que aquela cena brutal se desenrolasse à evidente conclusão.

Avançou um passo, pôs uma mão no ombro agitado do guerreiro.

– Chase, meu chapa. Já basta.

Chase continuou socando, apesar de Freyne já não estar se defendendo. Com as presas imensas expostas e o olhar âmbar reluzente, ele não parecia querer, nem conseguir, controlar a besta dentro de si.

Quando o punho ensanguentado se ergueu uma vez mais para dar mais um golpe, Brock segurou sua mão. Segurou firme e com todas as suas forças, recusando-se a deixar que aquele martelo caísse mais uma vez. Chase se virou com um olhar enfurecido para ele. Arreganhou os dentes e disse algo impetuoso.

Brock meneou a cabeça devagar.

– Vamos, Harvard. Deixe-o. Não vale a pena matá-lo, não assim.

Chase o encarou nos olhos, os lábios retraídos sobre as presas. Grunhiu de modo animalesco, depois virou a cabeça de novo para ver o macho ensanguentado ainda preso debaixo do seu corpo, inconsciente na neve suja.

Brock sentiu o punho em sua mão começar a relaxar.

– Isso mesmo, cara. Você é melhor do que isso. Melhor do que ele.

Um celular tocou por perto. Pelo canto do olho, Brock viu Rowan levar o aparelho ao ouvido e se virar para atender a ligação. Chase ainda arfava perigosamente, sem querer libertar Freyne.

– Nós o pegamos – anunciou o agente Rowan, a declaração tranquila diminuindo um pouco da tensão. – Dois dos meus agentes encontraram o fugitivo debaixo de um caminhão de entrega no cais. Apagaram a memória dele e vão deixá-lo perto de um hospital do outro lado da cidade.

Brock assentiu em reconhecimento.

– Ouviu isso, Chase? Acabou. Não temos mais o que fazer aqui. – Soltou o punho de Chase, confiando nele para que não voltasse a atacar Freyne ou enfrentar qualquer um dos agentes ainda ali reunidos, observando em silêncio ansioso. – Solte-o, Chase. Acabou.

– Por enquanto – murmurou, por fim, Chase, a voz rouca e sombria. Fungou, livrou-se da mão de Brock sobre seu ombro. Com raiva ainda borbulhando dentro de si, deu um último soco no rosto castigado de Freyne antes de se pôr de pé. – Da próxima vez que eu te vir – grasnou –, você é um homem morto.

– Venha, Harvard. – Brock o afastou da área, sem deixar de perceber o olhar que Mathias Rowan lhes lançou enquanto seguiam na direção do Rover. – E isso lá é algum tipo de relacionamento diplomático com a Agência, cara?

Chase não disse nada. Seguiu alguns passos mais atrás, a respiração entrando e saindo dos pulmões audivelmente, o corpo emanando agressão tal qual uma explosão nuclear.

– Espero que não precisemos desse contato aí, porque é bem possível que ele não exista mais – disse Brock ao alcançar o carro.

Chase não respondeu. Nada além do silêncio às costas de Brock. Silêncio demais, na verdade.

Virou-se. Só o que encontrou foi muito espaço vazio onde Chase estivera há não mais do que um segundo antes. Ele sumira, desaparecera sem dar explicações, em meio à neve daquela noite.

Capítulo 16

Algumas horas depois do jantar com Alex, Jenna estava sentada na sala de guerra das Companheiras de Raça, na mesma mesa de reuniões onde ela e Brock abriram uma porta pela qual muito provavelmente nenhum dos dois estava pronto para passar. Mas tentou não pensar a respeito. Tentou não pensar na boca sensual de Brock na sua, ou nas mãos habilidosas, que lhe deram um prazer tão intenso ao mesmo tempo em que afastaram seu sofrimento e suas inibições.

Em vez disso, concentrou sua atenção no debate entre as mulheres da Ordem, que estavam reunidas na sala para revisar a situação da missão de localização das mulheres mantidas em cativeiro por Dragos. Só faltava Tess, a Companheira de Raça gestante, que aparentemente ficara em seus aposentos para descansar e, ao mesmo tempo, fazer companhia a Mira.

– Ela não está se sentindo mal, está? – perguntou Alex. – Não estão achando que o bebê vai chegar antes da hora, estão?

Savannah balançou de leve a cabeça ao apoiar as mãos na mesa.

– Tess disse que está se sentindo ótima, apenas um pouco cansada. O que é compreensível, já que faltam poucas semanas.

Houve uma ligeira hesitação em sua voz, seguida subitamente por um olhar sutil na direção de Jenna. Uma curiosidade silenciosa pairou em seus olhos. Naquele instante, Jenna notou que as palmas de

Savannah estavam apoiadas no tampo da mesa. As sobrancelhas escuras finas suspensas e o sorriso parcial em sua boca deixaram evidente que seu dom de ler os objetos pelo toque acabara de lhe contar – sem dúvida em detalhes vívidos – sobre o beijo apaixonado que Jenna e Brock partilharam ali mesmo naquela superfície.

Quando a vergonha começou a fazer com que Jenna desviasse o olhar, Savannah apenas sorriu num divertimento sereno e lhe deu um pequeno aceno, como que para dizer que aprovava.

– Sabe, Dante fez um bolão de apostas sobre a data do nascimento – disse Dylan. – Rio e eu apostamos num bebê de Natal.

Renata balançou a cabeça, os fios curtos do cabelo escuro balançando ao redor do queixo.

– Ano Novo, esperem e verão. O filho de Dante jamais deixaria escapar a oportunidade para uma festa.

Na cabeceira da mesa, Gabrielle riu.

– Lucan jamais vai admitir que está ansioso em ter um bebê no complexo, mas sei muito bem que cinco dólares foram apostados no dia vinte de dezembro há pouco tempo.

– Alguma coisa especial sobre essa data? – Jenna perguntou, capturada pela animação e genuinamente curiosa.

– É o aniversário de Lucan – disse Elise, partilhando do bom humor de Gabrielle. – E Tegan apostou cem dólares em quatro de fevereiro, apesar de saber muito bem que é uma data distante demais para valer alguma coisa.

– Quatro de fevereiro – repetiu Savannah, assentindo em compreensão serena.

O sorriso de Elise era afável, carregado de lembranças, de saudades.

– A noite em que Tegan me encontrou caçando Renegados em Boston e tentou me impedir.

Dylan esticou a mão e apertou a da outra Companheira de Raça.

– E o resto, como dizem, é história.

Em seguida, a conversa passou para tópicos mais sérios, como o rastreamento de pistas e a formulação de novas estratégias, e Jenna sentiu um respeito crescente pelas companheiras inteligentes e determinadas dos guerreiros da Ordem. E, a despeito dos comentários anteriores de que o cansaço de Tess não era nada preocupante, também se viu apreensiva por ela, sentindo como se um componente daquela reunião estivesse faltando.

Um pensamento lhe veio enquanto observava atenta, vendo as expressões das outras mulheres: de alguma maneira, começara a considerá-las todas suas amigas. Sentia aquelas mulheres como importantes, bem como os seus objetivos. Por mais determinada que estivesse em não se considerar parte daquele lugar, percebeu, em meio àquelas pessoas, que desejava que elas fossem bem-sucedidas.

Queria ver a Ordem vencer Dragos, e havia uma parte nela – uma parte bem determinada – que queria participar do processo.

Jenna ouviu atentamente enquanto Elise discorria sobre a situação dos retratos falados que ela e Claire Reichen vinham fazendo com o desenhista de um Refúgio Secreto local amigo seu.

– Em poucos dias devemos terminar os retratos. Claire é ótima, garantindo que cada detalhe esteja certo em relação às suas lembranças da vez em que entrou no laboratório de Dragos através dos sonhos. Tomou notas meticulosas e tem uma incrível memória.

– Isso é bom – disse Renata. – Vamos precisar de toda ajuda que conseguirmos. Infelizmente, Dylan e eu nos deparamos com um pequeno problema em relação à Irmã Margaret.

– Ela está morando num asilo para freiras aposentadas em Gloucester – explicou Dylan. – Falei com a administradora e lhe disse que minha mãe e a Irmã Margaret tinham trabalhado juntas num abrigo para mulheres em Nova York. Não revelei o que, exatamente, queremos saber, claro. Em vez disso, mencionei que seria uma questão particular, e perguntei se poderia visitar a freira algum dia para conversar sobre o trabalho voluntário dela. A boa notícia é que a Irmã Margaret adora ter companhia.

– Então qual é o problema? – perguntou Jenna, sem conseguir refrear o entusiasmo quanto a essa nova pista.

– Senilidade – respondeu Renata.

Dylan assentiu.

– A Irmã Margaret vem apresentando problemas nos últimos anos. A administradora do asilo disse que existem grandes chances de ela não se lembrar muito da minha mãe e do trabalho dela no abrigo.

– Mas vale a pena tentar, não? – Jenna relanceou para as outras mulheres. – Quero dizer, qualquer pista é melhor do que nenhuma a esta altura. Existem vidas em jogo; portanto, temos que fazer tudo o que pudermos. O que for necessário para levar essas mulheres de volta para casa.

Mais do que uma cabeça se voltou surpresa em sua direção. Se qualquer uma das mulheres da Ordem achou estranho que ela estivesse se incluindo nos esforços para localizar as Companheiras de Raça desaparecidas, nenhuma disse nada.

O olhar de Savannah foi o que mais se demorou, um olhar de gratidão – de amizade e de aceitação – reluzindo nos olhos gentis.

Foi essa aceitação fácil, essa sensação de comunidade e gentileza que sentiu por parte de cada uma daquelas mulheres especiais desde que despertara, que provocou o nó de emoção na garganta de Jenna. Sentir, mesmo que por um segundo, que poderia fazer parte de algo tão unido e reconfortante quanto aquela extraordinária família estendida que vivia e trabalhava naquele lugar foi algo tão forte que quase a sufocou.

– Muito bem. Mãos à obra. – Dylan disse após um momento. – Ainda há muito a ser feito.

Uma a uma, todas voltaram para as suas tarefas, algumas revisando arquivos, outras assumindo seus postos atrás dos monitores das estações de trabalho. Jenna foi até um computador que não estava sendo usado e entrou na internet.

Tinha quase se esquecido da mensagem para o amigo na divisão do FBI em Anchorage, mas, assim que acessou sua conta de e-mail, viu que havia uma resposta na caixa de entrada. Clicou na mensagem e passou os olhos rapidamente no que estava escrito.

– Hum... Meninas... – disse, sentindo uma pontada de animação e de triunfo ao ler a resposta do amigo. – Sabem aquelas informações que vêm procurando a respeito da Sociedade TerraGlobal?

– A corporação de fachada de Dragos – disse Dylan, já se aproximando para ver o que Jenna tinha para mostrar.

Alex e as outras também se aproximaram.

– O que está acontecendo, Jen?

– Não somos os únicos interessados na TerraGlobal. – Jenna fitou os rostos ansiosos ao seu redor. – Um velho amigo meu em Anchorage fez uma pesquisa superficial para mim. E encontrou uma coisa.

Savannah deu uma risada de descrença ao ler a mensagem no monitor.

– O FBI tem uma investigação em andamento sobre a TerraGlobal?

– De acordo com meu amigo, é uma investigação relativamente recente. Está sendo conduzida por alguém do escritório de Nova York.

Gabrielle lançou um olhar de aprovação para Jenna.

– Bom trabalho. É melhor informarmos Lucan sobre o que você descobriu.

A noite só estava na metade, mas ele já a considerava um sucesso triunfante.

Na escuridão do seu helicóptero particular, Dragos sorriu com profunda satisfação enquanto o piloto guiava a aeronave para longe do cenário invernal reluzente da Capital apinhada logo abaixo em direção às águas escuras do Atlântico, rumo ao norte, para o segundo encontro marcado daquela noite. Ele mal continha a ansiedade em chegar logo, a antecipação de mais uma vitória fazendo o sangue correr mais rápido em suas veias.

Já há algum tempo vinha cultivando seus aliados mais úteis, unindo seus recursos em preparação para a guerra que pretendia promover, não só contra os de sua espécie – os covardes impotentes e complacentes que mereciam ser pisoteados por suas botas –, mas também contra o resto do mundo.

As reuniões daquela noite eram cruciais aos seus objetivos, e apenas o início do que poderia vir a ser um ataque ofensivo surpreendente tanto para a Raça quanto para a humanidade. Se a Ordem temia que suas garras se estendessem perigosamente em meio aos poderosos apenas da raça vampírica, acabaria ouvindo um toque de despertar um tanto rude. Logo.

Muito em breve, pensou ele, rindo para si mesmo numa alegria impulsiva.

– Quanto tempo mais até chegarmos a Manhattan? – perguntou ao seu servo humano piloto.

– Cinquenta e dois minutos, Mestre. Estamos dentro do horário previsto.

Dragos grunhiu sua aprovação e relaxou no banco pelo restante do voo. Podia se sentir tentado a chamar a noite de impecável, se não fosse por um pequeno aborrecimento que teimosamente ardia em suas entranhas – uma notícia que lhe fora dada ainda naquele dia.

Ao que tudo levava a crer, um funcionariozinho de baixo escalão trabalhando para os Federais no Alasca começou a meter o nariz em seus negócios, fazendo perguntas sobre a TerraGlobal. Ele culpava a Ordem por isso. Sem dúvida, não era todo dia que uma empresa de mineração – falsa ou não – explodia em chamas, como a sua pequena operação no interior do Alasca por causa dos guerreiros de Lucan.

Agora Dragos tinha o irritante empecilho de ter que discutir com algum servidor público falastrão ou algum bom samaritano ambientalista tentando subir na carreira, indo atrás de uma corporação maligna por sabe lá Deus qual afronta.

Deixe-os procurar, pensou Dragos, muito seguro de estar livre de qualquer problema potencial. Havia um bom número de camadas entre ele e a TerraGlobal para mantê-lo afastado da força policial humana intrometida ou dos políticos caipiras. Se isso fracassasse, tinha recursos à disposição para garantir que seus interesses estivessem protegidos. Portanto, pensando grande, aquilo não era relevante.

Ele era intocável, e mais a cada dia.

Não demoraria muito e seria incontrolável.

Saber disso fez com que não mostrasse ansiedade quando seu celular tocou numa ligação de um dos seus principais tenentes.

– Conte em que pé está a operação.

– Está tudo em ordem, senhor. Meus homens estão posicionados conforme combinamos e prontos para colocar o plano em execução amanhã ao anoitecer.

– Excelente. Informe quando estiver terminado.

– Claro, senhor.

Dragos fechou o aparelho e o colocou de volta no bolso do casaco. Aquela noite seria um passo triunfante para a obtenção do futuro dourado que planejava há tanto tempo. Mas a missão do dia seguinte contra a Ordem – o bote de víbora que eles nunca antecipariam – seria uma vitória ainda mais doce.

Dragos deixou que tal pensamento se acomodasse dentro de si enquanto inclinava a cabeça para trás e fechava os olhos, saboreando a promessa da iminente derrocada final da Ordem.

Capítulo 17

Cerca de uma hora antes do nascer do sol, Brock voltou ao complexo sozinho. Odiou ter que deixar um parceiro de patrulha para trás numa missão, mas depois de uma noite de busca por Chase pela cidade sem resultado algum, ele não tinha muita escolha. Onde quer que Chase tivesse ido após sua altercação com o agente no início da noite, ficou claro que ele não queria ser encontrado. Não era a primeira vez que ele se ausentava sem permissão de uma patrulha, mas isso não fazia Brock aceitar seu desaparecimento com mais facilidade.

A preocupação com o desaparecimento do irmão de armas não o deixara no melhor dos humores ao abrir a porta do apartamento partilhado com Hunter e entrar no aposento escuro e silencioso. À vontade no escuro, já que sua visão ficava mais aguçada do que na claridade, Brock tirou o casaco e o dobrou sobre o sofá antes de atravessar a sala e entrar no quarto adjacente.

O lugar estava tão escuro e silencioso que ele deduzira que o colega de quarto ainda não havia voltado, até entrar no quarto e dar de cara com o corpo nu coberto de *glifos* dos pés à cabeça do Primeira Geração.

– Jesus Cristo – murmurou Brock, desviando o olhar da vista inesperada, absolutamente indesejada e totalmente frontal do seu colega de quarto. – Mas que diabos, cara?

Hunter estava encostado na parede oposta de olhos fechados. Estava tão imóvel quanto uma estátua, respirando tão superficialmente que quase não se ouvia, os musculosos braços grossos pensos ao longo do corpo. Embora suas pálpebras tremulassem ante a interrupção de Brock, o macho imenso e inescrutável não pareceu assustado nem remotamente abalado.

– Eu estava dormindo – disse de pronto. – Já estou descansado agora.

– Que bom – disse Brock, balançando a cabeça ao dar as costas para o guerreiro nu. – Que tal vestir umas roupas? Acho que acabei de descobrir algumas coisas a seu respeito que eu não precisava saber.

– O meu sono é mais eficaz sem roupas para me aprisionar – foi a resposta sucinta.

Brock bufou.

– Pois é, o meu também, mas duvido que goste de ficar olhando para a minha bunda pelada, ou qualquer outra coisa, do mesmo jeito que não gosto de ver a sua. Jesus, você não pode se cobrir?

Balançando a cabeça, Brock tirou o coldre e o deixou sobre uma das camas arrumadas. Relembrou o comentário inicial de Hunter quando lhe perguntou sobre qual cama preferia e relanceou por sobre o ombro para o Primeira Geração, que estava vestindo uma calça de moletom.

O macho da Raça que fora criado e educado para ser uma máquina letal para Dragos. Um indivíduo educado na mais absoluta solidão, privado de contato ou companhia, a não ser pela do servo humano que lhe fora designado.

De súbito, entendeu por que Hunter não dava a mínima para qual cama ele escolhesse.

– Você sempre dorme assim? – perguntou, indicando o lugar em que Hunter estivera apoiado.

O misterioso Primeira Geração deu de ombros.

– Às vezes no chão.

– Isso não deve ser muito confortável.

– O conforto de nada serve. A sua necessidade apenas indica e reforça uma fraqueza.

Brock absorveu a declaração franca, depois imprecou baixinho.

– O que Dragos e aqueles outros bastardos fizeram com você por todos aqueles anos em que você os serviu?

Olhos dourados resolutos se depararam com os seus na escuridão.

– Eles me deixaram forte.

Brock assentiu com solenidade, pensando na disciplina e na educação implacáveis que eram só o que Hunter conhecia.

– Forte o bastante para abatê-los.

– Até o último deles – respondeu Hunter, sem nenhuma inflexão, embora a promessa fosse tão implacável quanto uma lâmina afiada.

– Quer se vingar pelo que eles lhe fizeram?

A cabeça de Hunter se mexeu de leve em sinal de negação.

– Justiça – disse ele – pelo que fizeram com os que não podiam se defender.

Brock ficou ali por um bom tempo, compreendendo a determinação fria que emanava do outro macho. Ele partilhava dessa necessidade de justiça, e, como Hunter – como qualquer outro dos guerreiros jurados a serviço da Ordem –, ele não descansaria até que Dragos e todos os insanos leais à sua missão fossem eliminados.

– Você nos honra – disse ele, uma frase que a Raça reservava apenas para os parentes mais próximos ou eventos solenes. – A Ordem tem sorte de ter você do nosso lado.

Hunter pareceu se surpreender, mas Brock ficou sem saber se por causa do próprio elogio ou do elo implícito nele. Um tremeluzir de incerteza atravessou o olhar dourado, e quando Brock levantou a mão para segurar o ombro de Hunter, o Primeira Geração se esquivou, evitando o contato como se ele fosse capaz de queimá-lo.

Ele não explicou sua reação, nem Brock o pressionou para isso, ainda que a pergunta implorasse para ser respondida.

– Muito bem, vou sair. Preciso ir ver uma coisa com Gideon.

Hunter o encarou.

– Está preocupado com a sua fêmea?

– Eu deveria? – Brock teve a intenção de corrigir a referência de Jenna ser sua, mas ficou ocupado demais com o fato de seu sangue parecer subitamente gelado em suas veias. – Ela está bem? Conte o que está acontecendo. Alguma coisa aconteceu com ela enquanto eu estava fora patrulhando?

– Não estou ciente de nenhum problema físico com a humana – disse Hunter, enlouquecedor em sua calma. – Eu estava me referindo à investigação dela sobre a TerraGlobal.

– TerraGlobal – repetiu Brock, o medo se instalando em seu íntimo. – Essa é uma das empresas de Dragos.

– Correto.

– Jesus Cristo – murmurou Brock. – Está me dizendo que, de alguma forma, ela entrou em contato com eles?

Hunter meneou a cabeça de leve.

– Ela mandou um e-mail para alguém que conhece no Alasca, um agente federal, que fez uma pesquisa sobre a TerraGlobal a seu pedido. Uma unidade do FBI em Nova York respondeu às investigações. Estão a par da TerraGlobal e concordaram em se encontrar com ela para discutir as investigações atuais.

– Puta merda. Diga que está brincando.

Não havia humor algum nas feições do outro macho. Não que Brock se surpreendesse com isso.

– Pelo que sei, a reunião está marcada para hoje no fim do dia no escritório do FBI em Nova York. Lucan decidiu que Renata a acompanhará.

Quanto mais ouvia, mais Brock começava a se sentir inquieto e com necessidade de se movimentar. Andou de um lado para o outro, sem tentar disfarçar sua preocupação.

– Com quem Jenna vai se encontrar em Nova York? Sabemos se essa investigação do FBI sobre a TerraGlobal existe mesmo? Bom

Deus, onde ela estava com a cabeça para se envolver com isso, para começo de conversa? Sabe de uma coisa? Deixa pra lá. Eu mesmo vou lá perguntar pra ela.

Como ele já estava andando pelo quarto, só precisou de três passadas largas para sair do apartamento e chegar ao corredor. Com a pulsação acelerada e a adrenalina correndo nas veias, ele não estava em condições mentais de se deparar com seu parceiro de patrulha errante.

Chase vinha pelo corredor exatamente naquela hora, parecendo infernal. Os olhos azuis ainda emitiam fachos âmbar, as pupilas mais fendas do que círculos. Ele arfava e cada inspiração revelava os dentes e as presas. Sujeira e sangue seco maculavam seu rosto em manchas sombrias, e havia mais ainda no cabelo cortado curto. A roupa estava rasgada em alguns lugares, manchada sabe lá Deus pelo quê.

Ele tinha a aparência e o cheiro de alguém que passara por uma zona de guerra.

– Onde diabos você se meteu? – Brock exigiu saber. – Procurei por você por Boston inteira depois que foi embora sem avisar.

Chase o encarou, os dentes num sorriso desdenhoso e feroz, mas sem dar explicação alguma. Passou por ele, batendo o ombro de propósito em Brock, praticamente desafiando-o a implicar com isso. Se Brock não estivesse tão preocupado com Jenna e a questão em que ela se metera, pegaria o arrogante filho da mãe de jeito.

– Idiota – grunhiu Brock, enquanto o ex-agente se afastava num silêncio sepulcral e carregado de segredos.

Jenna saltou do sofá quando ouviu a batida à porta do seu quarto. Ainda era bem cedo, pouco mais do que seis da manhã, de acordo com o relógio do sistema de som que tocava suavemente na sala de estar. Não que ela tivesse dormido no punhado de horas desde que falara com Lucan e Gideon.

E não que fosse capaz de dormir no tempo que restava até a importante reunião que teria mais tarde com o agente do FBI em Nova York.

O agente especial Phillip Cho parecera bem amigável ao telefone quando lhe ligara, e ela deveria se sentir grata por ele estar disponível e se mostrar disposto a se encontrar para falar da investigação sobre a TerraGlobal. Aquela não seria a primeira vez que ela teria uma reunião com alguém da alçada federal da força policial – portanto, não entendia muito bem por que se sentia nervosa. Claro, nada nunca antes dependera tanto de uma simples informação obtida numa reunião.

Ela queria fazer aquilo certo, e não conseguia deixar de sentir o peso do mundo – o do seu e o da Ordem – sobre os ombros. Já fazia tempo que ela não era policial, e agora tinha que fazer uma apresentação autoritária em questão de poucas horas. Portanto, era mais que natural que se sentisse um pouco ansiosa com tudo aquilo.

Mais uma batida à porta, mais firme dessa vez, mais exigente.

– Só um segundo.

Apertou o botão de mudo do controle remoto do estéreo, silenciando um antigo CD de jazz de Bessie Smith que já estava no aparelho quando ela o ligou um tempo atrás para ajudar a passar o tempo. Cruzou a sala e abriu a porta.

Brock aguardava no corredor, pegando-a completamente desprevenida. Ele devia ter acabado de voltar da patrulha na cidade. Vestido dos pés à cabeça em uniforme de combate preto, a camiseta justa agarrada ao peito e aos ombros, as mangas curtas prendendo os bíceps musculosos.

Ela não conseguiu conter-se e passou os olhos em toda a sua figura, descendo pelo abdômen, acentuado pela camiseta presa, pelo cós acinturado das calças pretas do uniforme, que tinha um corte largo, mas não a ponto de mascarar o formato delgado do quadril e as coxas musculosas. Foi fácil demais para ela se lembrar de como conhecia bem aquele corpo. Perturbador demais perceber o quanto o desejava, mesmo depois de ter se prometido que não seguiria mais aquele caminho com ele.

Foi só quando seu olhar voltou para o rosto belo, porém tenso, que ela percebeu que ele estava incomodado. De fato, bem irritado com alguma coisa.

Ela franziu o cenho ante a expressão tempestuosa dele.

– O que foi?

– Por que você não me conta? – Ele deu um passo à frente, o corpanzil tal qual uma parede móvel, forçando-a a recuar quarto adentro. – Acabei de ficar sabendo da sua investigação sobre a TerraGlobal junto ao maldito FBI. Que diabos passou pela sua cabeça, Jenna?

– Eu pensei que talvez a Ordem pudesse aproveitar minha ajuda – respondeu, a raiva se elevando ante o tom de confronto dele. – Pensei que poderia me valer das minhas ligações com a força policial para obter alguma informação sobre a TerraGlobal, já que o resto de vocês pareceu chegar a um beco sem saída.

– Dragos é a TerraGlobal – sibilou ele, ainda avançando, assomando-se sobre ela. Os olhos castanho-escuros deixaram passar umas centelhas de luz âmbar. – Faz alguma maldita ideia de como é arriscado você fazer isso?

– Eu não arrisquei nada – disse ela, ficando na defensiva. Estava ficando crescentemente irritada a cada passo dele que a fazia recuar ainda mais para o quarto. Parou de recuar e fincou os pés. – Fui muitíssimo discreta, e a pessoa para quem pedi ajuda é um amigo muito confiável. Acha mesmo que eu colocaria a Ordem, ou a sua missão, propositalmente em perigo?

– A Ordem? – ele escarneceu. – Estou me referindo a você, Jenna. Esta guerra não é sua. Você precisa se afastar, antes que se machuque.

– Escuta aqui, sei muito bem cuidar de mim. *Sou* uma policial, lembra?

– Era – ele a lembrou com gravidade, prendendo-a com um olhar inflexível. – E você nunca enfrentou nada como Dragos enquanto trabalhava.

– E também não vou enfrentá-lo agora – argumentou. – Estamos falando de uma inofensiva reunião num escritório com um agente do governo. Já estive envolvida nesse tipo de contenda territorial centenas de vezes. Os federais estão preocupados que uma caipira local possa saber mais do que eles num de seus casos. Querem saber o que eu sei, e vice-versa. Não é grande coisa.

Não deveria, ela considerou. Mas seus nervos ainda estavam abalados, e Brock também não parecia muito convencido.

– Isso pode ser pior do que você pensa, Jenna. Não podemos ter certeza de nada no que se refere a Dragos e os seus interesses. Não acho que você deva ir. – O rosto dele estava muito sério. – Vou falar com Lucan. Acho que é perigoso demais para que ele permita que você faça isso.

– Não me lembro de ter perguntado o que você acha disso – disse ela, tentando não permitir que a expressão séria e o tom sombrio dele a fizessem mudar de ideia. Ele estava preocupado, muito preocupado com ela – e uma parte sua reagiu a essa preocupação de tal forma que ela quis ignorar. – Também não me lembro de tê-lo encarregado do que faço ou do que não faço. Eu tomo as minhas decisões. Você e a Ordem podem acreditar que podem me manter numa espécie de coleira, ou debaixo de um maldito microscópio, pelo tempo que bem entenderem, mas não confunda consentimento com controle. Sou a única a me controlar.

Quando não conseguiu sustentar o olhar tempestuoso por mais tempo, afastou-se dele e voltou para junto do sofá, ocupando-se em recolher os livros que andara folheando nas últimas horas de inquietação.

– Cristo, você é muito teimosa, não é, moça? – Ele emitiu uma imprecação. – Esse é o seu maior problema.

– Que diabos isso quer dizer? – Lançou uma carranca na direção dele, surpresa em descobrir que ele havia se aproximado pelas suas costas. Estava perto o bastante para tocá-la. Perto o bastante para que ela sentisse o seu calor em cada terminação nervosa do seu corpo. Fortaleceu-se contra o poder másculo que irradiava da sua forma, odiando o fato de ainda se sentir atraída por ele, apesar do sangue que fervia de raiva.

O olhar dele era penetrante, parecendo atravessá-la.

– É tudo uma questão de controle com você, Jenna. Você não suporta ceder, não é?

– Você não sabe o que está falando.

– Não? Aposto como você já era assim bem pequena. – Ela se afastou enquanto ele falava, determinada a não deixá-lo cercá-la. Pegou uma braçada de livros e os levou até a estante. – Aposto como você tem sido assim a vida inteira, certo? Tudo tem que ser nos seus termos, não? Nunca deixa ninguém segurar as rédeas, pouco importando sobre o que seja. Você não cede um centímetro sequer a menos que tenha o seu lindo traseirinho plantado no banco do motorista.

Por mais que ela quisesse negar, ele estava chegando bem perto. Relembrou os anos de infância, todas as brigas de parquinho e os desafios que aceitara só para provar que não tinha medo. Seu período na força policial fora apenas mais do mesmo, ainda que numa escala maior, passando das brigas de socos para as balas, mas ainda assim esforçando-se para mostrar que era tão boa quanto qualquer homem, ou melhor.

O casamento e a maternidade se mostraram outro tipo de obstáculo a conquistar, e essa foi uma área na qual fracassou miseravelmente. Parada diante da estante, o desafio verbal de Brock pairando sobre ela, fechou os olhos e se lembrou da briga que teve com Mitch na noite do acidente. Ele também a acusara de ser teimosa. Tinha razão, mas ela só percebera isso quando despertara no leito hospitalar semanas mais tarde, sem sua família.

Mas aquilo era diferente. Brock não era seu marido. Só porque tiveram alguns momentos de prazer juntos, e apesar da atração que ainda existia entre eles toda vez que estavam próximos, isso não lhe dava permissão para se impor em suas decisões.

– Quer saber o que eu acho? – perguntou, os movimentos rápidos devido à irritação enquanto ela colocava cada livro de volta ao lugar original nas prateleiras. – Acho que é você que tem problemas. Você não saberia o que fazer com uma mulher que não precise que você tome conta dela. Uma mulher de verdade, que consegue sobreviver muito bem por conta própria e que não o deixe se responsabilizar caso ela se machuque. Você prefere se culpar por não corresponder a expectativas imaginárias que você mesmo se impôs, algum tipo de medida de honra e de valor inalcançáveis. Se quiser falar sobre problemas, tente dar uma bela olhada em si próprio.

Ele ficou tão calado e imóvel que Jenna chegou a pensar que tivesse saído. Mas, quando se virou para ver se ele havia ido embora, viu-o de pé ao lado do sofá, segurando a fotografia antiga que descobrira enfiada entre as páginas de um dos livros dele. Estava olhando fixamente para a imagem da bela jovem de cabelos escuros e olhos amendoados. O maxilar estava tenso, um tendão latejando sob a pele escura e macia.

– É, talvez esteja certa sobre mim, Jenna – disse ele, por fim, deixando a foto cair para a almofada. Quando a fitou, o rosto estava sério e composto, o mais absoluto guerreiro. – Nada disso muda o fato de que *sou responsável* por você. Lucan fez com que fosse meu dever protegê-la enquanto estivesse sob a custódia da Ordem...

– Sob custódia? – ela repetiu, mas ele continuou falando.

– ... e isso significa que, quer você goste ou não, quer aprove ou não, tenho poder de decisão em relação ao que você faz ou com quem vai se encontrar.

Ela zombou, ultrajada.

– Até parece.

Ele andou na sua direção, em três passadas largas, antes de parar diante dela, sua proximidade sugando todo o ar do cômodo. Seu olhar ferrenho deveria tê-la acovardado, mas ela estava indignada demais – e muito ciente dos seus sentidos desejosos percebendo-o apesar da raiva que a fazia empinar o queixo. Quando o encarou, procurando dentro de si a postura durona que poderia lhe dar as forças para repeli-lo com palavras ásperas ou rebeldia aguçada, não encontrou nada.

Só o que lhe restava fazer era prender o ar, que subitamente pareceu lhe faltar nos pulmões. Ele passou as pontas dos dedos na lateral do seu rosto, num toque suave e carinhoso. O polegar se demorou sobre os lábios, num ritmo lento, enquanto os olhos a fascinaram pelo que pareceu uma eternidade.

Então, ele a segurou pelo rosto e a atraiu para um beijo ardente, porém rápido demais.

Quando a soltou, ela viu que as centelhas de brilho em seus olhos agora eram como brasas quentes. O peito estava firme e quente contra o seu, sua ereção pressionando-a de maneira inequívoca no quadril. Ela cambaleou para trás, uma onda de desejo percorrendo suas veias.

– Você pode discutir comigo o quanto quiser, Jenna, estou pouco me importando. – Embora as palavras fossem muito direto ao ponto, a voz baixa vibrou nela como se surgisse de uma tempestade. – Você é minha para proteger e manter a salvo, portanto, não se engane: se for sair do complexo, você sai comigo.

Capítulo 18

Brock cumpriu sua promessa de acompanhá-la à reunião com o FBI em Nova York.

Jenna não ficou sabendo o que ele disse a Lucan para persuadi-lo, porém, mais tarde naquela mesma manhã, em vez de Renata dirigir o Range Rover da Ordem durante as quatro horas de estrada desconhecida de Boston a Manhattan, foi Jenna quem ficou atrás do volante, com o GPS sobre o console do carro e Brock tentando ajudá-la a navegar da parte de trás do veículo. Sua epiderme sensível aos raios solares, característica dos membros da Raça, e a preocupação com os raios ultravioletas o impediram sequer de considerar sentar-se no banco da frente durante a longa viagem, quanto menos ir dirigindo.

Embora talvez fosse muito mais do que imaturo para ela gostar disso, Jenna teve que admitir que ficara de certa forma satisfeita por ele ter sido banido para o banco de trás. Não se esquecera das acusações sobre ela precisar estar sempre no comando, mas, a julgar pelas indicações de caminho impacientes e pelos comentários resmungados sobre o peso do seu pé no acelerador, ficou evidente que ela não era a única ali que tinha dificuldade para entregar o controle.

E agora, enquanto estavam na caverna escura de uma garagem subterrânea do outro lado da rua do escritório do FBI em Nova York, Brock ainda lhe dava ordens do banco de trás.

– Mande uma mensagem assim que passar pela segurança. – Depois que ela assentiu, ele prosseguiu: – E assim que começar a reunião com o agente, mande outra mensagem. Quero mensagens periódicas, com um intervalo no máximo de quinze minutos entre uma e outra, ou vou atrás de você.

Jenna bufou em sinal de impaciência e lhe lançou um olhar do banco do motorista.

– Isto aqui não é um baile da escola. É um encontro profissional num prédio público. A menos que algo de estranho aconteça, eu mando uma mensagem quando entrar e quando a reunião acabar.

Ela sabia que ele estava zangado por trás dos óculos escuros.

– Se não levar isto a sério, vou entrar com você.

– Estou levando isso muito a sério. Mas você entrar no prédio governamental? Ora, por favor. Você está armado até os dentes e coberto dos pés à cabeça com Kevlar. Não passaria sequer pelos seguranças da entrada, isso se a luz do sol não o fritasse antes.

– Os seguranças não seriam problema. Eu não seria nada além de uma brisa forte nos cangotes deles quando entrasse lá.

Jenna deu uma gargalhada.

– Ok. E depois? Vai se esconder no corredor enquanto me encontro com o agente especial Cho?

– Faço o que for preciso – respondeu ele, muito sério. – Esta busca de informações, no fim, compete à Ordem. O que você está tentando descobrir são informações que nos interessam. E ainda não gosto da ideia de você entrar lá sozinha.

Ela se virou de costas para ele, magoada por ele não enxergá-la como parte da Ordem também. Olhou para uma luz amarela piscante pela janela do carro.

– Se está tão preocupado que não saberei lidar com essa reunião sozinha, talvez você devesse ter deixado que Renata viesse comigo.

Ele se inclinou para a frente, tirando os óculos e se colocando entre os bancos para segurá-la pelos ombros. Os dedos fortes a seguraram com firmeza, os olhos cintilando com um misto de castanho-escuro e âmbar ardente. Mas, quando ele falou, sua voz foi apenas veludo.

– Estou preocupado, Jenna. Não tanto com a maldita reunião, mas com você. Foda-se a reunião. Não há nada que seja tão importante que possamos conseguir dela quanto garantir que você esteja bem. Renata não está aqui porque, se alguém tem que ficar na sua retaguarda, esse alguém será eu.

Ela grunhiu de leve, sorrindo apesar da irritação que sentia.

– É melhor tomar cuidado. Está começando a se comportar muito como um parceiro.

Ela quis dizer parceiro de patrulha, mas a observação, que fez como zombaria, acabou pesando cheia de insinuações. Uma tensão silenciosa e carregada encheu o veículo enquanto Brock sustentava o seu olhar. Por fim, ele emitiu uma imprecação e a soltou. O rosto pulsava ao fitá-la em silêncio.

Voltou a se recostar, afastando-se da frente do carro, acomodando-se uma vez mais na parte mais escurecida atrás.

– Apenas me mantenha informado, Jenna. Pode fazer isso, pelo menos?

Ela soltou a respiração que nem sabia que estava prendendo e pousou a mão na maçaneta da porta do motorista.

– Mando uma mensagem de texto quando tiver entrado.

Sem esperar para ouvir uma resposta, ela saiu do SUV e seguiu para a entrada do prédio do FBI do lado oposto da rua.

O agente especial Phillip Cho não a fez esperar mais do que cinco minutos na recepção do décimo oitavo andar. Jenna havia acabado de mandar uma mensagem para Brock quando um agente de terno preto e gravata conservadora saiu de uma sala para cumprimentá-la. Depois de recusar uma xícara de café já morno, ela foi conduzida por um mar de cubículos até uma sala de reuniões afastada da parte central.

O agente Cho indicou que se sentasse numa cadeira de rodinhas na mesa oblonga no meio da sala. Fechou a porta e depois se sentou diante dela. Colocou um bloco de notas com capa de couro sobre a mesa e lhe lançou um sorriso educado.

– Então, há quanto tempo se afastou da polícia, senhora Darrow?

A pergunta a surpreendeu. Não tanto por sua franqueza, mas pelo fato de que seu amigo do FBI em Anchorage se oferecera para manter seu *status* de civil nos bastidores. Claro, o fato de Cho ter feito sua lição de casa em preparação para a reunião não deveria tê-la surpreendido.

Jenna pigarreou.

– Há quatro anos me desliguei da Polícia Estadual do Alasca. Devido a motivos pessoais.

Ele assentiu de maneira compreensiva, e ela percebeu que ele já sabia o que a levara a se demitir.

– Tenho que admitir, fiquei surpreso em saber que a sua investigação sobre a Sociedade TerraGlobal não era oficial – disse ele. – Caso eu soubesse, provavelmente não teria concordado com esta reunião, pois estou certo de que compreende que usar os recursos estaduais ou federais para questões pessoais é algo ilegal e pode trazer severas consequências.

Ela deu de ombros, sem se deixar intimidar pelas ameaças dos procedimentos e dos protocolos. Já participara daquele tipo de jogo vezes demais quando carregava seu distintivo.

– Pode me chamar de curiosa. Tivemos uma mineradora que virou fumaça, literalmente, e ninguém da empresa matriz se deu ao trabalho de sequer se desculpar com a cidade. A conta vai ser bem salgada para limpar aquilo tudo, e quero garantir que a cidade de Harmony tenha para quem mandar a conta.

Debaixo da luz fluorescente brilhante, o olhar fixo de Cho lhe pareceu estranho, provocando um zunido de alerta em suas veias.

– Então, o seu interesse na questão é o de uma cidadã preocupada. Entendi bem, senhora Darrow?

– Isso mesmo. E a policial dentro de mim não consegue deixar de imaginar que tipo de administração escusa um empreendimento como a TerraGlobal emprega. Nada além de fantasmas, pelo pouco que descobri.

Cho resmungou, ainda prendendo-a com aquele estranho olhar fixo.

– O que, exatamente, descobriu, senhora Darrow? Eu gostaria muito de ouvir mais detalhes.

Jenna levantou o queixo e lhe lançou um olhar desconfiado.

– Espera que eu partilhe as minhas informações quando está só sentado aí sem me dar nada em troca? Isso não vai acontecer. Comece você, agente especial Cho. Qual o seu interesse na TerraGlobal?

Ele se recostou na cadeira e cruzou os dedos diante do sorriso fino.

– Lamento, mas isso é informação confidencial.

O tom de dispensa foi inegável, mas ela não se permitiria ter ido até ali só para ser detida por um arrogante de terno que parecia se deliciar com o fato de estar brincando com ela. E, quanto mais olhava para ele, mais aquela expressão inflexível eriçava sua pele.

Forçando-se a ignorar seu desconforto, procurou uma tática mais conciliatória.

– Tudo bem, eu entendo. Você é obrigado a me dar a resposta oficial. Eu apenas tive esperanças de que dois profissionais pudessem ajudar um pouco um ao outro.

– Senhora Darrow, só vejo um profissional nesta mesa. E mesmo que ainda estivesse ligada à força policial, eu não poderia lhe dar nenhuma informação sobre a TerraGlobal.

– Vamos lá – disse ela, com uma frustração crescente. – Me dê um nome. Apenas um nome, ou endereço. Qualquer coisa.

– Quando, exatamente, a senhora saiu do Alasca, senhora Darrow? – perguntou com casualidade, ignorando as perguntas dela e inclinando a cabeça num ângulo estranho para observá-la. – Tem amigos aqui? Família, talvez?

Ela riu e balançou a cabeça.

– Não vai me dizer nada, vai? Só concordou com esta reunião porque pensou que poderia arrancar algo de útil de mim para os seus interesses próprios.

O fato de ele não responder foi significativo. Ele abriu o bloco de notas e começou a rabiscar alguma coisa no papel amarelo. Jenna ficou sentada, observando-o, sentindo em seu íntimo que o agente federal excêntrico tinha todas as respostas de que ela e a Ordem tão desesperadamente necessitavam para colocá-los no rastro de Dragos.

– Muito bem – disse ela, deduzindo que era hora de jogar a única carta que tinha em mãos. – Já que não vai me dar nenhum nome, eu lhe dou um. Gordon Fasso.

A mão de Cho parou de se mover no meio do que ele estava escrevendo. Foi o único indício de que aquele nome tinha algum significado para ele. Quando ele levantou o olhar, sua expressão era impassível, aqueles olhos estranhos, embotados, não revelando nada.

– O que disse?

– Gordon Fasso – repetiu o pseudônimo que Dragos usara enquanto se misturara à sociedade humana. Observou o rosto de Cho, tentando interpretar sua reação no olhar fixo, sem sucesso. – Já ouviu esse nome antes?

– Não. – Ele apoiou a caneta e a tampou devagar. – Deveria?

Jenna o encarou, medindo bem as palavras e o modo desinteressado com que ele se recostou na cadeira.

– Acredito que, se já realizou algum tipo de investigação na TerraGlobal, esse nome deve ter surgido uma ou duas vezes.

A boca de Cho formou uma linha fina.

– Sinto muito. Não me recordo.

– Tem certeza? – Ela aguardou em meio ao silêncio prolongado, mantendo os olhos fixos no olhar sombrio só para que ele entendesse que ela seria capaz de manter aquele impasse pelo mesmo tempo que ele.

A tática pareceu funcionar. Cho emitiu um longo suspiro, depois se levantou.

– Outro agente deste escritório está trabalhando nesta investigação comigo. Pode me dar licença por uns minutos enquanto converso com ele a respeito disso?

– Claro que sim – disse Jenna, relaxando um pouco. Talvez agora ela estivesse avançando.

Depois que Cho saiu da sala, ela aproveitou a chance para mandar uma mensagem rápida para Brock. *Consegui uma coisa. Desço logo.*

Assim que enviou a mensagem, Cho reapareceu na soleira.

– Senhora Darrow, pode vir comigo, por favor?

Ela se levantou e o seguiu ao longo de um corredor em meio a diversos cubículos, passando por inúmeros agentes que fitavam monitores e falavam baixo ao telefone. Cho seguiu em frente, na direção de algumas salas do outro lado do andar. Virou à direita e passou diante de portas com placas indicando nomes e departamentos.

Por fim, parou diante de uma porta de acesso a escadas e passou o crachá num leitor eletrônico. Quando a luz passou de vermelho a verde, o agente empurrou a porta de aço e a manteve aberta para ela.

– Por aqui, por favor. A força-tarefa fica em outro andar.

Por um instante, um alerta sombrio soou em seu subconsciente, um aviso silencioso que parecia vir de lugar nenhum. Ela hesitou, fitando os olhos imóveis de Cho.

Ele inclinou a cabeça, franzindo a testa de leve.

– Senhora Darrow?

Ela olhou ao redor, lembrando-se de que estava num edifício governamental, em meio a pelo menos cem pessoas que trabalhavam em seus cubículos e salas. Não havia motivo para se sentir ameaçada, garantiu-se, bem quando um desses muitos funcionários saiu de uma sala adjacente. O homem trajava um terno escuro e gravata, um profissional, assim como Cho e o resto das pessoas do departamento.

O homem acenou e também se aproximou da escadaria.

– Agente especial Cho – disse ele com um sorriso educado, que estendeu para Jenna em seguida.

– Boa tarde, agente especial Green – respondeu Cho, permitindo que o homem passasse diante deles pela porta aberta. – Vamos, senhora Darrow?

Jenna tentou se livrar daquela sensação estranha e passou por Cho. Ele a seguiu imediatamente. A porta de acesso às escadas se fechou num clique metálico que ecoou pelo espaço fechado.

E, de repente, lá estava o outro homem, Green, virando-se e prendendo-a entre ele e Cho. Seus olhos também eram sinistros. De perto, pareciam tão embotados e inexpressivos quanto os de Cho na sala de reuniões.

A adrenalina jorrou pelas veias de Jenna. Ela abriu a boca, pronta para gritar.

Não conseguiu.

Algo frio e metálico a atingiu debaixo da orelha. Ela sabia que não era uma arma, mesmo antes de sentir a corrente elétrica da Taser.

O pânico tomou conta dos seus sentidos. Tentou se libertar da corrente debilitante, mas o poder do choque era grande demais. Uma dor ferrenha a trespassou, zunindo como um milhão de abelhas em seu ouvido. Ela convulsionou e depois suas pernas cederam.

– Pegue as pernas dela – ouviu Cho dizer para o outro homem enquanto a segurava pelas axilas. – Vamos levá-la para o elevador de carga. Meu carro está estacionado na garagem do outro lado da rua. Podemos seguir pelo túnel do porão.

Jenna não tinha forças para empurrá-los, nem voz para pedir ajuda. Sentiu o corpo ser suspenso, carregado de qualquer jeito pelos lances de escada.

E logo perdeu a consciência por completo.

Ela estava demorando demais.

Brock consultou o celular e leu sua mensagem de novo. Ela dissera que logo desceria, mas a mensagem fora enviada há mais de quinze minutos. Nenhum sinal dela ainda. Nem outras mensagens para lhe dizer que estava atrasada.

– Droga – disse entredentes na parte de trás do Rover.

Espiou pela janela traseira, na direção da entrada da garagem subterrânea e para o brilho ofuscante do outro lado da rua. Jenna estava no prédio do outro lado. Talvez uns cem metros de onde ele estava, mas, em plena luz do dia, ela podia muito bem estar a centenas de quilômetros de distância.

Mandou uma mensagem breve: *Onde vc está? Mande msg.* Depois voltou à espera impaciente, sempre com o olhar fixo no fluxo de pessoas que entrava e saía do prédio federal, esperando que ela surgisse.

– Vamos, Jenna. Volte logo.

Alguns minutos mais sem uma resposta nem sinal dela do outro lado da rua e ele não conseguiu mais ficar sentado. Vestira-se com roupas de proteção contra raios ultravioleta ao sair do complexo naquela manhã, uma precaução que lhe daria um pouco mais de tempo se fosse louco de sair do Rover e atravessar a rua como estava pensando em fazer. Também contava com a ajuda da linhagem. Caso ele fosse um Primeira Geração, só teria, no máximo, dez minutos antes que o sol começasse a fritá-lo, com ou sem roupas especiais.

Brock, por estar muitas gerações afastado das linhagens puras, poderia contar com mais ou menos meia hora de exposição não letal aos raios UV. Não era um risco a que ninguém da sua espécie se exporia inconsequentemente. Tampouco ele agora, ao abrir a porta de trás do Rover e sair.

Mas algo não lhe parecia certo nessa reunião de Jenna. Apesar de não ter nada além dos instintos para se basear, e o medo profundo de ter permitido que uma mulher inocente batesse de frente com um perigo em potencial, não havia a mínima possibilidade de Brock ficar mais um segundo sem saber se Jenna estava bem.

Mesmo que tivesse que andar em plena luz do sol e enfrentar uma tropa de agentes federais humanos para averiguar isso.

Vestiu um par de luvas e ajeitou o capuz sobre a testa. Óculos escuros especiais já protegiam suas retinas ardidas ao atravessar o mar de carros estacionados, em direção à claridade além da abertura da garagem.

Preparando-se para o choque de tanta luz ao redor, fixou o olhar no prédio federal do outro lado da rua e saiu do abrigo do estacionamento.

Capítulo 19

A consciência retornou na forma de uma dor cega atravessando seu corpo. Os reflexos de Jenna voltaram num piscar de olhos, como se um botão tivesse sido ligado dentro dela. O instinto de acordar chutando e gritando foi forte, mas ela o sufocou. Melhor fingir que ainda estava abatida por causa do choque, até poder avaliar a situação.

Manteve os olhos quase fechados, levantando as pálpebras apenas o mínimo necessário para evitar alertar seus captores de que havia despertado. Pretendia enfrentar os filhos da mãe, mas primeiro tinha que se orientar. Saber onde estava e como sair dali.

A primeira parte foi fácil. O cheiro do banco de couro e o leve cheiro de mofo de tapetes asseguraram que ela estava na parte traseira de um carro, deitada de lado, com as costas apoiadas no banco de trás. Apesar de o motor estar ligado, o carro não estava se movendo. Estava escuro dentro do sedã, apenas uma luz amarelada do lado de fora dos vidros escurecidos da janela mais próxima à sua cabeça.

Caramba.

A esperança se acendeu dentro dela, forte e luminosa. Eles a haviam trazido para o estacionamento subterrâneo do lado oposto da rua do prédio federal.

A garagem em que Brock a esperava naquele instante.

Será que ele notara o que lhe acontecera?

Desconsiderou tal ideia assim que ela lhe ocorreu. Se Brock a tivesse visto em apuros, ele já estaria ali. Sabia disso com uma certeza que a abalou. Ele jamais permitiria que ela corresse perigo se pudesse evitar. Portanto, ele não tinha como saber que ela estava ali, aprisionada a poucos metros do Rover preto da Ordem.

Por enquanto, a menos que conseguisse atrair a atenção dele, ela estava por conta própria.

Suspendendo as pálpebras um pouco mais, viu que seus dois captores estavam sentados nos bancos da frente, Cho atrás do volante do Crown Victoria da frota federal, Green no banco do passageiro, com a mira do cano da sua Glock 23 de serviço apontada para o seu peito.

– Sim, Mestre. Estamos com a mulher no carro agora – informou Cho, no microfone do celular. – Não houve complicações. Claro, Mestre. Entendo, quer que a mantenhamos viva. Entrarei em contato assim que a tivermos no armazém à espera da sua chegada à noite.

Mestre? Mas o que era isso?

O medo se infiltrou pela coluna de Jenna enquanto ela ouvia a obediência robotizada no tom de voz estranho de Cho. Mesmo sem a conversa subserviente e estranha, ela sabia que, se permitisse que aqueles homens a levassem para outro local, estaria morta. Talvez algo ainda pior, se serviam ao indivíduo perigoso que seus instintos suspeitavam.

Cho terminou a ligação e acionou a marcha à ré.

Aquela era a sua chance; tinha que agir naquele instante.

Mudou de posição no banco com cuidado, erguendo os joelhos na direção do peito. Ignorando o leve repuxão da coxa ainda em recuperação, continuou retraindo as pernas aos poucos, até que os pés estivessem posicionados entre os bancos da frente. Assim que os alinhou, não hesitou mais.

Chutou com os dois pés, o direito batendo na lateral do rosto de Green, o esquerdo acertando o cotovelo do braço que segurava a arma. Green berrou, o queixo girando ao mesmo tempo em que a mão que segurava a pistola se levantou na direção do teto do carro.

Um tiro foi disparado dentro do carro e a bala atravessou o tecido e o metal acima da cabeça dele.

Em meio ao caos do ataque-surpresa, o pé de Cho desceu pesado sobre o acelerador. O sedã derrapou de lado, batendo num pilar de concreto atrás deles, mas Cho se recobrou rapidamente. Colocou a primeira marcha e afundou o pé no acelerador de novo. A borracha dos pneus queimou quando o carro se moveu para a frente.

Onde diabos estava Brock?

Jenna segurou a maçaneta da porta de trás. Trancada. Chutou a porta oposta, fazendo o salto da bota atravessar o vidro da janela. Cacos de vidro choveram em suas pernas e no banco de couro. O ar frio entrou, trazendo o cheiro de óleo de motor e de fritura de um restaurante na esquina.

Jenna se arrastou até a janela aberta, mas parou quando Green se virou e encostou o cano da pistola na lateral da sua cabeça.

– Sente-se e comporte-se, senhora Darrow – disse ele de maneira agradável. – Não vai a parte alguma até que o Mestre permita.

Jenna se afastou lentamente da pistola carregada, o olhar fixo nos olhos emocionalmente vazios do agente especial Green.

Não havia mais dúvidas. Aqueles agentes do FBI – aqueles seres que se pareciam e agiam como homens, mas, de algum modo, não eram – faziam parte da organização de Dragos. Bom Deus, qual a extensão do seu alcance?

A pergunta instalou um nó de medo em seu estômago enquanto Cho acelerava e fazia o sedã disparar para fora da garagem, misturando-se ao trânsito pesado da tarde.

Brock havia atravessado a rua em meros segundos, usando a velocidade genética da Raça para atravessar a luz solar vespertina até a porta do edifício federal. Estava para entrar e passar correndo pelo controle de segurança quando sua audição aguçada percebeu o som de um tiro ao longe.

No estacionamento subterrâneo.

Soube antes mesmo de ouvir o som de metal retorcendo e de pneus cantando no concreto.

Jenna.

Apesar de não ter nenhuma ligação de sangue com ela para alertá-lo quando estivesse em perigo, sentiu a certeza contraindo-lhe o estômago. Ela não estava mais no prédio federal, mas na garagem, do outro lado da rua iluminada.

Algo de muito errado havia acontecido, e estava relacionado com a TerraGlobal, com Dragos.

Assim que o pensamento se formou, um Crown Victoria cinza sem identificação saiu da garagem. Enquanto o sedã passava, ele viu dois homens nos bancos da frente. O passageiro estava virado para a única ocupante da parte de trás.

Não, não eram homens. Eram servos humanos.

E Jenna estava no banco de trás, imóvel, na mira da pistola.

A fúria o trespassou tal qual uma onda de maré alta. Sem perder de vista o carro em que Jenna estava, correu em meio aos humanos da calçada abaixo do prédio, movendo-se tão rápido que ninguém o notaria.

Saltando no capô de um táxi parado na calçada, desviou de um caminhão de entrega que o teria atropelado caso ele não estivesse impulsionado pelas suas habilidades da Raça e pelo medo do que poderia acontecer com Jenna se não a alcançasse a tempo.

Com o coração acelerado, correu para o estacionamento e entrou no Rover.

Dois segundos mais tarde, corria pela rua, desafiando os raios ultravioleta que atravessavam o para-brisa enquanto acelerava na direção de Jenna, rezando para que a alcançasse antes que o mal representado por Dragos – ou o sol escaldante da tarde – lhe custassem a vida da mulher que deveria proteger.

Da sua mulher, pensou ferozmente, ao afundar o pé no acelerador e sair em perseguição.

Capítulo 20

O agente especial Green – ou quem, *o que*, quer que ele fosse – mantinha a Glock mirada em Jenna com uma mão firme enquanto o sedã ziguezagueava em meio ao trânsito pesado de Nova York. Jenna não fazia a mínima ideia de para onde estava sendo levada. Só lhe restava imaginar que seria para algum lugar fora da cidade quando deixaram o labirinto de arranha-céus para trás e subiram numa ponte de estilo gótico que passava por cima de um rio largo.

Jenna estava encostada no banco, sacudida para frente e para trás a cada freada e acelerada. Enquanto o sedã acelerava para ultrapassar um veículo mais lento, ela se desequilibrou o suficiente para ter um vislumbre do reflexo do espelho retrovisor lateral do Crown Vic.

Um Range Rover preto os acompanhava de perto, a apenas um carro de distância.

O coração de Jenna se apertou.

Brock. Tinha que ser ele.

Mas, ao mesmo tempo, desejou que não fosse. Não podia ser, ele seria tolo em se arriscar assim. O sol ainda era uma bola enorme no céu invernal, faltando pelo menos mais umas duas horas para se pôr. Dirigir em plena luz do dia seria suicídio para alguém da espécie de Brock.

Contudo, era ele.

Quando o sedã mudou rápido de pista de novo, Jenna verificou o espelho mais uma vez e viu a rigidez de seu maxilar em meio ao trânsito e à distância que os separava. Apesar de ele estar usando óculos escuros para proteger os olhos, as lentes opacas não eram densas o bastante para mascarar seu brilho âmbar.

Brock estava atrás deles, e estava furioso.

– Filho da mãe – murmurou Green, espiando sobre a cabeça dela para olhar pelo vidro de trás do veículo. – Estamos sendo seguidos.

– Tem certeza? – perguntou Cho, aproveitando para ultrapassar outro carro ao chegarem ao fim da ponte.

– Tenho – respondeu Green. Uma nota de preocupação se infiltrou em sua expressão de outro modo inescrutável. – É um vampiro. Um dos guerreiros.

Cho acelerou ainda mais.

– Informe o Mestre de que estamos quase chegando. Pergunte como devemos proceder.

Green assentiu e, ainda mantendo a mira da pistola em Jenna, pegou o celular do bolso e apertou um botão. Após apenas um toque, a voz de Dragos surgiu do outro lado:

– Situação?

– Estamos nos aproximando dos armazéns no Brooklin, Mestre, conforme instruído. Mas não estamos sozinhos. – Green falava apressado, como se pressentisse o descontentamento que se seguiria. – Há alguém nos seguindo na ponte. Ele é da Raça. Um guerreiro da Ordem.

Jenna não pôde refrear o contentamento ante a imprecação violenta que explodiu pelo viva-voz do celular. Por mais aterrorizante que fosse ouvir a voz do odiado inimigo da Ordem, também foi gratificante saber que ele temia os guerreiros. E devia mesmo.

– Despistem-no – ordenou Dragos, destilando veneno.

– Ele está logo atrás de nós – disse Cho, relanceando nervosamente pelo espelho retrovisor ao acelerar pela estrada que seguia o litoral em direção à zona industrial. – Apenas um carro atrás de nós e vem se aproximando. Acho que não conseguiremos mais despistá-lo.

Outra imprecação ríspida de Dragos, mais selvagem que a anterior.

– Muito bem – disse ele num tom baixo e controlado. – Abortem, então. Matem a vadia e saiam daí. Desovem o corpo nas docas ou na rua, não importa. Mas não deixem que o maldito vampiro chegue perto de vocês. Entenderam?

Green e Cho trocaram um rápido olhar de compreensão.

– Sim, Mestre – respondeu Green, encerrando a ligação.

Cho deu uma guinada para a esquerda ao fim da estrada, entrando num estacionamento junto do rio. Caminhões-baú gigantescos e diversos outros caminhões menores salpicavam o pavimento esburacado e coberto de neve. Mais próximo à margem do rio havia diversos armazéns, para onde Cho parecia estar se direcionando numa velocidade impressionante.

Green abaixou a pistola na direção de Jenna, até ela estar encarando o cano e o tambor de balas que logo seriam descarregadas. Sentiu um fluxo de força em suas veias – algo muito mais intenso que adrenalina – quando tudo pareceu se desenrolar em câmera lenta.

O dedo de Green apertou o gatilho. Houve um som de metal, os mecanismos de disparo sendo acionados como no meio da névoa de um sonho.

Jenna ouviu a bala começar a explodir dentro do cilindro. Sentiu o cheiro de pólvora e de fumaça. E viu o tremor de energia dissipada no ar enquanto a arma era disparada em sua direção.

Esquivou-se da trajetória. Não entendeu como conseguiu, como era possível que ela soubesse quando desviar da bala que Green mirou. Só sabia que devia dar ouvidos aos seus instintos, por mais sobrenaturais que lhe parecessem.

Foi para trás do banco de Green e virou seu braço, quebrando-lhe o osso apenas com as mãos. Ele gritou em agonia. A pistola disparou novamente, desta vez num tiro desgovernado, que atingiu a lateral do crânio de Cho, matando-o instantaneamente.

O sedã guinou e avançou, acelerando por causa do peso do pé de Cho apoiado no pedal. Atingiram o canto de um contêiner enferrujado, fazendo o Crown Vic deslizar de lado em meio à neve e ao gelo.

Jenna bateu no capô do carro quando ele capotou, as janelas estilhaçando, os *airbags* sendo acionados. Seu mundo inteiro virou com violência, uma vez e outra, antes de finalmente parar abruptamente de ponta-cabeça no asfalto.

Puta que o pariu.

Brock entrou no estacionamento industrial e pisou no freio, assistindo num misto de terror e raiva enquanto o Crown Victoria batia na lateral do contêiner e se lançava numa reviravolta de metal sendo esmagado no piso congelado.

– Jenna! – gritou, avançando o Rover no estacionamento e abrindo a porta.

A luz do dia tinha sido uma provação enquanto ele estava no veículo; do lado de fora, era infernal. Ele mal conseguia enxergar em meio à ofuscante luz branca ao correr através do gelo e do asfalto esburacado até o sedã acidentado. As rodas do carro ainda estavam girando, o motor se lamuriando, lançando fumaça e vapor no ar gélido.

Ao se aproximar, ouviu Jenna grunhindo, esforçando-se lá dentro. O primeiro instinto de Brock foi segurar o carro e endireitá-lo, mas ele não tinha como ter certeza se isso não a machucaria mais, e esse era um risco que ele não queria correr.

– Jenna, estou aqui – disse, ao puxar a porta do motorista, arrancando-a das dobradiças. Ele a largou de lado e se ajoelhou para espiar dentro do interior amassado.

Ah, Cristo.

Sangue e massa cinzenta para todos os lados, o fedor dos glóbulos vermelhos mortos, combinado com a fumaça do óleo e da gasolina que vazavam para atingir seus sentidos já afetados pelos raios solares. Olhou além do cadáver do motorista, cuja cabeça fora atingida por um tiro à queima-roupa. Toda a concentração de Brock estava centrada em Jenna.

O teto do sedã estava todo afundado, criando apenas um pequeno espaço para ela e o outro humano, que tentava segurá-la pelas pernas. Ela o combatia chutando-o com o pé, tentando sair pela janela mais próxima. O humano desistiu assim que seu olhar inerte notou Brock. Soltando o tornozelo de Jenna, ele resolveu sair por trás pelo para-brisa quebrado.

– Servo – Brock grunhiu, e o ódio pelo escravo sem alma fez seu sangue ferver ainda mais.

Aqueles dois homens eram definitivamente lacaios leais de Dragos. Sangrados por ele até quase a morte, serviriam a Dragos em tudo o que fosse requisitado, obedientes até o último respiro. Brock queria fazer com que o humano fugitivo chegasse a esse fim o mais rápido possível. Matá-lo com as próprias mãos.

E faria isso, mas só depois de garantir que Jenna estivesse a salvo.

– Você está bem? – perguntou, tirando as luvas de couro com os dentes e deixando-as de lado para tocar nela. Passou os dedos pelo rosto pálido e bonito, depois se esticou para segurá-la por debaixo dos braços. – Venha, vamos tirá-la daqui.

Ela balançou a cabeça vigorosamente.

– Estou bem, mas minha perna está presa entre os bancos. Vá atrás dele, Brock. Aquele homem está trabalhando para Dragos!

– Eu sei – disse ele. – Ele é um Servo Humano e não tem a mínima importância. Mas você sim. Segure-se em mim, querida. Vou soltar você.

Algo metálico estourou do lado de fora do carro. Um *ping* ecoando, depois um segundo e um terceiro.

Balas.

Os olhos de Jenna encontraram os dele através da fumaça e dos vapores que envolviam o carro acidentado.

– Ele deve ter outra arma. Está atirando em nós.

Brock não respondeu. Sabia que o Servo não estava tentando atingi-los em meio ao metal retorcido. Ele estava atirando no carro, tentando criar a faísca que explodiria o tanque de combustível exposto.

– Segure-se em mim – ele lhe disse, apoiando uma mão na coluna dela e esticando a outra entre os bancos retorcidos em que Jenna estava presa. Com um grunhido baixo, ele os afastou.

– Estou livre – disse ela, já saindo do carro.

Outra bala atingiu o carro. Brock ouviu um arquejo não natural do lado de fora, uma lufada de ar que precedeu o súbito fedor de fumaça preta e a rajada de calor que dizia que o Servo tinha finalmente acertado o alvo.

– Venha! – disse, agarrando Jenna pela mão.

Ele a puxou para longe do carro, os dois caindo rolando pelo chão. Uma bola de fogo se formou no carro virado quando o tanque explodiu, sacudindo o chão debaixo deles. O Servo continuou atirando, as balas zunindo perigosamente perto.

Brock cobriu o corpo de Jenna com o seu e pegou uma das semiautomáticas de seu coldre. Ajoelhou-se, pronto para atirar, e percebeu que seus óculos tinham caído quando se afastaram apressados do carro. Por causa da parede de calor, da coluna de fumaça e do brilho da luz do sol, sua visão era praticamente nula.

– Droga – sibilou, passando uma mão pelos olhos, esforçando-se para enxergar em meio à agonia da sua visão chamuscada. Jenna começou a se mexer debaixo dele, saindo do escudo que seu corpo formava. Ele tentou segurá-la, a mão se adiantando, mas sem conseguir pegar em nada. – Jenna, maldição! Fique abaixada!

Mas ela não ficou. Pegou a pistola da mão dele e abriu fogo, numa sucessão rápida de tiros que passaram acima das chamas e do metal retorcido ao lado deles. Do outro lado do estacionamento, o Servo gritou, depois se calou por completo.

– Te peguei, filho da mãe – disse Jenna. Um instante depois, Brock sentiu os dedos dela segurarem os seus. – Ele está morto. E você está queimando aqui. Venha, vamos sair deste lugar.

Brock correu com ela de mãos dadas pelo estacionamento deserto, em direção ao Rover. Por mais que seu orgulho exigisse que argumentasse dizendo que estava bem para dirigir, ele sabia que estava queimado demais para sequer tentar. Jenna não lhe deu oportunidade para protestar. Empurrou-o para a parte de trás do carro, depois se pôs atrás do volante. Ao longe, o som de sirenes de carros de polícia ecoou, as autoridades humanas sem dúvida atendendo ao aviso do acidente de carro nas docas.

– Segure firme – disse Jenna, colocando o Rover em movimento.

Ela pareceu imperturbada por tudo aquilo, fria e composta, uma absoluta profissional. Caramba, ele nunca vira nada mais sensual do que aquilo em todos aqueles anos. Brock se recostou contra o couro frio do banco, grato por tê-la ao seu lado enquanto ela pisava fundo no acelerador e disparava para longe da cena do crime.

Capítulo 21

A viagem de volta para Boston levou umas boas quatro horas, mas o coração de Jenna ainda batia descompassado – a preocupação por Brock ainda vívida e inexorável – enquanto conduzia o Rover pelos portões de ferro do complexo e dava a volta até a garagem da frota nos fundos da propriedade da Ordem.

– Chegamos – disse ela, estacionando o carro dentro da imensa garagem e desligando o motor.

Relanceou pelo espelho retrovisor, verificando como ele estava pela milésima vez desde que saíram de Nova York. Brock se mantivera quieto no banco de trás do SUV em boa parte do trajeto, apesar de se mexer um pouco em óbvia agonia ao tentar dormir e suportar os efeitos da exposição aos raios ultravioleta.

Virou-se no banco para examiná-lo melhor.

– Você vai ficar bem?

– Vou sobreviver. – Os olhos dele se encontraram com os dela no escuro, a boca larga se torcendo mais numa careta do que num sorriso. Ele tentou se erguer, gemendo com o esforço.

– Fique aí. Deixe-me ajudá-lo.

Ela foi para o banco de trás antes que ele dissesse que saberia se virar sozinho. Fitou-a num silêncio duradouro e significativo, os olhos ligados, se prendendo um ao outro. Todo o oxigênio pareceu abandonar o lugar em que estavam. Pareceu deixar seus pulmões também, o alívio e a preocupação colidindo dentro dela enquanto fitava o belo rosto de Brock. As queimaduras evidentes há poucas horas na testa, nas bochechas e no nariz já haviam sumido. Os olhos escuros ainda lacrimejavam, mas não estavam mais vermelhos nem inchados.

– Ai, meu Deus – sussurrou ela, sentindo as emoções fluindo descontroladas. – Fiquei com tanto medo hoje, Brock. Você não faz ideia.

– Você, com medo? – Ele ergueu a mão, deslizando-a com carinho ao longo do seu rosto. Curvou os lábios e balançou de leve a cabeça. – Vi você em ação hoje. Não acho que algo possa te assustar de verdade.

Ela franziu a testa, revivendo o momento em que percebera que ele a seguia no SUV, atrás do volante em plena luz do dia. Mas a preocupação por ele se transformara em terror quando, depois que o carro em que ela estava capotou, Brock estava lá também, disposto a andar sob os raios ultravioleta letais a fim de ajudá-la. Mesmo agora, sentia-se maravilhada e humilde pelo que ele fizera.

– Arriscou a vida por mim hoje – sussurrou, inclinando o rosto em direção à palma quente dele. – Você se arriscou demais, Brock.

Ele se ergueu, segurando-lhe o rosto entre as mãos. A expressão era solene, muito intensa.

– Éramos parceiros hoje. Se quer saber a minha opinião, formamos uma bela equipe.

Ela sorriu sem conseguir se conter.

– Teve que me salvar... de novo. No tocante a parceiros, detesto ter que informar, mas acho que você levou a pior.

– Não. Nada disso. – O olhar de Brock a atingia com tamanha profundidade que parecia capaz de chegar à sua alma. Afagou-lhe o rosto, passando a almofadinha do polegar sobre os lábios. – E, para que fique claro, foi você quem salvou a minha vida. Se aquele Servo Humano não nos matasse, a luz do sol seguramente teria acabado comigo. Você nos salvou hoje, Jenna. Meu Deus, você foi incrível.

Quando ela abriu a boca para negar, ele se aproximou e a beijou. Jenna derreteu ao seu encontro, perdendo-se na carícia da boca dele. A atração que sentia não diminuíra em nada desde que foram para a cama, mas agora havia algo ainda mais poderoso por trás da onda de calor que sentia dentro de si. Gostava dele, de verdade, e perceber o que estava sentindo a pegou completamente desprevenida.

Não deveria ser assim. Não podia sentir aquela ligação forte, ainda mais depois que ele deixara claro que não queria complicar a situação com emoções e expectativas de um relacionamento. Mas quando ele interrompeu o beijo e a fitou, pôde ver que ele também estava sentindo mais do que estava preparado para sentir. Havia mais do que simples desejo reluzindo na luz âmbar dos seus cativantes olhos castanhos.

– Quando vi aqueles Servos irem embora levando você junto, Jenna... – As palavras se perderam no silêncio. Exalou uma imprecação e a abraçou forte por um tempo. Aninhou o rosto entre o pescoço e o ombro dela. – Quando a vi com eles, pensei que tinha fracassado. Não sei o que faria se algo tivesse acontecido com você.

– Estou aqui – disse ela, acariciando-lhe as costas e a cabeça inclinada de leve. – Não me decepcionou de modo algum. Estou aqui, Brock, por sua causa.

Ele a beijou de novo, mais profundamente, numa união langorosa das bocas. Suas mãos eram carinhosas, misturando-se aos cabelos e movendo-se devagar pelos ombros e coluna. Ela se sentia tão amparada nos braços dele, tão pequena e feminina ao encontro da imensidade do peito de guerreiro e dos braços musculosos.

E gostou dessa sensação. Gostou da maneira com que ele fez com que ela se sentisse segura e feminina, coisas que nunca vivenciara antes, nem mesmo com o marido.

Mitch, ah, meu Deus...

Pensar nele apertou seu coração como se ele estivesse preso num torno. Não pela dor do luto ou pelas saudades que sentia, mas por que Brock a beijava e a abraçava, fazendo-a se sentir merecedora do seu afeto, enquanto ela não lhe contara tudo.

Ele podia se sentir de outro modo se soubesse que foram suas ações que causaram o acidente que matou seu marido e sua filha.

– O que foi? – perguntou Brock, sem dúvida sentindo a mudança que aconteceu dentro dela. – O que aconteceu?

Ela se afastou de seu abraço, desviando o olhar, sabendo que era tarde demais para fingir que estava tudo bem. Brock ainda a afagava com carinho, esperando que ela lhe contasse o que a incomodava.

– Você tinha razão a meu respeito – murmurou. – Disse que eu tenho um problema por precisar estar no comando, e estava certo.

Ele emitiu um som de desconsideração no fundo da garganta e levantou-lhe o rosto para que o fitasse.

– Nada disso importa.

– Importa – insistiu ela. – Importou hoje e importou há quatro anos no Alasca também.

– Está falando de quando perdeu Mitch e Libby – disse ele, mais numa afirmação do que numa pergunta. – Acha que, por algum motivo, tem culpa?

– Sei que tenho. – Um soluço de choro se forçou na garganta, mas ela o refreou. – O acidente não teria acontecido se eu não tivesse insistido para que voltássemos para casa naquela noite.

– Jenna, não pode pensar que...

– Deixe-me contar – ela o interrompeu. – Por favor... quero que saiba a verdade. E eu preciso dizer essas palavras, Brock. Não posso mais segurá-las.

Ele não disse mais nada, sério ao segurar-lhe as mãos entre as suas, permitindo que ela lhe contasse como sua teimosia – sua maldita necessidade de estar no controle de todas as situações – custara-lhe as vidas de Mitch e de Libby.

– Estávamos em Galena, uma cidade a algumas horas de Harmony, onde morávamos. Os policiais haviam organizado um evento de gala lá, um daqueles eventos maravilhosos onde se entregam medalhas de honra e se tiram fotos com o governador. Eu estava sendo reconhecida por minha excelência no departamento, pela primeira vez recebia um prêmio. Convenci-me de que seria bom para a minha carreira ser vista por tantas pessoas importantes, por isso insisti com Mitch para que fôssemos com Libby. – Inspirou fundo para se fortalecer e exalou lentamente. – Era novembro e as estradas estavam quase intransponíveis. Chegamos a Galena sem problemas, mas na viagem de volta para casa...

– Está tudo bem – disse Brock, erguendo a mão para afastar uma mecha de cabelo. – Como você está?

Ela fez sinal de positivo, movendo a cabeça com hesitação, apesar de saber que não estava nada bem. Seu peito pesava de angústia e de culpa, os olhos ardiam com as lágrimas represadas.

– Mitch e eu discutimos a viagem inteira. Ele achava que as estradas estavam muito perigosas. E estavam, mas outra tempestade se aproximava, o que só pioraria a situação. Eu não queria esperar até que o tempo melhorasse porque precisava me apresentar para o meu turno na manhã seguinte. Por isso, voltamos para casa. Mitch estava dirigindo a Blazer. Libby estava na sua cadeirinha atrás. Após algumas horas na estrada, um caminhão carregado de toras atravessou o nosso caminho. Não houve tempo para reagir. Não houve tempo de eu me desculpar, ou de lhes dizer o quanto eu os amava.

– Venha cá – disse Brock, levando-a para perto dele. Abraçou-a por bastante tempo, com sua força tão reconfortante e prazerosa.

– Mitch me acusou de me preocupar mais com a minha carreira do que com ele e com Libby – sussurrou, a voz entrecortada, as palavras saindo com dificuldade. – Ele costumava dizer que eu era controladora demais, teimosa demais para o meu próprio bem. Mas ele sempre cedia, e cedeu naquele dia também.

Brock a beijou no topo da cabeça.

– Você não sabia o que ia acontecer, Jenna. Não tinha como saber, portanto, não se culpe. Foi algo além do seu controle.

– Eu sinto culpa por ter sobrevivido. Por que não podia ser eu no lugar deles? – As lágrimas a estrangulavam, quentes e amargas, presas na garganta. – Nem tive a chance de me despedir. Fui levada de helicóptero até Fairbanks e induzida ao coma para que meu corpo se recuperasse. Quando despertei um mês depois, fiquei sabendo que os dois haviam morrido.

– Jesus... – sussurrou Brock, ainda a segurando no abrigo dos seus braços. – Sinto muito, Jenna. Deus, como você deve ter sofrido.

Ela engoliu em seco, tentando não se perder na agonia daqueles dias tenebrosos. A presença de Brock ali ajudou. Ele era uma rocha de força, mantendo-a firme e estável.

– Quando saí do hospital, eu me sentia perdida. Não queria viver. Não conseguia aceitar o fato de que nunca mais veria a minha família. Alex e meu irmão, Zach, cuidaram dos enterros, uma vez que ninguém sabia quando eu sairia do coma. Quando recebi alta do hospital, Mitch e Libby já haviam sido cremados. Nunca consegui juntar coragem para ir ao cemitério onde foram sepultados.

– Não foi nenhuma vez durante esse tempo todo? – perguntou ele com suavidade, os dedos afagando seus cabelos.

Ela balançou a cabeça.

– Não me senti preparada para ver seus túmulos logo após o acidente, e a cada ano que passava nunca encontrei forças para ir lá e lhes dar o meu adeus. Ninguém sabe disso, nem mesmo Alex. Tive vergonha demais de contar como sou fraca.

– Você não é fraca. – Brock a afastou um pouco, só para poder inclinar a cabeça para trás e fitá-la nos olhos. – Todos cometem erros, Jenna. Todos têm arrependimentos e se culpam por coisas que deveriam ter feito de modo diferente em suas vidas. As coisas acontecem, e fazemos o que é possível a cada vez. Não pode se culpar para sempre.

As palavras a tranquilizaram, mas ela não conseguia aceitar tudo o que ele dizia. Já o vira se agarrando demais à própria culpa para saber que só estava sendo bondoso.

– Só está me dizendo isso para que eu me sinta melhor. Sei que não acredita de verdade.

Ele crispou o rosto, um tormento calado atravessando sua expressão na escuridão do Rover.

– Qual era o nome dela? – Jenna passou a mão pelo maxilar dele, vendo o sofrimento relembrado em seus olhos. – A moça da fotografia no seu quarto, vi como olhou para sua foto ontem à noite. Você a conheceu, não conheceu?

Um aceno, quase imperceptível.

– O nome dela era Corinne. Fui contratado para ser o guarda-costas dessa jovem Companheira de Raça em Detroit.

– Aquela foto deve ter algumas décadas – Jenna comentou, lembrando-se das roupas da época da Depressão e do clube de jazz onde a jovem havia sido fotografada.

Jenna percebeu que Brock entendeu a pergunta que ela fazia por seu olhar.

– Foi tirada em julho de 1935. Sei disso porque fui eu quem tirou.

Jenna assentiu, percebendo que deveria estar mais do que atônita pelo lembrete de que Brock e os de sua espécie eram praticamente imortais. Naquele instante, e em todas as vezes em que estava perto, pensava nele apenas como um homem. Um homem honrado e extraordinário que ainda sofria pela antiga ferida que o marcara profundamente.

– Corinne é a mulher que você perdeu? – perguntou com suavidade.

– Sim. – Sua carranca se acentuou.

– E se considera responsável pela morte dela – disse com cuidado, precisando saber pelo que ele passara. Queria entendê-lo melhor. Se pudesse, gostaria de ajudá-lo a suportar um pouco daquela culpa e sofrimento. – Como aconteceu?

A princípio, achou que ele não fosse lhe contar. Ficou olhando para os dedos entrelaçados, esfregando à toa o polegar na mão dela. Quando, por fim, falou, havia uma pontada de agitação em sua voz, como se a dor de perder Corinne ainda estivesse fresca em seu coração.

– Na época em que morei em Detroit, as vacas eram magras. Não tanto para a Raça, mas nas cidades humanas em que vivíamos. O líder de um Refúgio Secreto local e sua companheira pegaram algumas meninas sem lar, Companheiras de Raça, para criar e educar como suas filhas. Fui designado para proteger Corinne. Ela era uma criança selvagem, mesmo quando pequena, cheia de vida, sempre rindo. Conforme foi crescendo, adolescente já, ela se tornou ainda mais impetuosa. Ressentia-se das precauções impostas pelo pai, acreditando que ele fosse protetor demais. Começou a tentar se livrar das regras e expectativas dele. Começou a forçar os limites, assumindo riscos para a sua segurança pessoal, testando a paciência de todos ao seu redor.

Jenna lhe lançou um sorriso meigo.

– Já consigo imaginar que isso não deu muito certo com você.

– Nem um pouco – disse ele, balançando a cabeça. – Corinne era inteligente, e tentava se livrar de mim sempre que podia, mas nunca me passou para trás. Até aquela última vez, na noite em que completava dezoito anos.

– O que aconteceu?

– Corinne amava música. Na época, o jazz era o que se destacava. Os melhores clubes de jazz em Detroit ficavam numa região chamada Paradise Valley. Acho que não havia uma semana em que ela não implorasse que eu a levasse lá. E acabava me convencendo muitas vezes. Fomos aos clubes na noite do seu aniversário também, não que isso fosse muito fácil, já que era o início do século e ela era uma mulher branca na companhia de um homem negro. – Exalou profundamente, emitindo uma risada sem humor. – A cor da pele pode ser algo secundário no meu mundo, entre os membros da Raça, mas não era o caso para a humanidade naquela época.

– Com muita frequência, ainda é assim hoje em dia – disse Jenna, prendendo mais os dedos nos dele e só vendo beleza no contraste entre as peles. – Houve confusão naquela noite no clube?

Ele assentiu de leve.

– Alguns olhares e sussurros. Uns homens brancos tomaram uns drinques a mais. Chegaram perto de Corinne e disseram alguns desaforos. Eu lhes disse para onde poderiam ir. Não me lembro quem desferiu o primeiro soco, mas a situação piorou depois disso.

– Os homens sabiam o que você era? Que você era da Raça?

– Não a princípio. Eu sabia que a minha raiva poderia me delatar, e sabia que tinha que sair de lá antes que o lugar todo visse as minhas transformações. Os homens me seguiram para o lado de fora. Corinne também teria saído, mas eu lhe disse para ficar dentro, que encontrasse um lugar para me esperar enquanto eu cuidava do assunto. – Inspirou fundo. – Não demorei nem dez minutos. Quando voltei ao clube, não havia nenhum sinal dela em parte alguma. Virei o lugar pelo avesso à procura dela. Procurei em cada canto da cidade e nas áreas dos Refúgios Secretos até o alvorecer. Continuei procurando todas as noites depois disso, até fora do Estado. Mas... Nada. Ela desapareceu em pleno ar.

Jenna ouvia a frustração em sua voz – o arrependimento – mesmo depois de todos aqueles anos. Ergueu a mão e tocou-o no rosto, sem saber o que fazer por ele.

– Eu queria ter o seu dom. Queria poder arrancar a sua dor.

Ele balançou a cabeça, depois levou a palma da mão dela à boca, depositando um beijo bem no centro.

– O que sinto é raiva... de mim mesmo. Eu jamais deveria ter permitido que ela saísse das minhas vistas, nem por um segundo. Quando a notícia de que o corpo de uma jovem brutalizada e carbonizada foi encontrado em uma cidade à beira de um rio não muito longe dos clubes, fiquei enjoado de tanto pavor. Não quis acreditar que fosse ela. Nem mesmo quando vi o cadáver com meus próprios olhos... ou o que restou dele, depois do que alguém lhe fez antes dos três meses em que ficou debaixo d'água.

Jenna se retraiu, sabendo muito bem como a morte podia ser horrenda, especialmente para aqueles que gostavam das vítimas. E mais especificamente para um homem que se considerava responsável pelo crime que não havia como ele ter previsto, quanto mais evitado.

– Ela estava irreconhecível, a não ser pelos restos de roupa e pelo colar que ainda usava quando foi retirada do rio. Queimá-la e cortar-lhe as mãos não foi suficiente para quem a matou. Ela também foi amarrada a um peso, a fim de garantir que demorassem para encontrá-la após o seu desaparecimento.

– Meu Deus – sussurrou Jenna. – Esse tipo de brutalidade e de premeditação não acontece por acaso. Quem quer que tenha feito isso fez por algum motivo.

Brock deu de ombros.

– Que motivo poderia haver para matar uma jovem indefesa? Ela não passava de uma criança. Uma linda e temerária criança que vivia a vida a cada momento. Havia algo de viciante em sua energia e personalidade. Corinne pouco se importava com que os outros diziam ou pensavam, ela apenas saboreava a vida sem pedir licença. Aproveitava cada dia como se não houvesse amanhã. Jesus, ah, se ela soubesse...

Jenna viu a profundidade de seu arrependimento na expressão calculada.

– Quando percebeu que a amava?

O olhar dele estava distante ali no banco de trás do carro.

– Não lembro como aconteceu. Esforcei-me para manter meus sentimentos em segredo. Não fiz nada, nem quando ela flertava e brincava comigo. Não seria certo. Para começar porque Corinne era jovem demais, e também porque seu pai confiava em mim para protegê-la.

Jenna sorriu ao se inclinar para afagar-lhe o maxilar rijo.

– Você é um homem de honra, Brock. Foi antes e ainda é.

Ele balançou a cabeça de leve, refletindo um instante.

– Fracassei. O que aconteceu com Corinne, meu Deus, o que os assassinos fizeram com seu corpo, foi além da minha compreensão. Jamais deveria ter acontecido. Eu deveria tê-la mantido a salvo. Demorou muito tempo para eu aceitar o fato de que ela se fora, que aqueles restos enegrecidos e profanados um dia haviam sido a mulher jovem e vibrante que eu conheci desde criança. Quis negar que ela estivesse morta. Inferno, neguei isso para mim mesmo por muito tempo, chegando a procurá-la país afora, convencido de que ela ainda estava por aí, de que eu poderia salvá-la. Nunca a trouxe de volta.

Jenna o observou, vendo o tormento que ainda residia dentro dele.

– Ainda deseja poder trazê-la de volta?

– Fui contratado para protegê-la. Esse era o meu trabalho, a promessa que eu fazia toda vez que ela saía do Refúgio Secreto do pai. Eu teria trocado a minha vida pela de Corinne sem hesitação.

– E agora? – Jenna perguntou baixinho, meio que temendo ouvir que ele ainda amava o lindo fantasma do seu passado.

Mas quando o olhar de Brock se ergueu, seus olhos fixos e sérios estavam completamente concentrados nela. Seu toque foi quente e se demorou em seu rosto, a boca muito próxima da dela.

– Não prefere saber como me sinto a seu respeito? – Resvalou o polegar em seus lábios num contato muito tênue que mesmo assim a acendeu por dentro. – Não consegui parar de pensar em você e, acredite, eu tentei. Envolver-me nunca fez parte dos meus planos.

– Eu sei – disse ela. – Alérgico a relacionamentos. Eu me lembro.

– Tomei cuidado por muito tempo, Jenna. – A voz dele soou grossa, com uma vibração que ecoou em seus ossos. – Eu me esforcei muito para não cometer erros. Ainda mais os que não podem ser consertados.

Ela engoliu em seco, subitamente ciente de que sua voz se tornara muito séria.

– Você não me deve nada, se é o que está pensando.

– É nisso que você está errada – disse ele. – Eu lhe devo uma coisa, um pedido de desculpas pelo que aconteceu entre nós na outra noite.

Ela balançou a cabeça em negação.

– Brock, não...

Ele segurou seu queixo e prendeu sua atenção com o olhar.

– Eu quero você, Jenna. A maneira como a levei para a cama provavelmente não foi justa. Por certo não foi honrada, usando meu dom para aplacar sua dor, quando também pode ter tirado um pouco do seu livre-arbítrio.

– Não. – Ela o tocou no rosto, lembrando-se muito bem como foi beijá-lo, tocá-lo, deitar-se nua com ele na cama. Ela esteve mais do que disposta a conhecer aquele tipo de prazer com ele, naquele dia e agora. – Não foi nada disso, Brock. E você não tem que se explicar...

– Mais do que tudo – disse ele, falando por cima das negações dela –, eu lhe devo um pedido de desculpas por ter sugerido que, com você, o sexo seria meramente físico, sem envolvimento nem expectativas além daquele momento. Eu estava errado. Você merece mais do que isso, Jenna. Você merece muito mais do que posso lhe oferecer.

– Eu não pedi nada mais. – Ela acariciou a linha do maxilar, depois deixou os dedos escorregarem pela coluna do pescoço dele. – E o desejo foi mútuo, Brock. Eu fui dona da minha vontade. E ainda sou. E faria tudo de novo com você.

O rosnado de resposta dele foi puramente másculo ao puxá-la para um beijo ardente. Segurou-a firme, o coração batendo forte, o calor do corpo entrando na pele dela tal qual um bálsamo. Quando se afastou, a respiração saía entrecortada entre os dentes e as pontas brilhantes das presas.

– Cristo, Jenna... o que mais quero fazer agora é pegar este carro e sair daqui, ir para qualquer lugar com você. Só nós dois. Só por um tempo, longe de todo o resto.

A ideia era mais do que tentadora, e ainda mais irresistível quando ele se inclinou e a capturou num beijo de derreter os ossos. Ela o envolveu com os braços, encontrando a língua dele com a sua, perdendo-se no encontro erótico das suas bocas. Brock emitiu um barulho baixo na base da garganta, um rosnado retumbante que reverberou nela quando ele a segurou com força, aprofundando ainda mais o beijo.

Jenna sentiu o resvalar afiado das presas em sua língua, a firmeza da ereção ao encontro do seu quadril quando ele a girou ao longo do banco e a cobriu com seu corpo.

– Gideon está nos esperando no laboratório de tecnologia – ela conseguiu sussurrar, quando afastou a boca para começar uma trilha de beijos pela pele sensível abaixo da orelha. Haviam telefonado da estrada uma hora antes de chegarem, alertando Lucan e Gideon da situação com que se depararam em Nova York e avisando que estavam a caminho do complexo. – Eles esperam que a gente se reporte assim que chegarmos.

– A-hã – grunhiu ele, sem parar de beijá-la.

Desceu o zíper do casaco dela e escorregou uma mão por baixo da camisa. Acariciou-lhe os seios por cima do tecido fino do sutiã, incitando os mamilos a ficarem rijos. Contorceu-se quando ele se moveu sobre ela, cravando a pélvis em movimentos lentos que fizeram seu corpo chorar com o desejo de sentir a pele nua dele contra a sua. Enterrada dentro dela.

– Brock... – arfou, faltando pouco para se perder na paixão que ele incitava. – Gideon sabe que estamos aqui. Deve haver alguma câmera de segurança apontada para nós neste exato instante.

– Janelas com película escura – explicou, rouco, olhando para ela com um sorriso sensual que revelava as pontas das presas e fazia seu estômago farfalhar. – Ninguém vai conseguir ver nada. Agora pare de pensar em Gideon e me beije.

Ele não precisava ter lhe dito para parar de pensar. As mãos e os lábios apagaram quaisquer pensamentos, exceto o desejo que sentia por ele. Brock a beijava com exigência, empurrando a língua na boca dela como se fosse devorá-la. Sua paixão era intoxicante e ela a sorveu, agarrando-se a ele, amaldiçoando internamente a inconveniência das roupas e o espaço diminuto do Rover.

Ela o desejava com ainda mais intensidade do que da primeira vez, seu desejo incendiado pela delicadeza do pedido de desculpas desnecessário e pela adrenalina que ainda corria em suas veias por tudo o que passaram naquele dia juntos. Murmurando seu nome em meio a arquejos entrecortados de prazer enquanto a boca dele trafegava ao longo do seu pescoço e as mãos acariciavam os montes doloridos dos seios, Jenna soube que, se ficassem mais um minuto dentro daquele carro, acabariam nus ali no banco de trás. Não que ela fosse reclamar. Mal tinha ar suficiente para fazer mais do que simplesmente gemer de prazer quando ele colocou a mão entre as suas pernas e a esfregou num ritmo habilidoso.

– Céus – sussurrou. – Por favor, não pare.

Mas ele parou, nem um segundo depois. Ficou absolutamente imóvel acima dela, a cabeça se erguendo. Foi então que ela também ouviu.

O ronco de um carro se aproximando em alta velocidade pelo lado de fora da garagem. O portão se abriu e um dos SUVs pretos da Ordem entrou com tudo. Rangeu os pneus ao frear a poucos passos deles, e um dos guerreiros saltou pela porta do motorista.

– É o Chase – murmurou Brock, com expressão preocupada ao observar pela janela de trás. – Droga. Alguma coisa está errada. Fique aqui, se não quer que ele saiba que estávamos juntos.

– Esquece. Vou com você – disse ela, arrumando-se para segui-lo para fora do Rover e se encontrar com o outro macho da Raça. Sterling Chase estava seguindo para o elevador do complexo a passos apressados. Relanceou para Brock e Jenna quando se aproximaram. Se imaginava o que interrompera, seus olhos azuis nada revelaram.

– O que está acontecendo? – perguntou Brock, num tom absolutamente profissional.

Chase se mostrou igualmente sério, sem desacelerar para falar.

– Não ouviu ainda?

Brock deu um meneio curto com a cabeça.

– Acabamos de chegar.

– Recebi um telefonema de Mathias Rowan há poucos minutos – disse Chase. – Aconteceu um sequestro num dos Refúgios Secretos da região de Boston hoje à noite.

– Ai, meu Deus – sussurrou Jenna, assolada. – Não me diga que foi outra Companheira de Raça.

Chase balançou a cabeça.

– Um macho jovem, de quatorze anos. Acontece que ele também é neto de um ancião da Primeira Geração chamado Lazaro Archer.

– Primeira Geração... – murmurou Brock, os instintos já alarmados. – Não pode ser coincidência.

– Não mesmo – concordou Chase. – A Agência de Policiamento está interrogando testemunhas, tentando obter alguma pista que possa levar até onde o garoto foi levado e por quê. Nesse meio-tempo, Lazaro Archer e o filho, Christophe, o pai do garoto, estão soltando boatos de que querem se encontrar com o sequestrador pessoalmente, quem quer que ele seja, para negociar a libertação dele.

– Merda. Péssima ideia – disse Brock, lançando um olhar tenso para Jenna enquanto seguiam Chase pela garagem. – Só consigo pensar em uma única pessoa que tenha um motivo para sequestrar um membro da família de um Primeira Geração. Isso é uma armadilha, Harvard. Sinto cheiro de Dragos nisso tudo.

– Eu também. Assim como Lucan. – Chase parou diante do elevador do hangar e pressionou o botão. – Ele marcou uma reunião com o Primeira Geração e o filho dele aqui no complexo. Tegan vai apanhá-los dentro de uma hora.

Capítulo 22

Lucan e Gideon os aguardavam assim que Brock saiu do elevador com Jenna e Chase.

– Que dia, hein? – resmungou Lucan, fitando-os de relance. – Vocês dois estão bem?

Brock desviou o olhar para Jenna, que permanecia calma e composta ao seu lado. Estava um pouco ralada e arranhada, mas, ainda bem, inteira.

– Poderia ter sido pior.

Lucan passou a mão pelos cabelos escuros.

– Dragos está ficando cada vez mais ousado. Servos Humanos na droga do FBI, pelo amor de Deus...

– O quê? – Chase crispou a testa, lançando um olhar incrédulo para Brock e Jenna. – Quer dizer que a reunião com o federal de hoje...

– Ele pertencia a Dragos – Brock completou. – Ele e outro dos escravos da mente de Dragos a pegaram dentro do prédio e fugiram com ela. Persegui o veículo, mas só consegui alcançá-los quando bateram o carro debaixo da ponte do Brooklin.

Chase exalou uma imprecação baixa.

– Vocês dois têm sorte de estarem vivos.

– Pois é – concordou Brock. – Graças a Jenna. Ela acabou com os dois Servos, depois ainda salvou minha pele de ser torrada.

– Sério? – Um pouco da irritação do olhar de Chase sumiu quando ele a fitou. – Nada mal para uma humana. Estou impressionado.

Ela dispensou o elogio com um dar de ombros.

– Eu deveria ter sabido que havia alguma coisa de errado com o agente quando o conheci. Na verdade, eu sabia. Tive uma... sensação ruim, acho que posso chamar assim. Mas não sabia bem o que era... Porém, durante toda a reunião, fiquei pensando que havia algo de estranho com ele.

– Como assim? – perguntou Gideon.

Pensativa, ela franziu o cenho.

– Não sei direito. Acho que foi uma coisa instintiva. Os olhos dele me deixavam incomodada, e fiquei com a sensação de que ele não era... normal.

– Você sabia que ele não era humano – sugeriu Brock, tão surpreso quanto o restante dos guerreiros ao ouvi-la. – Você pressentiu que ele era um Servo Humano?

– Acho que sim. – Assentiu. – Mas eu não sabia como chamá-lo na hora. Eu só sabia que ele deixava minha pele arrepiada.

Brock não deixou passar o olhar silencioso trocado entre Gideon e Lucan.

Nem Jenna.

– O que foi? Por que ficaram tão calados de repente?

– Seres humanos não têm a habilidade de detectar Servos Humanos – respondeu Brock. – Os sentidos dos *Homo sapiens* não são aguçados o bastante para perceber as diferenças entre um mortal e alguém que pertença a um mestre da Raça.

Ela arqueou as sobrancelhas.

– Acham que isso tem a ver com o implante, não? O presente alienígena que continua surpreendendo... – Ela bufou numa risada irônica. – Devo ter ficado louca mesmo para achar que isso era esperado, não acham?

Brock mal resistiu ao impulso de passar o braço ao redor dela. Em vez disso, olhou para Gideon com gravidade.

– Encontrou algo mais nos resultados dos exames de sangue?

– Nada significativo além das anomalias já descobertas. Mas eu gostaria de fazer mais exames, além de um teste de esforço para mensurar força e resistência.

Jenna assentiu em concordância.

– Quando você quiser, estou de acordo. Já que parece que não vou conseguir me livrar dessa coisa, acho que é melhor começar a tentar entendê-la.

– Os testes terão que esperar um pouco – interveio Lucan. – Quero todos reunidos no laboratório de tecnologia em dez minutos. Muita coisa ruim aconteceu hoje, e preciso garantir que estejamos prontos antes que os convidados do Refúgio Secreto cheguem.

O líder da Ordem lançou um olhar de aprovação para Jenna e Brock.

– Fico feliz que tenham voltado inteiros. Os dois.

Jenna agradeceu, mas sua expressão estava marcada pelo desapontamento.

– Infelizmente, uma vez que a reunião foi uma armação, não conseguimos nenhuma informação sobre a TerraGlobal.

Lucan grunhiu.

– Talvez não, mas descobrir que Dragos tem Servos Humanos infiltrados no governo humano pode se mostrar muito mais valioso para nós a longo prazo. Não é uma boa notícia, claro, mas é algo que precisávamos saber.

– Ele está subindo as apostas – acrescentou Gideon. – Com essa descoberta e o sequestro do neto de Lazaro Archer, ficou bem claro que Dragos não pretende desistir.

– E ele é capaz de tudo – enfatizou Brock, sério ante as possibilidades. – Isso o torna mais perigoso do que nunca. É melhor nos prepararmos para o pior no que se refere a esse bastardo.

Lucan assentiu, o olhar grave, pensativo.

– Por enquanto, vamos enfrentar uma crise de cada vez. Chase, venha comigo. Quero que acompanhe Tegan quando ele subir para ir buscar os Archer. Todos os outros, laboratório em dez minutos.

Acreditava-se que Lazaro Archer tivesse aproximadamente mil anos de idade, mas, como qualquer outro membro da Raça, a aparência exterior do Primeira Geração de cabelos negros se parecia mais com a de alguém de trinta. As linhas de expressão ao redor da boca sisuda e as sombras debaixo dos olhos azuis, ainda que pronunciadas, eram apenas evidências da angústia pelo sequestro do neto.

Os olhos astutos, porém cansados, perscrutaram os rostos dos que se reuniam no laboratório de tecnologia – os guerreiros e as suas companheiras, bem como Jenna ao lado de Brock –, todos observando e aguardando enquanto Lucan e Gabrielle acompanhavam o ancião da Raça e seu filho de expressão austera, Christophe, para a sala.

Apresentações rápidas e educadas circularam pela ampla mesa de reuniões, mas todos sabiam que aquela não era uma visita social. Brock não conseguia se lembrar da última vez em que um civil da Raça entrara no complexo. Poucos da nação vampírica sabiam a localização do quartel-general da Ordem, muito menos tinham permissão para entrar.

Nenhum dos dois Archer pareceu à vontade em estar ali, o pai do garoto sequestrado em especial. Brock não deixou escapar o ligeiro elevar do queixo altivo do mais jovem, enquanto ele passava o olhar pelo laboratório e por cada um dos guerreiros sentados à mesa, em sua maioria ainda trajando as roupas da patrulha noturna e portando as armas. Christophe Archer parecia hesitante, senão relutante, em se acomodar na cadeira vazia em meio aos bárbaros da Ordem.

Mas, em tempos de desespero, pensou Brock com gravidade, inclinando a cabeça para cumprimentar o macho civil de segunda geração que, em seu longo casaco de caxemira e calça e camisa impecavelmente feitos à mão, se sentava ao seu lado.

Lucan limpou a garganta, a voz grave assumindo o controle da sala de imediato ao fitar os recém-chegados.

– Antes de mais nada, quero lhes garantir que todos nesta sala partilham da sua preocupação quanto à segurança de Kellan. Como lhe disse quando nos falamos antes, Lazaro, vocês têm o comprometimento total da Ordem para que o garoto seja encontrado e trazido para casa.

– Isso tudo parece muito bom – Christophe Archer disse ao lado de Brock, com uma pontada de tensão na voz. – A Agência de Policiamento também prometeu a mesma coisa, e, por mais que eu queira acreditar, a verdade é que sequer sabemos por onde começar a procurar pelo meu filho. Alguém pode me dizer quem faria uma coisa dessas? Que tipo de criminosos impiedosos invadiria nossa casa enquanto estamos fora e levaria meu filho?

Depois de conversar novamente com Mathias Rowan da Agência, Chase relatara detalhadamente o sequestro antes de os Archer chegarem. Três machos da Raça enormes e muito bem armados aparentemente invadiram a propriedade do Refúgio Secreto onde moravam as famílias de Lazaro e de Christophe Archer. O pai e o filho tinham ido a um evento de caridade de levantamento de fundos com as companheiras naquela noite, deixando o adolescente Kellan em casa sozinho.

Pelo que parecia, o sequestro fora tanto furtivo quanto preciso, tudo planejado com um alvo específico. No período que só deve ter durado poucos minutos, os invasores entraram no Refúgio por uma janela dos fundos, mataram dois dos seguranças de Christophe e apanharam o jovem de seu quarto no andar superior, escapando com ele.

A única testemunha do sequestro foi um primo, muitos anos mais novo do que Kellan, que se escondera no armário quando a invasão aconteceu. Compreensivelmente assustado e amedrontado, ele não conseguiu descrever os sequestradores a não ser para dizer que estavam vestidos de preto dos pés à cabeça, com máscaras que escondiam tudo a não ser os olhos. O menino também havia percebido que os três machos traziam coleiras grossas pretas e estranhas nos pescoços.

Enquanto a Agência não compreendera as ramificações desse detalhe crucial, todos os membros da Ordem entenderam. Haviam suspeitado que Dragos estivesse por trás daquilo, mas, ao saberem que o trio era formado pelos assassinos criados por ele – membros da Primeira Geração treinados para servi-lo, tendo sua lealdade garantida pelas coleiras de raios UV letais que eram forçados a usar –, tiveram suas suspeitas confirmadas.

– Eu não consigo entender esse tipo de loucura – disse Christophe, apoiando os cotovelos na mesa, as feições tensas, olhos suplicantes. – Por quê? Por certo, nossa Raça não é tão cruel quanto a dos humanos, que brigam e conspiram por causa de dinheiro, portanto, o que eles têm a ganhar com o sequestro do meu único filho?

– Nada disso – respondeu Lucan, a palavra tão séria quanto a sua expressão. – Não acredito que isso esteja relacionado a um possível ganho financeiro.

– Então o que podem querer com Kellan? O que podem ganhar ao sequestrá-lo?

Lucan relanceou para Lazaro Archer.

– Poder de barganha. O indivíduo que comandou esse sequestro sem dúvida pedirá um resgate.

– Pedindo o que em troca?

– A mim – disse Lazaro baixinho. Quando o olhar do filho passou para ele questionador, o Primeira Geração fitou-o com remorso evidente. – Christophe não sabe da conversa que tivemos há quase um ano, Lucan. Nunca lhe contei sobre o alerta que me deu e aos poucos Primeira Geração remanescentes de que alguém está querendo nos matar. Ele não sabe dos outros homicídios dos membros da nossa geração.

O rosto de Christophe Archer empalideceu um pouco.

– Pai, sobre o que está falando? Quem quer feri-lo?

– O nome dele é Dragos – explicou Lucan. – A Ordem vem promovendo uma guerra particular contra ele já há algum tempo. Mas não antes de ele ter tido muitas décadas, séculos, na verdade, para construir um império secreto. Ele já matou diversos Primeira Geração apenas no ano passado, e isso, infelizmente, só revela a superfície da sua loucura. Ele só conhece poder e a necessidade de conquistá-lo. Não se deterá diante de nada para conquistar o que quer; nenhuma vida é sagrada.

– Jesus Cristo, está me dizendo que esse doente maldito está com Kellan?

Lucan assentiu.

– Sinto muito.

Christophe se pôs de pé e começou a andar de um lado para o outro atrás da mesa.

– Temos que pegá-lo de volta. Maldição, temos que trazer meu filho para casa, não importa o que for preciso.

– Todos concordamos com isso – disse Lucan, falando em nome de todos os reunidos em silêncio solene no laboratório. – Mas você tem que entender que não importa como isso vá se desenrolar, há riscos envolvidos.

– Ao inferno com os riscos! – exclamou Christophe. – Estamos falando do meu filho, meu único filho. Meu menino amado e inocente. Não me fale dos riscos, Lucan. Darei a minha vida em troca da do meu filho sem pestanejar.

– Eu também – Lazaro acrescentou com severidade. – Qualquer coisa pela minha família.

Brock observou as palavras emotivas, sabendo o que era se sentir impotente diante de uma perda daquela monta. Contudo, por mais tocado que estivesse com o sofrimento dos Archer, estava chocado com a expressão de Jenna ao seu lado.

Apesar de manter o maxilar firme, tensão marcava a sua boca. Os lábios tremulavam de leve, e os olhos castanhos estavam úmidos pelas lágrimas represadas. Se em sinal de empatia pelo que os dois machos estavam passando ou pela lembrança da própria angústia por ter um ente querido arrancado do seu convívio tão abruptamente, ele não tinha certeza. Mas a ternura que enxergou nela o tocou imensamente.

Por debaixo da mesa, a mão dela procurou a sua. Ele a segurou com firmeza e ela o fitou, com um sorriso frágil enquanto os dedos se entrelaçavam num silêncio confiante. Algo muito profundo se passou naquele momento – a compreensão da ligação crescente entre eles.

Ele sabia que ela era forte. Sabia que era uma mulher corajosa e resistente que recebera mais do que a sua porção de golpes na vida e ainda conseguia ficar de pé. Mas vê-la assim num momento de vulnerabilidade fez seu coração se partir um tanto.

Ele adorava o fato de ela não ser uma florzinha delicada que murchava sob um mínimo de calor. Mas também adorou essa suavidade.

Deus, havia tanto para amar nela.

Se não pelo pequeno detalhe de ela não ter nascido Companheira de Raça, Jenna Darrow era o tipo de mulher que ele enxergava ao seu lado, uma verdadeira companheira, na vida e em todas as coisas. Mas ela era mortal, e se apaixonar por ela inevitavelmente significaria perdê-la. O que acontecera em Nova York naquele mesmo dia, vê-la nas mãos dos Servos de Dragos, apenas servira para ilustrar claramente esse detalhe.

A morte de Corinne fora um golpe para o qual ele não estivera preparado, mas ele conseguira sobreviver. Perder Jenna, quer para a idade que no fim a alcançaria ou por qualquer outro motivo, de alguma forma era impossível de imaginar.

Enquanto segurava sua mão, ele sabia que não podia mais fingir que ela era apenas mais uma missão, ou que protegê-la era apenas seu dever na Ordem. Apaixonara-se rápido demais para negar o quanto ela significava para ele.

Ainda pensava nessa perturbadora revelação quando Lucan se levantou e andou até se aproximar de Christophe Archer. Pousando uma mão no ombro do macho, as sobrancelhas unidas formaram um ar solene.

– Não descansaremos até encontrarmos seu filho e trazê-lo de volta. Você tem a minha palavra, e a palavra dos meus irmãos reunidos nesta sala.

Ante seu juramento, Brock e os outros guerreiros também se levantaram ao redor da mesa em sinal de solidariedade. Mesmo Hunter, o Primeira Geração que conhecia por experiência própria o quanto Dragos e seus assassinos eram impiedosos, levantou-se em sinal de apoio à missão.

Christophe voltou o olhar para o líder da Ordem.

– Obrigado. Não posso pedir outra coisa a não ser isso.

– E não há nada que eu não dê – disse Lazaro, aproximando-se do filho e de Lucan na extremidade da sala. – A Ordem tem a minha fidelidade e a minha mais absoluta confiança. Não posso me perdoar por ignorar seu aviso do ano passado, Lucan. Veja o que isso está me custando agora. – Balançou a cabeça, tomado pela tristeza. – Talvez eu já tenha vivido tempo demais, se um mal como Dragos existe entre nós. É isso o que se tornou a nossa Raça? Fazemos guerra uns contra os outros, deixando que a ganância e o poder nos corrompam, assim como os seres humanos. Talvez não sejamos tão diferentes deles, no fim. Aliás, somos muito diferentes dos alienígenas selvagens que nos criaram?

Os olhos cinza-chumbo de Lucan nunca pareceram mais determinados.

– Estou contando com isso.

Lazaro Archer assentiu.

– E eu estou contando com você – disse ele, passando o olhar por todos os guerreiros e as fêmeas de pé. – Estou contando com todos vocês.

Capítulo 23

A Ordem continuou a reunião por mais algumas horas depois que Lazaro e Christophe Archer saíram. Um pouco antes, Jenna e o restante das mulheres saíram para jantar em algum lugar no complexo, deixando os guerreiros discutindo as limitadas opções táticas em relação à procura e resgate do garoto sequestrado.

Embora Brock tenha ouvido e dado muitas sugestões quando as tinha, sua cabeça e seu coração estavam distraídos. Boa parte da sua concentração abandonou a sala quando Jenna saiu e, desde então, vinha contando os minutos até que pudesse estar com ela novamente. Assim que a reunião se encerrou, seguiu para o corredor para procurá-la.

Alex estava saindo dos seus antigos aposentos, fechando a porta atrás de si, quando ele se aproximou. Ela sorriu quando o viu.

– Como ela está? – perguntou.

– Muito melhor do que eu estaria depois do que ela passou hoje. Está exausta, mas sabe como ela é, jamais admitiria isso.

– É – disse ele, retribuindo o sorriso de Alex. – Sei como é.

– Mas acho que ela está mais preocupada com você. Ela me contou o que você fez, Brock. Como a seguiu, dirigindo em plena luz do dia.

Ele deu de ombros, pouco à vontade com o elogio.

– Eu estava bem equipado. As minhas queimaduras foram mínimas. Já tinham sarado quando chegamos ao complexo.

– Isso não importa. – A boca de Alex se curvou com cordialidade. Então, sem sobreaviso, ela ficou nas pontas dos pés e depositou um beijo no rosto dele. – Obrigada por salvar a minha amiga.

Quando ele continuou parado, sem saber como reagir, ela revirou os olhos.

– O que está esperando? Entre e veja por si só.

Ele esperou até que a companheira de Kade se afastasse antes de bater à porta. Demorou um pouco até que Jenna atendesse. Estava descalça, vestindo seu roupão branco, e imaginava que não houvesse nada por baixo dele.

– Oi – ela lhe lançou um sorriso de boas-vindas que fez seu sangue ferver nas veias. – Eu estava para entrar no banho.

Puxa, ele não precisava dessa tentadora imagem mental para deixá-lo ainda mais excitado.

– Quis ver como você estava – murmurou, a voz saindo rouca quando ele se lembrou das curvas femininas e das pernas longas e sensuais escondidas debaixo do roupão largo. Amarrado apenas por um cinto frouxo na cintura fina. Pigarreou. – Mas se estiver cansada...

– Não estou. – Ela virou, deixando a porta aberta num convite.

Brock entrou e fechou a porta atrás de si.

Ele não fora até ali com ideias de sedução, mas tinha que admitir que essa era, de fato, uma ideia brilhante agora que estava perto o bastante para tocá-la. Perto o bastante para perceber que ela se sentia do mesmo modo.

Antes de pensar duas vezes, alcançou a mão dela e a trouxe para junto de si. Ela não se opôs. Os olhos castanhos estavam arregalados e bem receptivos quando ele amparou a cabeça entre as mãos e a puxou para perto. Capturou-lhe a boca num beijo profundo e ardente. Ela sugou o lábio inferior entre os dentes, e todas as suas boas intenções viraram cinzas.

– Deus, Jenna – disse ele ao encontro da sua boca. – Não consigo ficar longe de você.

A resposta dela foi um gemido estrangulado, o ronronar feminino vibrando pelo corpo dele, indo direto para seu sexo, que estava tão duro quanto o aço. A pele estava tensa e superaquecida, cada terminação nervosa latejando em compasso com sua pulsação.

Ele tirou o roupão do corpo lascivo de Jenna, revelando-a para o seu olhar sedento, centímetro a centímetro, curva a curva. Passou as mãos pela pele aveludada, deleitando-se com a suavidade sob seus dedos. Os seios preencheram-lhe as palmas, os montes brancos cobertos pelos picos rosados que exigiam que ele os saboreasse... Ele afundou a cabeça e a acariciou com a língua, sugando os botões rijos e grunhindo de prazer enquanto ela gemia e suspirava.

O doce perfume da sua excitação o atingiu, fazendo as suas presas já protuberantes descerem ainda mais das gengivas, numa reação primitiva e urgente. Ele desceu a mão até a fenda úmida do corpo dela.

– Tão macia – murmurou, incitando as pétalas do seu corpo, e se deleitando com o modo como ela florescia ainda mais sob seu toque. – Tão úmida, tão quente. Você é sensual demais, Jenna.

– Ah, Deus – arfou ela, os dedos se enterrando nos ombros quando ele a penetrou primeiro com um dedo, depois com o outro. – Mais – sussurrou. – Não pare.

Com um rosnado, ele mexeu a palma ao encontro dela, tomando-lhe a boca num beijo possessivo, língua e dedos mergulhando, dando e recebendo até ele sentir os primeiros tremores do gozo dela. Jenna emitiu um suspiro trêmulo e agudo, mas ele não a soltou até ela se deixar cair sobre ele, dizendo seu nome na explosão do clímax.

Ela ainda resfolegava, ainda o segurava pelos ombros enquanto ele acariciava seu sexo com lentidão, e se inclinou para beijar os mamilos rijos.

– Você está vestindo roupas demais – murmurou, os olhos sensuais dilatados e exigentes, ainda que não mais do que as mãos que agora desciam pelos braços, indo na direção do volume logo abaixo do cós da calça do uniforme. Ela o massageou por cima do tecido, seu toque nem um pouco tímido deixando o sexo dele ainda mais tenso, querendo ser libertado. – Tire isso, agora.

– Mandona como sempre – disse ele, sorrindo ao se apressar para obedecer suas ordens lascivas.

Ela riu, passando as mãos pelo corpo que ele desnudava. Quando ficou nu, passou os braços ao redor dela, atraindo-a até que as curvas se moldassem aos seus músculos. Ela não era uma coisinha frágil, e ele adorava isso. Amava sua força. Percebeu, parado pele contra pele, olhos nos olhos, que havia muitas coisas que amava naquela mulher.

Ah, sim... Ele estava em apuros.

– Você mencionou um banho... – murmurou ele, tentando fingir que não estava se apaixonando naquele segundo. Tentando se convencer de que não havia se apaixonado antes do que isso, no instante em que a vira, aterrorizada, mas ainda inteira, naquele chalé escuro do Alasca.

Ela lhe sorriu, sem saber das revelações que o acometiam.

– Cheguei mesmo a falar numa chuveirada. Mas o banheiro está lá longe, e nós estamos aqui.

– Fácil cuidar disso. – Ele a suspendeu nos braços e usou a velocidade sobre-humana com que nascera para carregá-la ao banheiro anexo antes que ela sequer conseguisse exclamar, pedindo que a colocasse no chão.

– Ah, meu Deus! – exclamou ela, rindo enquanto ele a colocava de pé sobre o piso de mármore. – Que truque legal.

– Gata, fique por perto, há muitos outros de onde veio esse.

Ela arqueou uma sobrancelha.

– Isso é um convite?

– Quer que seja?

Em vez de responder com uma brincadeira, ela ficou quieta. Desviou o olhar por um segundo. Quando voltou a fitá-lo, seu rosto estava muito sério.

– Não sei o que quero... Além de mais disto com você. Mais de você.

Brock ergueu o lindo rosto dela com a ponta dos dedos.

– Pegue tudo que quiser.

Ela o enlaçou pelo pescoço e o beijou como se nunca quisesse soltá-lo. Ele a abraçou, as bocas unidas e ávidas, enquanto os guiava para o box e abria as torneiras. Água quente os açoitou enquanto eles se beijavam e se acariciavam.

Jenna comandou o ritmo, e ele se submeteu com alegria, recostando-se nos azulejos de mármore do chuveiro quando ela se afastou da boca e se ajoelhou lentamente diante dele. Ela passou a boca pelo peito e abdômen, a língua seguindo os contornos dos *glifos* enquanto as mãos molhadas subiam e desciam pelo seu membro. Ela o sugou, deixando-o sem consciência após apenas alguns momentos de doce tortura.

– Ah, Cristo – sibilou ele, já muito perto do limite. – Suba para cá.

Ele a puxou em direção ao seu corpo, beijando-a com avidez, enfiando a língua na cavidade úmida da boca da mesma maneira como estava louco para estar dentro dela. Abaixou a mão e a alargou por trás, afastando os montes firmes das nádegas lindas. Trouxe-a para perto, fazendo com que a mão tocasse no seu centro quente e úmido.

– Preciso te penetrar – grunhiu, o desejo tão forte que ele se sentiu prestes a explodir.

Enterrando os pés no chão, a coluna pressionada na parede, ele a ergueu. Devagar, sibilando de prazer sublime, ele a guiou pela extensão do seu sexo.

Ela gemeu, enterrando o rosto no ombro dele, enquanto ele a balançava num ritmo lento, deliciando-se com cada suspiro e arquejo que emitia. Ela gozou num grito trêmulo, sua cavidade ordenhando-o com pequenas pulsações que lhe percorriam o membro.

A necessidade de gozar rugia dentro dele. Virou-a e afastou-lhe as pernas. Ela se inclinou para a frente, as palmas ao encontro da parede de mármore, a água escorrendo pelo vale da sua coluna e pela fenda das lindas nádegas. Voltou a penetrá-la, passando o braço ao redor da cintura enquanto isso, perdido demais no momento para ir devagar.

Ele nunca vivenciara um sexo tão intenso. Jamais conhecera o desejo profundo que sentia por aquela mulher. A necessidade de possuí-la o açoitou, assim como acontecera na primeira vez em que fizeram amor. O desejo ardente de clamá-la, de marcá-la como sua apenas e de afastá-la de qualquer outro macho para sempre foi algo que ele nunca esperou sentir.

Mas que estava vivo dentro dele agora. Enquanto a estocava em seu doce calor, suas gengivas latejavam com a necessidade de saboreá-la. De uni-la a ele, a despeito da impossibilidade de um dia tomar aquela fêmea, aquela mulher mortal, como uma Companheira de Sangue.

Rosnou com a força desse desejo, sem conseguir se conter e pressionando a boca na curva entre o pescoço e o ombro enquanto a penetrava cada vez mais fundo. Nesse tempo todo, as pontas das presas apoiadas na pele macia. Provocando... testando.

– Morda – ela sussurrou. – Ah, Deus, Brock... Quero sentir. Quero sentir você por inteiro.

Ele grunhiu baixo na garganta, deixando as pontas afundarem um pouco mais, quase rompendo a superfície.

– Não vai significar nada – ele disse, sem saber se era o desejo ou o arrependimento que o deixava tão rouco. O orgasmo estava próximo, à beira da explosão. – Eu só... cacete... preciso te saborear, Jenna.

Ela levou a mão para trás, espalmando a cabeça dele, pronta para forçá-lo.

– Morda.

Ele a mordeu, penetrando a pele suave no mesmo instante em que a penetrou até o fundo, derramando-se dentro dela. O sangue de Jenna estava quente em sua língua, um jorro de glóbulos vermelhos humanos espessos e metálicos, mas ele nunca saboreou nada mais doce. Bebeu dela enquanto ela mais uma vez chegava ao clímax, tomando cuidado para não machucá-la, querendo lhe dar apenas prazer. Quando ela relaxou uma vez mais, descendo da crista da explosão de gozo, ele lambeu as perfurações gêmeas em sua pele para fechá-las.

Ele a virou de frente, os dois ensopados debaixo do dilúvio quente do chuveiro. Estava sem palavras; sentia apenas reverência e admiração por aquela fêmea humana que, de algum modo, roubara-lhe o coração. Ela o fitou por baixo dos cílios molhados, o rosto rosado, a boca ainda inchada pelos beijos.

Brock lhe acariciou o queixo, aquele queixo lindo e teimoso. Ela sorriu, uma curva sensual dos lábios, e então, de repente, estavam se beijando de novo. Seu sexo reagiu de pronto, e o fogo em seu sangue logo o deixou fervendo. Jenna abaixou a mão para acariciá-lo, da mesma maneira como a língua entrava na boca dele para cutucar a extensão das suas presas.

Ah, sim...

Aquela seria uma noite bem longa.

Capítulo 24

Jenna despertou na cama de Brock, envolvida pelos braços fortes.

Fizeram amor por horas infindáveis: debaixo do chuveiro, ao encontro da parede do quarto, no sofá da sala... Perdera a noção de todos os lugares e todas as maneiras criativas que ele encontrara para dar prazer a ambos.

Agora ela tentava suspender as pálpebras num estado de contentamento bem-aventurado enquanto se aninhava ainda mais em seu abraço, o rosto pressionado no peito, uma perna dobrada sobre o seu quadril. Sua movimentação provocou um gemido bem dentro dele, um estrondo que vibrou através dela.

– Não quis te acordar – sussurrou.

Outro grunhido, algo sombrio e atrevido.

– Eu não estava dormindo.

Os bíceps se curvaram quando a aproximou, depois cobriu a mão dela com a sua e a guiou para uma parte que estava, sem sombra de dúvida, bem desperta. Jenna gargalhou.

– Sabe, para um velhote, até que seu nível de energia é surpreendente.

Ele movimentou o quadril para a frente enquanto ela o espalmava, o membro ficando ainda mais rijo, impossivelmente mais largo em sua pegada.

– Você tem alguma coisa contra centenários?

– Cem anos? – perguntou ela, soerguendo-se no cotovelo para fitá--lo. Havia tantas coisas que ela não sabia a respeito dele. Tantas coisas que queria aprender. – Você é tão velho assim?

– Por volta disso. Mais velho, provavelmente, mas parei de contar os anos já há algum tempo. – Sorriu, apenas uma curva dos lábios sensuais, ao ajeitar uma mecha do cabelo dela atrás da orelha. – Tem medo de que eu não a consiga acompanhar?

Ela ergueu uma sobrancelha.

– Não depois da noite passada.

Enquanto ele ria, ela se inclinou para beijá-lo. Ergueu-se e se acomodou sobre ele, suspirando de prazer pelo modo como se encaixavam à perfeição. Enquanto se movia preguiçosamente sobre ele, apenas se deleitando com a sensação de tê-lo preenchendo-a uma vez mais, notou as minúsculas marcas de mordida já cicatrizando que ela fizera em seu pescoço durante a última rodada de sexo entre eles.

Ela não resistira ao impulso de mordê-lo, ainda mais depois que ele bebera dela no chuveiro. Só de pensar naquilo, ficava excitada. Mesmo agora, só queria devorá-lo. Mas, em vez disso, inclinou-se sobre ele e lambeu o ponto pulsante na base de sua garganta.

– Hummm – gemeu ao encontro da pele dele. – Você é incrível.

– E você é insaciável – replicou ele, apesar de o comentário não ter parecido uma crítica.

– Bem, então se considere avisado. Parece que tenho energia para queimar, ainda mais no que se refere a você. – Ela teve a intenção de fazer daquilo uma brincadeira, mas, ao dizer as palavras, percebeu o quanto de verdade havia naquela declaração. Endireitou-se e o fitou, chocada com tudo o que estava sentindo. – Não consigo me lembrar qual foi a última vez que me senti tão bem assim. Nunca me senti mais... Não sei... Mais viva, acho.

Os olhos escuros a prenderam.

– Você me parece cada dia melhor.

– E estou. – Ela engoliu em seco, ponderando sobre todas as mudanças que lhe aconteceram desde que estava sob os cuidados da

Ordem. Sentia-se mais sintonizada com o mundo ao seu redor, mais curiosa e envolvida com a vida. Fisicamente, ainda estava se recuperando, ainda aguardava para ver qual impacto sua provação no Alasca teria em seu futuro. Mas, por dentro, sentia-se forte e animada.

Pela primeira vez em muito tempo, ela se sentia em paz, esperançosa. Parecia-lhe possível voltar a se apaixonar de novo.

Talvez já tivesse acontecido.

Tal percepção roubou-lhe o fôlego. Fitou Brock, perguntando-se como deixara aquilo acontecer. Como pôde abrir seu coração para ele tão rapidamente, tão completamente? Tão descuidadamente...

Ela o amava, e essa ideia a terrorizava.

– Ei – disse ele, tocando nela. – Você está bem?

– Estou – sussurrou. – Nunca me senti melhor.

A carranca que se acentuou revelou que ele não acreditava nela.

– Venha cá – disse ele, trazendo-a para baixo, diante dele na cama, aninhando-a ao seu corpo.

Não a penetrou de imediato, apenas acomodou a ereção entre as coxas dela e a manteve na proteção aquecida do seu abraço. Beijou-a no ombro, no exato lugar em que enterrara suas presas na noite anterior. Naquele instante, sua boca foi gentil, a respiração acariciando-lhe a pele.

Jenna suspirou profundamente, tão contente em apenas relaxar com ele.

– Quanto tempo acha que podemos ficar na cama juntos antes que alguém note nossa ausência?

Ele grunhiu baixinho, depois depositou um beijo em seu ombro.

– Tenho certeza de que já notaram. Alex sabe que estou aqui; portanto, Kade sabe que estou aqui.

– E o seu colega de quarto – ela o lembrou.

– É. – Deu uma risada. – Hunter não deixa nada passar. Gosto do cara, mas juro que ele mais parece uma máquina, na maioria das vezes.

– Não consigo imaginar como deve ter sido para ele, o modo como foi educado – murmurou Jenna, incerta se alguém seria capaz de sair daquele tipo de ambiente sem algumas cicatrizes bem profundas. Enregelada por pensar nisso, aninhou-se ainda mais no círculo formado pelos braços de Brock. O corpo dele era quente e firme às suas costas, algumas partes significativamente mais firmes que outras. Ela sorriu, imaginando que conseguiria se acostumar àquilo com relativa facilidade. – Falando em colegas de quarto...

– O que tem? – perguntou ele, os dedos acariciando-lhe os cabelos.

– Eu só estava pensando que é besteira você abrir mão do seu quarto, ainda mais agora que nós... – Ela não concluiu o pensamento, sem saber como classificar o relacionamento deles, que supostamente seria descomplicado e casual, mas que, de alguma forma, se tornara muito mais.

Ele arrastou a boca devagar até a curva do ombro dela, depois subiu até o pescoço.

– Está pedindo que eu me mude para cá, Jenna?

Ela estremeceu ante a umidade cálida dos lábios dele e do resvalar erótico das presas em sua pele.

– É, acho que estou. Quero dizer, esta cama é sua, afinal. Tudo aqui é seu.

– E quanto a você? – Ele juntou o cabelo dela e o puxou para o lado, pressionando a boca na nuca. – Você também é minha?

Ela fechou os olhos, deliciando-se com o prazer do beijo dele, sentindo uma felicidade eletrizante e aterrorizante.

– Se quer saber a verdade, acho que uma parte de mim pertence a você desde o Alasca.

O gemido de resposta dele não soou nem um pouco descontente. Ele a abraçou mais, a língua atormentando a pele sensível atrás da orelha. Mas, de repente, ele ficou bem imóvel.

Ela não estava esperando a imprecação que se seguiu.

– Jenna – murmurou ele, com uma ponta de alarme ecoando nas suas palavras. – Ah, merda...

Uma pontada renovada de medo a trespassou, fria e pungente.

– O que foi?

Ele precisou de um segundo antes de responder.

E quando o fez, sua voz soou carregada de descrença:

– É um *glifo*. Caramba, Jenna... Você tem um *dermaglifo* se formando na nuca.

Uma hora mais tarde, Jenna estava sentada na mesa de exames na enfermaria, tendo se submetido a mais uma rodada de exames de sangue e de amostras de epiderme a pedido de Gideon. Ficara tão chocada ao ver o pequeno *dermaglifo* que cobria a incisão do implante do Antigo... Apesar de, talvez, não mais chocada que o restante dos residentes do complexo. Todos foram ver a marca do tamanho de uma moeda em sua pele, escondida pelos cabelos. Ninguém dissera nada em voz alta, mas Jenna sabia que cada um deles estava preocupado com ela, incertos quanto ao que esse novo acontecimento significaria a longo prazo.

Agora todos já tinham ido embora, a não ser Brock, que ficou ao seu lado, calado, com o rosto sério em suas roupas pretas. Jenna tampouco tinha muita coisa a dizer, relanceando ansiosa enquanto o gênio da Ordem enchia um último frasquinho com seu sangue.

– Você disse que está se sentindo bem? – perguntou Gideon, olhando para ela por cima do aro dos óculos. – Não notou nenhuma outra marca no corpo? Nenhuma alteração física ou sistêmica desde a última vez em que conversamos?

Jenna meneou a cabeça.

– Não, nada.

Gideon olhou de relance para Brock, antes de voltar sua atenção para ela novamente.

– E quanto a outras funções corporais? Notou alguma alteração no seu sistema digestório? Mudança de apetite, inapetência?

Ela deu de ombros.

– Nada. Como igual a um cavalo, como de costume.

Isso pareceu aliviá-lo de algum modo.

– Então nenhum interesse diferente no que se refere a comer e beber?

Uma onda de calor a assolou quando ela levantou o olhar para Brock. A marca da mordida que dera nele já havia sumido, mas ela se lembrava vividamente da necessidade que a habitara quando cravara os dentes na pele dele enquanto faziam amor. Ela o desejara com uma avidez que não conseguia entender, muito menos explicar.

E agora ela ficou imaginando se...

– Hum... Se você está falando de sangue... – murmurou, envergonhada pelo modo como seu rosto enrubesceu ante o olhar fixo de Brock. – Tive determinados... desejos.

As sobrancelhas loiras de Gideon se ergueram em sinal de surpresa um instante antes de sua atenção se voltar para Brock.

– Quer dizer que vocês dois...

– Eu o mordi – Jenna disse de uma vez. – Ontem à noite, e há algumas noites também. Não consegui evitar.

– Puta que o pariu... – disse Gideon, sem nem tentar esconder seu divertimento ao perceber que ela e Brock estavam intimamente envolvidos. – E quanto a você, meu chapa? Bebeu dela também?

– Há poucas horas – respondeu Brock, assentindo solene, mas não parecendo nem um pouco arrependido quando seu olhar se prendeu ao dela. – Foi incrível, mas sei onde quer chegar, Gideon, e posso garantir que o sangue dela é pura hemoglobina de *Homo sapiens*.

– Sem cheiro específico?

Brock apenas balançou a cabeça.

– Apenas hemoglobina cuprífera. Ela é humana.

– A não ser pelo acréscimo do DNA reproduzido que encontramos nela nos últimos exames e pelas outras coisas que ela relatou, e Jenna agora tem um *glifo*. – O guerreiro passou os dedos pelos curtos e despontados cabelos dourados. – Tem mais uma coisa.

Quando ele olhou para Jenna, havia uma ansiedade em sua expressão que ela nunca tinha visto antes. Ele parecia incerto sobre o que deveria dizer, e, para um homem que parecia ter todas as respostas para cada problema imaginável, essa incerteza era, no mínimo, alarmante.

– Pode me contar, Gideon.

Brock se aproximou e segurou a mão dela.

– Caramba, Gideon, o que mais você descobriu?

O outro guerreiro tinha o cenho franzido, a boca pressionada enquanto pensava.

– Tenho a leitura de algum tipo de energia que parece associada ao implante... algum tipo de emissão.

– Que diabos isso significa? – perguntou Brock, os dedos apertando os dela.

Gideon deu de ombros.

– Nada que eu consiga captar com os meus equipamentos. Portanto, não tenho como dizer o que pode ser. É uma tecnologia avançada, muito mais avançada do que qualquer coisa que tenhamos aqui. Provavelmente mais avançada do que qualquer coisa existente neste planeta. O meu palpite é que a emissão dessa energia é parte integrante do próprio implante.

Jenna ergueu a mão livre para a nuca, sentindo o leve relevo das curvas e arcos do *dermaglifo*.

– Acha que essa energia é apenas um indicador de que o implante está ativo dentro de mim?

– Sim, pode ser apenas isso.

Ela o viu falar, notando que ele ainda demonstrava o mesmo grau de cautela e seriedade.

Ele esticou o braço e a tocou de leve no ombro.

– Vamos continuar procurando pelas respostas, eu lhe dou a minha palavra.

Brock assentiu com gravidade para o seu camarada antes de passar um braço protetor ao redor de Jenna.

– Obrigado, cara.

O sorriso de Gideon foi breve ao olhar para os dois.

– Vou fazer esses exames e trazer os resultados assim que puder.

Ele virou para seguir até a porta, ao mesmo tempo em que passadas pesadas se aproximaram pelo corredor. Kade apareceu, os olhos prateados revelando urgência.

– Harvard acabou de receber um telefonema de Mathias Rowan – anunciou de pronto. – A Agência tem uma possível pista sobre o paradeiro de Kellan Archer.

– O que temos? – perguntou Brock, o braço ainda ao redor dos ombros de Jenna, mas a postura mudando de imediato para a de guerreiro.

– Ao que tudo leva a crer, temos uma nova testemunha. Um humano sem-teto em Quincy alega ter visto três caras que pareciam pertencer à SWAT levar um garoto para a zona industrial de lá ontem à noite.

Brock grunhiu.

– Essa pista veio de um humano? Desde quando a Agência usa humanos sem-teto como informantes?

– Não me pergunte, cara – disse Kade, erguendo as mãos. – Um agente chamado Freyne reportou a pista. Harvard disse que o cara mantém um grupo de humanos na linha, dispostos a ficar de olhos e ouvidos abertos em troca de dinheiro e drogas.

– Pelo amor de Deus... – reclamou Brock. – Freyne e um humano viciado são as nossas fontes de informação para encontrar o garoto?

Kade balançou a cabeça.

– Neste instante, é só o que temos. Lazaro e Christophe Archer já combinaram de encontrar Mathias Rowan em Quincy hoje à noite com uma equipe da Agência para verificar o local.

A imprecação de Brock ecoou na igualmente vívida de Gideon.

– Pois é – disse Kade. – Lucan quer todos no laboratório de tecnologia para discutirmos as nossas opções. Parece que vamos unir forças com a Agência de Policiamento.

Capítulo 25

Não houve muito tempo para se prepararem para o encontro com Mathias Rowan e a equipe da Agência naquela noite. Na verdade, a operação toda se baseava numa pista dada por fontes menos que confiáveis e na determinação – e esperança desesperada – de Lazaro Archer e do filho de que Kellan tivesse, de fato, sido levado para a construção na cidade no limite oposto de Quincy.

Nem Brock nem o restante da Ordem tinham esperanças de que a pista se mostrasse proveitosa. Se Dragos estivesse por trás do sequestro, e parecia razoável deduzir isso, então a probabilidade de encontrarem o garoto vivo e com tanta presteza pouco depois de ele ter sido levado parecia, no mínimo, ínfima.

Contudo, nenhum dos guerreiros disse nada ao pararem atrás dos veículos da Agência estacionados na rua adjacente ao local.

Mathias Rowan foi o primeiro a se adiantar para recebê-los. Afastou-se de seis outros agentes que o acompanhavam e seguiu na direção do Rover enquanto Brock desligava o motor, e os guerreiros que vieram com ele pularam para a calçada gelada.

Chase fez as apresentações, começando com Tegan e Kade, depois Brock, que já estava familiarizado com o agente Rowan.

Hunter também fazia parte da operação da Ordem naquela noite, mas saltara do Rover um quarteirão antes do ponto de encontro a fim de se movimentar às escondidas e fazer uma verificação do perímetro ao redor do prédio e da área vizinha.

O prédio em questão era um condomínio de dez andares, ou teria sido, de acordo com a placa imobiliária diante dele, caso o banco financiador não tivesse falido depois da recente queda da economia humana. Construída até a metade há meses e demonstrando o fato de ter sido negligenciada, a torre de tijolos era pouco mais do que o esqueleto de um abrigo – andares vazios e incompletos com janelas ocas. O lugar parecia tranquilo, desolado o bastante para ser utilizado como um provável cativeiro.

– Lazaro Archer e o pai do garoto também estão aqui – Rowan informou aos guerreiros. – Ambos insistiram em vir, apesar de eu ter avisado que seria melhor para todos os envolvidos que eles permanecessem em um dos carros da Agência enquanto conduzimos a busca.

Tegan inclinou a cabeça em concordância.

– Seus homens não se aproximaram do prédio?

– Não. Chegamos um instante antes que vocês.

– E não viram nenhum movimento nem dentro nem fora do prédio? – perguntou Brock, olhando para a estrutura escura enquanto uma lufada de neve rodopiava ao redor deles.

– Não vimos nem ouvimos nada – respondeu Rowan. – Já vi pistas melhores do que esta.

– Vamos dar uma olhada – disse Tegan, seguindo na frente.

Enquanto se aproximavam dos veículos da Agência, Brock reconheceu Freyne dentre os que estavam na equipe de agentes com Rowan. Ele e dois outros homens estavam recostados em um dos sedãs, com semiautomáticas nos coldres visíveis por baixo dos casacos abertos. Brock encarou o agente encrenqueiro, torcendo para que um deles fizesse algum comentário idiota ao se aproximarem.

Chase foi menos sutil. Sorriu para o adversário de algumas noites antes.

– Fico feliz em ver que está de pé de novo depois que limpei o chão com sua cara na outra noite. Quando quiser repetir, é só avisar.

– Vá se foder – Freyne o olhou com desprezo, parecendo disposto a atiçar a fogueira com seu antigo colega.

A troca de farpas foi breve, encurtada pela porta do carro da Agência se abrindo. Lazaro Archer saiu para a rua, o rosto crispado de preocupação. Fez um gesto com a cabeça na direção dos guerreiros, num cumprimento solene.

– Christophe e eu quisemos estar aqui no momento da busca no prédio – disse ele, dirigindo seu comentário a Tegan. – Não podem pensar que devemos ficar sentados esperando...

– É exatamente isso o que estou pensando. – A voz de Tegan foi firme, mas respeitosa. – Não sabemos o que vamos encontrar lá, Lazaro. Pode não ser nada. Mas se não for isso, então vocês precisam nos deixar lidar com a situação.

– Meu filho e eu queremos ajudar – argumentou.

O maxilar de Tegan ficou travado.

– Então, ajude-nos deixando-nos fazer o nosso trabalho. Fiquem aqui. Logo saberemos se a pista foi verdadeira. Chase, fique de guarda com os homens de Rowan até voltarmos. Não os deixe fora das suas vistas.

Brock percebeu o olhar de irritação de Harvard, mas o ex-agente ficou para trás conforme instruído. Com Freyne e os outros dois sentinelas, ele ajudou Lazaro Archer a entrar no carro e fechar a porta.

Recostou-se no veículo, cruzando os braços diante do peito, e observou enquanto Brock e o resto do grupo seguiam na direção do prédio escuro.

Aproximaram-se em silêncio, os sinais de Tegan para que se dividissem em dois grupos entendidos e aceitos tanto por Brock e Kade quanto por Rowan e seus três agentes. Com a equipe da Agência seguindo para as escadas dos fundos, Tegan, Brock e Kade entraram pela casca vazia que era a entrada, aquilo que deveria ser o átrio do prédio.

Uma vez lá dentro, ficou claro que o edifício não estava inteiramente desocupado. Passadas se arrastaram no piso acima das suas cabeças. Mais ou menos na mesma direção, ouviram o raspar metálico da perna de uma cadeira. E depois, por baixo do sopro do vento invernal que uivava pelas cavidades abertas das janelas ao redor deles, surgiu o barulho abafado de lamúrias.

Tegan gesticulou na direção das escadas do piso térreo. Brock e Kade o seguiram, os três subindo o lance de escadas com as armas empunhadas.

Ao chegarem ao segundo andar, o olhar de Brock foi atraído por um facho de luz fraco que surgiu de algum lugar próximo ao fim de um apartamento inacabado. Tegan e Kade também o viram.

– Humanos? – Brock disse bem baixinho para seus irmãos, imaginando que fossem humanos sem-teto, uma vez que os de sua espécie enxergavam muito bem no escuro e não teriam necessidade de uma luz artificial.

Tegan gesticulou para que continuassem em frente para investigar a fonte de luz.

Andaram sorrateiros no escuro, os três se espalhando para chegar ao lugar de vários ângulos. Ao se aproximarem, Brock captou um relance de três figuras masculinas grandes vestidas dos pés à cabeça em roupas pretas, cada uma segurando pistolas semiautomáticas. Os guardas mascarados inclinavam-se sobre uma figura bem menor no meio do espaço sem paredes.

Kellan Archer.

Caramba, a pista de Freyne, no fim, fora verdadeira.

A cabeça do jovem pendia sobre o peito magro, o cabelo ruivo estava sujo e despenteado, as roupas rasgadas, aparentemente pelos maus-tratos dos sequestradores. Tinha as mãos presas atrás do corpo, os tornozelos e o tronco amarrados a uma cadeira de metal com uma corrente.

Sendo da Raça, mesmo um adolescente, Kellan poderia ter se livrado das amarras caso tivesse tentado. Mas ele tinha poucas chances de escapar de três assassinos de Dragos, cada um armado até os dentes e próximo o bastante para enchê-lo de chumbo.

Tegan relanceou para Brock, depois para Kade, um sinal silencioso para que se movessem como um só ao seu comando. Tinham que se mover em silêncio, entrando na melhor posição para que cada um deles pudesse atacar um Primeira Geração sem colocar Kellan Archer em fogo cruzado.

Mas antes que um deles pudesse dar sequer o primeiro passo, Brock ouviu o leve clique de metal vindo de uma parte mais escura do segundo andar.

Mathias Rowan e seus agentes estavam lá. E também viram o garoto sequestrado.

E, nesse mesmo instante, um dos idiotas da Agência de Policiamento abriu fogo.

O início do tiroteio dentro do prédio chegou à rua abaixo.

– Droga – rosnou Sterling Chase, a cabeça se erguendo rapidamente ante o súbito rompante de barulho. – Puta que o pariu, eles devem ter encontrado o garoto!

Freyne observou o ex-agente reagir num estado próximo ao pânico conforme o tiroteio prosseguia. Chase sacou a arma e lançou um olhar desvairado para o prédio do lado oposto à construção. Sterling Chase, o macho da Raça que tivera uma carreira estelar na Agência até não muito tempo atrás, mas que jogara tudo pelos ares para se filiar à Ordem.

Idiota.

Ele poderia ter se aliado a uma organização muito mais poderosa, como o próprio Freyne fizera há poucos meses.

– Vou entrar – disse Chase, armando a pistola nove milímetros e já se afastando do carro da Agência. – Você e os seus homens fiquem de guarda, Freyne. Não deem as costas a este posto nem por um segundo, entendeu?

Freyne assentiu, tentando com muita força não revelar seu sorriso. Aquela era a oportunidade por que esperava. De fato, ele contava que as coisas fossem acontecer exatamente daquele modo.

– Mantenha os Archer seguros dentro do carro – ordenou Chase conforme seus coturnos moíam a neve sobre o asfalto, conduzindo--o em direção ao caos dos tiros que ainda ecoavam na torre em forma de esqueleto logo adiante. – Não tire os olhos dele, não importa o que aconteça.

– Pode deixar – murmurou Freyne bem baixo depois que o antigo agente havia se afastado.

Ao seu lado da rua, o vidro do banco do passageiro se abaixou. Christophe Archer espiou para fora do sedã, o rosto normalmente altivo contraído de preocupação.

– O que está acontecendo? – Retraiu-se ante o estardalhaço que se desenrolava na escuridão. – Bom Deus, quem está atirando lá? Encontraram meu filho?

Archer fez um movimento como se tivesse a intenção de sair do carro. Freyne o impediu, bloqueando a porta.

– Relaxe – disse ao pai nervoso. Ao falar, retirou a semiautomática do coldre. Uma centelha fugidia em seu olhar comandou os outros dois agentes com ele do lado oposto do carro a seguir seu comando. – Temos tudo sob controle.

Capítulo 26

O segundo andar inteiro do prédio de apartamentos vazios se transformou num caos de balas voando e gritos tanto por parte da Ordem quanto de Mathias Rowan e seus homens. Os três guardas imensos no local com Kellan Archer retribuíram fogo, atirando para todos os lados nas sombras, atingindo dois dos agentes de Rowan em poucos instantes após o ataque-surpresa.

O terceiro foi abatido num grito de dor, após ter sido atingido no joelho pouco antes de outro tiro silenciá-lo de vez. O fogo cruzado continuou, Brock escapando por pouco de uma bala que passou raspando pela sua cabeça.

Na confusão e no tumulto, a vela grossa que estava sendo utilizada como única fonte de iluminação no cômodo em que Kellan estava foi derrubada. Rolou pelos pés dos captores, sua chama diminuta se extinguindo no chão e mergulhando o local em completa escuridão. Depois que a chama se apagou, Brock não percebeu a diferença, nem seus companheiros. Os homens de Dragos, contudo, pareceram momentaneamente desorientados no escuro.

Brock matou um com um tiro certeiro na cabeça. Tegan acertou outro nem um segundo mais tarde. Enquanto o assassino remanescente fazia chover balas com seu rifle automático, Brock se moveu de lado. Abaixou-se e arrastou-se na direção da cadeira onde Kellan

Archer estava sentado, agora tentando, freneticamente, se livrar das suas amarras.

Os guerreiros e Rowan fecharam o cerco no terceiro assassino vestido de preto, as armas apontadas para ele. Houve uma saraivada de balas quando ele foi eliminado com precisão, caindo no chão numa poça sanguinolenta e disforme.

Brock segurou os ombros frágeis de Kellan Archer, acalmando os gritos aterrorizados do garoto.

– Está tudo bem, garoto. Está seguro agora.

O cheiro repentino de hemoglobina em algum ponto ali perto o tomou de surpresa.

Mas que merda era aquela?

Suas presas desceram das gengivas, numa reação biológica instintiva, conforme seus sentidos da Raça detectaram a presença de sangue fresco derramado. Olhou de pronto para Tegan e os outros, e notou que eles também haviam percebido o cheiro cuprífero das células vermelhas.

– Humanos – murmurou Tegan, os olhos transformados cor de âmbar fixando-se nos três guardas mortos em poças ensanguentadas no chão.

– Nada de coleiras – observou Brock, percebendo só então que por debaixo das máscaras pretas, os captores de Kellan não usavam o dispositivo de obediência dos verdadeiros assassinos de Dragos. – Puta merda. Esses não são os assassinos Primeira Geração que sequestraram o garoto.

Kade e Mathias Rowan se aproximaram ao mesmo tempo. Pararam para remover as máscaras dos homens caídos. Kade ergueu a pálpebra fechada de um deles e sibilou uma imprecação.

– Eles eram Servos.

– Que se passaram por assassinos Primeira Geração – acrescentou Brock, terminando de soltar as amarras de Kellan e ajudando-o a se pôr de pé. – Isso foi algum tipo de armação.

– Foi – concordou Kade. – Mas com que propósito?

– Jesus Cristo. – Chase parou atrás do grupo, tendo acabado de chegar naquele instante. Seus olhos emitiam fachos de luz âmbar, as pupilas estreitadas como fendas finas de aparência letal, as presas imensas por trás dos lábios encurvados. Ele encarou, a atenção fixa nos humanos mortos. – Que diabos aconteceu aqui?

Tegan se virou para ele.

– Onde estão os Archer?

– Lá fora – respondeu com voz séria. Pareceu que ele precisou se esforçar para prestar atenção em Tegan. – Deixei-os com Freyne e seus homens quando ouvi tiros aqui em cima.

Um súbito olhar de horror atravessou a costumeira expressão impassível de Tegan.

– Droga, Harvard. Eu mandei não tirar os olhos deles.

Hunter não emitiu som algum ao voltar da sua ronda de verificação ao redor da construção. Voltou correndo, após ouvir a saraivada de tiros saindo do prédio de apartamentos, mas, naquele instante, interessou-me mais pelo único tiro que ecoou próximo aos veículos da Agência estacionados na rua.

Em meio aos flocos de neve que caíam em círculos no ar noturno, ele avistou o agente chamado Freyne segurando uma pistola fumegante diante da janela aberta do sedã preto da Agência. No mesmo instante, os companheiros de Freyne também abriram fogo no carro, atirando de todos os lados.

Hunter saltou, atravessando os diversos metros que o separavam da cena em pouco mais que um mero piscar de olhos. Caiu sobre Freyne. Ao levar o vampiro ao chão, teve um vislumbre do que restou do crânio alvejado dentro do sedã. O fedor de pólvora e morte permeava o ar enquanto os outros dois agentes continuavam a atacar os ocupantes do veículo.

Freyne rosnou debaixo de Hunter, debatendo-se, tentando empurrá-lo. Hunter segurou as laterais da cabeça do vampiro com as mãos e deu um giro rápido e eficiente. A luta acabou. O corpo inerte de Freyne caiu na calçada, os olhos sem vida fitando por sobre o ombro num ângulo incomum.

No mesmo instante, um tremor sacudiu o carro. Um grito reverberou pelo chão, e, em seguida, a porta oposta saiu voando das dobradiças. Voou por vários metros antes de se chocar com o asfalto.

Lazaro Archer saltou para fora do carro, o casaco e o rosto manchados de sangue, ossos e massa cinzenta.

Lançou-se sobre um dos agentes traidores, apanhando o homem pela garganta com suas presas enormes e afiadas. Enquanto os dois caíam no chão num abraço letal, Hunter saltou sobre o capô do sedã e atacou o último dos agressores, incapacitando o agente com a mesma facilidade com que acabara com Freyne.

Lançou um olhar apático para Lazaro Archer e o macho da Raça de cuja garganta, agora aberta, jorrava sangue devido à mordida voraz. Archer não tinha terminado, mesmo com o agente preso debaixo de si praticamente morto. Estava selvagem em sua fúria, perdido numa dor que Hunter, tendo sido criado sem nenhum apego emocional, só podia imaginar.

Hunter ficou parado olhando para o carro, onde o filho morto de Lazaro estava largado sem vida no banco de trás, morto pela bala que Freyne atirara à queima-roupa na lateral da sua cabeça.

O receio que Tegan sentiu dentro do prédio não fora gratuito. De fato, o que aguardava o grupo ao sair com o jovem Kellan Archer foi muito pior do que ele poderia ter imaginado.

A morte era recente na rua em que os veículos da Agência estavam estacionados. Um deles, aquele em que estiveram Lazaro e Christophe, estava cravejado de balas e com os vidros estilhaçados. Aproximando-se mais, Brock viu que a porta oposta do sedã havia sido arrancada por completo das dobradiças.

Houve uma emboscada ao carro dos ocupantes, um ataque covarde do lado de fora do veículo. Não havia dúvidas de quem o executara... tampouco de como havia terminado. Freyne e os outros dois agentes estavam largados sem vida no chão, em poças sanguinolentas. Hunter se assomava sobre eles, impassível, os olhos dourados perscrutando a área em busca de mais problemas, pronto para resolver qualquer ataque sozinho.

E, sentado no carro, com a cabeça e o tronco inclinados sobre a forma sem vida deitada em seu colo, estava Lazaro Archer. Mesmo àquela distância, Brock enxergava o sangue e os pedaços de pele que maculavam o casaco escuro do ancião da Raça e os seus cabelos. O imenso Primeira Geração chorava baixinho, perdido na dor da perda do filho.

– Jesus... – sussurrou Chase ao lado de Brock. – Droga, não...

– Freyne – rosnou Brock. – O maldito devia estar trabalhando para Dragos.

Chase balançou a cabeça, esfregou a mão no alto da cabeça, em evidente estado de infelicidade. Quando falou, sua voz estava sem ar, inerte pelo choque.

– Não deveria tê-los deixado com ele. Ouvi o tiroteio dentro do prédio e pensei... Ah, merda. Não importa o que pensei. Maldição, deveria ter imaginado que Freyne não era confiável.

Provavelmente, pensou Brock, embora nem ele nem o resto do grupo dissesse isso em voz alta. A angústia de Chase estava escrita em sua expressão. Ele não precisava que mais ninguém o lembrasse que seu ato irrefletido custara a vida de Christophe Archer. O costumeiramente arrogante Harvard pareceu empalidecer um pouco, desaparecendo dentro de si mesmo ao se afastar da carnificina e andando na direção da escuridão da construção abandonada.

Quanto a Brock e os outros, um silêncio sepulcral se assentou entre os vivos ante tanto sangue derramado e morte. O neto de Lazaro Archer tinha sido recuperado dos seus captores, mas o preço fora alto.

O filho de Lazaro jazia terrivelmente assassinado em seus braços a poucos metros.

Enquanto o grupo absorvia o peso da guinada dos eventos da noite, o jovem Kellan Archer subitamente saiu do seu estado de choque. Deu a volta em Brock, pelo visto notando que Lazaro estava sentado no sedã logo à frente.

– Vovô! – exclamou, as lágrimas sufocando a voz juvenil. Ele se livrou da pegada de Brock, depois, mancando, começou a correr devagar. – Vovô! Papai também está com você?

– Segurem o garoto – exclamou Hunter. – Não o deixem se aproximar.

Brock segurou Kellan pelo braço e o girou na direção oposta, bloqueando a visão da matança com seu corpo.

– Quero ver meu avô! – gritou o garoto. – Quero ver a minha família!

– Em breve – disse Brock. – Fique firme, amigo. Vai estar com a sua família daqui a pouco. Mas, primeiro, temos que cuidar de algumas coisas, está bem?

O esforço de Kellan para se soltar diminuiu, mas ele tentava se virar para olhar para trás. Ficava tentando ver o que estavam escondendo dentro do sedã cravejado de tiros na rua.

– Venha esperar aqui comigo – disse Kade, ao se aproximar e cercar o garoto, passando o braço sobre os ombros finos, guiando-o para longe, afastando do derramamento de sangue no fim da rua.

Depois que Kellan ficou longe o bastante para não ouvir, Mathias Rowan emitiu uma imprecação.

– Eu não fazia a mínima ideia de que Freyne ou os outros com ele eram corruptos, juro. Meu Deus, não consigo acreditar no que aconteceu hoje à noite. Todos os meus homens, Christophe Archer... todos mortos. – Pegou o celular. – Tenho que reportar isso.

Antes que ele conseguisse apertar a primeira tecla, Tegan segurou-lhe o pulso e meneou a cabeça.

– Preciso que esconda isso pelo tempo que puder. Pode retardar o seu relatório enquanto a Ordem investiga melhor o sequestro e a emboscada?

Rowan inclinou a cabeça em sinal de concordância.

– Posso retardar por algumas horas, mas mais do que isso vai ser difícil. Alguns desses agentes têm família. Vai haver perguntas.

– Entendido – respondeu Tegan. A sua pegada no pulso do agente não afrouxou, e Brock sabia que o talento do Primeira Geração em interpretar uma pessoa com um toque lhe diria se Rowan era um verdadeiro aliado da Ordem ou não. Depois de um instante, Tegan assentiu de leve. – Sei que tem sido o contato de Chase dentro da Agência há algum tempo, Mathias. A Ordem agradece a sua ajuda. Mas ninguém é confiável, nem mesmo os seus melhores agentes.

Mathias Rowan inclinou a cabeça em sinal de concordância, o olhar solene ao observar toda aquela destruição, depois voltando a se concentrar em Tegan e Brock.

– Se isso é um exemplo do que Dragos é capaz de fazer, então ele também é meu inimigo. Diga do que a Ordem precisa, e eu farei o que puder para ajudá-lo a acabar com esse filho da puta.

– Neste instante, precisamos de tempo e de silêncio – respondeu Tegan. – Não creio que Dragos tenha acabado com Lazaro Archer e a família dele, portanto, proteção é essencial. Tenho certeza de que Lucan concordará que o resgate hoje foi fácil demais, a despeito das baixas. Alguma coisa não está certa aqui.

Brock assentiu, com a mesma sensação que teve quando descobriram que os captores eram Servos e não os assassinos Primeira Geração que foram vistos sequestrando o rapaz.

– O sequestro foi uma armação. Dragos tem algo mais escondido na manga.

O olhar de Tegan se mostrou sério.

– É o que os meus instintos me dizem também.

– Rezo para que esteja errado – disse Rowan, o olhar severo desviando para o sedã onde Lazaro Archer ainda segurava o filho morto. – Estas últimas horas já foram bem sangrentas.

– Precisamos esvaziar o prédio e a rua e sair daqui – disse Tegan. – É arriscado demais deixar os dois Archer em campo aberto assim por mais tempo.

– Vou começar a limpar as provas lá dentro – Brock se ofereceu.

Assim que se virou para seguir na direção do prédio, Rowan se pôs ao seu lado.

– Deixe-me ajudá-lo, por favor.

Atravessaram a rua na direção da construção, porém não tinham chegado sequer à metade do caminho quando o celular de Rowan tocou. Ele o segurou diante de si, como que para pedir a permissão de Tegan para atender. O guerreiro Primeira Geração assentiu.

Rowan levou o aparelho ao ouvido, e Brock assistiu com alarme crescente ao perceber que o agente empalidecia.

– Deve haver algum erro – murmurou ele. – O Refúgio inteiro... Cristo...

Brock gesticulou para Tegan, sentindo um gelo começando a se formar em seu âmago enquanto Rowan dizia mais algumas palavras de descrença, depois terminava a ligação canhestramente.

– O que foi? – Tegan exigiu saber, tendo se aproximado correndo após o gesto de Brock. – O que diabos acabou de acontecer?

– O Refúgio Secreto de Lazaro Archer – murmurou Rowan. – Foi incendiado. Houve um aparente vazamento de gás que causou uma explosão. Não há sobreviventes.

Ninguém disse nada por um tempo. Uma nova nevasca se precipitou sob o céu invernal estrelado, a única movimentação numa noite que, de súbito, se tornara fria e escura como um túmulo.

E, então, do outro lado, o jovem Kellan Archer enterrou o rosto nas mãos e começou a chorar. Um choro forte, carregado de angústia. O garoto sabia o que havia perdido naquela noite. Sentia isso.

E quando ergueu o rosto marcado pelas lágrimas, os olhos reluziram com uma luz âmbar furiosa, e Brock viu a raiva que já ardia latente dentro do jovem coração.

A partir daquela noite, o garoto que fora já não existia mais. Assim como o avô, que estava sentado a alguns metros dali, coberto pelo sangue do próprio filho, Kellan Archer jamais esqueceria – nem perdoaria – a morte e a tristeza provocadas pela traição daquela noite.

– Vamos limpar a porra deste lugar e sair daqui – disse Tegan, por fim. – Vou colocar o garoto e o avô no Rover. A partir de agora, estão sob a proteção da Ordem.

Capítulo 27

Lazaro Archer recusou estoicamente a oferta da Ordem de levá-lo para ver os escombros do seu Refúgio Secreto para se despedir. Ele não teve vontade alguma de ver os escombros daquilo que tomou a vida de quase uma dúzia de pessoas inocentes, inclusive sua amada Companheira de Raça de vários séculos. Embora o relatório oficial da Agência tivesse atribuído o incêndio a um vazamento de gás, todos na Ordem, e o próprio Lazaro, sabiam a verdadeira causa do incidente. Um extermínio absoluto, levado a termo sob as ordens de Dragos.

A dor de Lazaro tinha que ser profunda; porém, quando chegou ao complexo, ele era a imagem do controle emocional. Depois de ter tomado um banho e trocado as roupas sujas por um uniforme limpo apanhado na despensa da Ordem, Lazaro Archer parecia transformado, uma versão mais sombria e formidável do ancião civil da Raça que, na noite anterior, estivera no laboratório de tecnologia, desesperado para encontrar o neto. Melancólico, calado, ele parecia determinado a manter o foco centrado na saúde e no bem-estar do neto, seu único herdeiro sobrevivente.

– Kellan disse que não se lembra muito do sequestro – murmurou Lazaro enquanto ele e Lucan observavam o garoto através da janelinha da porta da sala de recuperação da enfermaria. O jovem estava limpo e descansava, no momento na companhia da pequena Mira, que tomara para si a tarefa de ler à sua cabeceira. – Ele disse que acordou naquele prédio infestado de ratos, congelando sob a mira de um revólver. As surras só começaram depois que ele recobrou a consciência. Ele disse que os bastardos disseram que queriam que ele sofresse e gritasse.

O maxilar de Lucan enrijeceu ao ouvir sobre o abuso sofrido pelo jovem.

– Ele está seguro agora, Lazaro. Vocês dois estão. A Ordem cuidará disso.

O outro Primeira Geração assentiu.

– Agradeço o que estão fazendo por nós. Como a maioria dos civis, sei que a Ordem valoriza sua privacidade, em especial no que se refere ao seu quartel-general. Percebo que não deve ser fácil para vocês permitirem forasteiros dentro do complexo.

Lucan ergueu uma sobrancelha em reconhecimento. Ele podia pensar em somente algumas raras ocasiões, começando com Sterling Chase e a companheira de Tegan, Elise, há mais de um ano, seguido mais recentemente por Jenna Darrow. Por mais de um século antes deles, não houve exceções.

Por mais que Lucan detestasse tomar decisões por obrigação, ele não era um líder rígido e insensível que daria as costas para alguém necessitado. Há muito tempo, talvez, antes de conhecer e se apaixonar por Gabrielle. Antes de saber o que era ter uma família e um coração que batia por devoção a outra pessoa.

Pousou a mão sobre o ombro forte do Primeira Geração.

– Você e o menino precisavam de um esconderijo seguro. Não encontrarão um abrigo mais protegido do que este complexo.

Em relação a preocupações que Lucan pudesse ter por confiar a localização do complexo a Archer e o neto, Tegan lhe garantira que os dois machos não davam margem a dúvidas. Não que Lucan suspeitasse que qualquer um deles pudesse ser menos que honrado.

Ainda assim, ele tomava cuidado e não depositava sua confiança às cegas. Tinha que ser cauteloso. Toda vez que olhava ao seu redor nos últimos tempos, sentia o peso de tantas vidas sobre seus ombros. Era uma responsabilidade que ele assumia com seriedade, muito ciente de que se Dragos quisesse atingir o coração da Ordem, ele o faria naquele mesmo local.

Era um pensamento que ele não gostava de acalentar, mas que não podia se dar ao luxo de ignorar.

Não sabia se suportaria se a Ordem, sua família, recebesse um golpe do tamanho que abatera Lazaro Archer naquela noite. Tudo o que restara ao Primeira Geração após um milênio de existência era o garoto surrado na enfermaria e o corpo baleado do filho, que Tegan e o restante da equipe trouxeram para o complexo.

Lucan pigarreou.

– Se desejar realizar os ritos funerários para Christophe pela manhã, podemos fazer os arranjos necessários.

Lazaro assentiu com gravidade.

– Obrigado. Por tudo, Lucan.

– As acomodações aqui no complexo são limitadas, mas podemos rearranjar as coisas para abrir espaço para você e Kellan em um dos dormitórios. Vocês são bem-vindos para permanecerem pelo tempo que for preciso.

Archer ergueu a mão numa recusa educada.

– Isso é mais do que generoso, porém, tenho propriedades em outro local. Existem alguns lugares em que eu e meu neto podemos ficar.

– Sim – concordou Lucan –, contudo, até que estejamos seguros de que você e Kellan não correm perigo imediato por parte de Dragos, não me sinto bem em deixá-los sair da proteção da Ordem.

– Dragos – disse Archer, o rosto endurecendo com uma fúria contida. – Lembro-me desse nome dos tempos antigos. Dragos e sua descendência sempre foram corruptos. Desonestos, conspiradores.

Moralmente pútridos. Bom Deus, pensei que sua linhagem inteira tivesse morrido há muito tempo.

Lucan grunhiu.

– Um filho da segunda geração permaneceu, escondido por décadas atrás de codinomes, mas não morreu. Ainda não. E há mais, Lazaro. Coisas que você desconhece. Coisas que a população civil não desejaria saber sobre Dragos e as suas maquinações.

Olhos antigos e sérios o fitaram.

– Conte-me. Quero entender. *Preciso* entender.

– Venha – disse Lucan. – Vamos andar.

Ele guiou Lazaro para longe do quarto do neto na enfermaria ao longo do corredor externo. Os dois Primeira Geração caminharam em silêncio por um tempo enquanto Lucan pensava por onde começar com os fatos que sabiam a respeito de Dragos. Pelo começo, decidiu.

– As sementes desta guerra com Dragos foram semeadas há muitos séculos – disse, enquanto ele e Archer avançavam pelo corredor de mármore branco. – Deve se lembrar da violência daqueles tempos, Lazaro. Você viveu naquela época assim como eu, quando os Antigos andavam descontrolados, guiados por sua sede de sangue e pelo furor das caçadas. Eram nossos pais, mas tinham que ser detidos.

Archer assentiu com severidade.

– Lembro-me de como era naquela época. Quando garoto, não sei lhe dizer quantas vezes testemunhei a selvageria de meu pai. Ela pareceu aumentar com o decorrer do tempo, tornando-se mais feroz e incontrolável, em especial depois que ele retornava das reuniões.

Lucan inclinou a cabeça.

– Reuniões?

– Sim – respondeu Archer. – Não sei onde ele e os outros Antigos se encontravam, mas ele se afastava por semanas, por meses. Sempre sabia quando ele voltava para a nossa região porque as matanças dos humanos nos vilarejos ao nosso redor recomeçavam. Fiquei aliviado quando ele se foi de vez.

Lucas franziu o cenho.

– Meu pai nunca mencionou nenhuma reunião, mas eu sabia que ele vagava por longos períodos. Sei que ele caçava. Quando matou minha mãe num acesso de sede de sangue, soube que era chegada a hora de pôr um fim àquela selvageria.

– Lembro-me de ter ouvido o que aconteceu à sua mãe – replicou Archer. – E me lembro do seu chamado para que todos os Primeira Geração se juntassem a você numa guerra contra nossos pais alienígenas. Não pensei que fosse possível que fosse bem-sucedido.

– Muitos não acreditaram – lembrou-se Lucan, mas sem amargura, não naquela época nem agora. – Oito de nós se insurgiram contra o punhado de Antigos sobreviventes. Pensamos ter matado até o último deles, mas tínhamos traidores do nosso lado – meu irmão, Marek, descobrimos, por fim, e o pai de Dragos, também um Primeira Geração. Conspiraram em segredo e construíram uma cripta escondida numa montanha para abrigar o último dos Antigos. Alegaram que ele estava morto, porém o mantiveram em hibernação por séculos. Mais tarde, foi removido da cripta, sobrevivendo sob o controle de Dragos até bem recentemente. Dragos o manteve drogado e faminto num laboratório particular. Não conhecemos a extensão da sua loucura, mas uma coisa sabemos com certeza: ao longo de décadas, ele usou o Antigo para criar um pequeno exército de Primeira Geração. Esses filhos agora servem Dragos como seus assassinos particulares.

– Bom Deus – murmurou Archer, visivelmente abalado. – Custo a acreditar que tudo isso seja verdade.

Lucan pôde ter sentido o mesmo a certa altura, mas já vivera aquilo. Pensou em tudo o que acontecera no último ano. Todas as traições e revelações, os segredos explosivos e as tragédias inesperadas que atingiram o cerne da Ordem e os seus membros.

E a luta não tinha acabado. Longe disso.

– Até então, Dragos tem conseguido nos ludibriar, mas estamos cada vez mais próximos dele. Nós o obrigamos a se esconder ao destruir o que, provavelmente, era o seu local primário. Ele perdeu outra peça-chave de seu esquema quando o Antigo escapou dos seus homens no Alasca. Nós rastreamos a criatura e a abatemos. Mas muitos estragos já haviam sido feitos – acrescentou Lucan. – Não sabemos quantos Primeira Geração Dragos conseguiu criar e onde eles podem estar. No entanto, temos toda intenção de localizá-los. E temos um deles trabalhando conosco agora. Ele se uniu à Ordem não faz muito tempo, depois de se libertar das amarras de Dragos.

O rosto de Archer se mostrou cauteloso.

– Acredita que isso seja sensato? Depositar a sua confiança em alguém que esteve tão ligado a Dragos?

Lucan inclinou a cabeça.

– Tive o mesmo tipo de reserva no início, porém, Hunter tem se mostrado mais do que merecedor da confiança da Ordem. Você já o conheceu, Lazaro. Ele esteve com você hoje à noite e o ajudou a matar os assassinos de Christophe.

O Primeira Geração emitiu uma imprecação baixa.

– Aquele guerreiro salvou minha vida. Ninguém poderia ter agido com mais presteza para poder salvar meu filho, mas, se não fosse por Hunter, eu também não estaria aqui.

– Ele é um homem honrado – disse Lucan. – Mas nasceu e foi criado para ser uma máquina de matar. Baseado nas descrições que recebemos dos captores de Kellan, temos toda certeza que foram três dos assassinos de Dragos que o tiraram da sua casa.

– Pensei ter ouvido de alguns dos guerreiros de hoje que os captores que foram mortos dentro do prédio eram humanos, Servos Humanos.

Lucan assentiu.

– E eram. Por algum motivo, fizeram com que se parecessem com os mesmos indivíduos que levaram Kellan, mas os Servos Humanos fizeram parte de algum esquema maior. Não me restam dúvidas de que assim como o ataque ao seu Refúgio Secreto.

– Mas por quê? – murmurou Archer. – O que ele espera ganhar abatendo toda a minha família e reduzindo meu lar a cinzas?

– Ainda não temos essa resposta, mas não descansaremos até obtê-la. – Lucan parou no corredor, cruzando os braços sobre o peito. – Dragos nos deu muito para cuidarmos nos últimos tempos, e meus instintos dizem que só estamos vendo o início daquilo que ele é capaz de fazer. Recentemente descobrimos também que ele tem Servos Humanos infiltrados em pelo menos uma agência governamental humana. Sem dúvida, há mais notícias ruins de onde essa veio.

Archer praguejou, quase inaudivelmente.

– E pensar que tudo isso vem acontecendo sob os nossos narizes. Lucan, não sei o que dizer, a não ser que me arrependo de não ter lhe dado o meu apoio antes. Não sabe o quanto lamento isso.

Lucan meneou a cabeça.

– Não é necessário. A luta pertence à Ordem.

A expressão de Lazaro Archer se tornou séria e carregada de propósito.

– Daqui por diante, essa luta também é minha. Conte comigo, Lucan. Para qualquer coisa que eu possa lhe ser útil, ou aos seus guerreiros, se aceitar a minha oferta, por mais tardia que seja, conte comigo.

A limusine preta de Dragos parou perto da calçada coberta por neve suja onde seu tenente aguardava, soltando lufadas pela respiração e tremendo sob o poste de luz, dentro de seu casaco de caxemira e chapéu de aba curta.

Quando o Servo Humano pisou no freio, o homem de Dragos se aproximou da porta do passageiro e entrou no veículo. Tirou o chapéu e as luvas, virando-se para ficar de frente para Dragos no banco de trás.

– A Ordem recebeu a pista sobre o prédio em que o garoto estava sendo mantido, senhor. Apareceram lá bem como antecipávamos, juntamente com Lazaro Archer e seu filho, além de uma unidade da Agência de Policiamento. Os Servos Humanos que montavam guarda junto ao garoto foram mortos em questão de minutos após o confronto.

– Isso não me surpreende – Dragos disse, dando de ombros. – E o agente Freyne?

– Morto, senhor. Ele e seus homens foram mortos por um dos guerreiros enquanto tentavam dar cabo da missão deles. Christophe Archer foi eliminado, mas seu pai ainda vive.

Dragos resmungou. Se um dos Archer tinha que sobreviver ao atentado providenciado por ele, preferiria que Lazaro estivesse morto em vez de seu educadíssimo filho da alta sociedade. Mesmo assim, o ataque múltiplo orquestrado para aquela noite ainda fora um sucesso. Ele observara de uma distância segura, dentro de sua limusine, quando o Refúgio Secreto de Lazaro Archer explodira no meio da noite invernal como fogos de artifício.

Foi glorioso.

Uma aniquilação total.

E agora ele tinha os membros da Ordem precisamente como queria: confusos e dispersos.

Seu tenente da Raça prosseguiu, detalhando o restante dos resultados da noite.

– O incêndio no Refúgio dizimou todos os habitantes, e tenho relatos de que não se sabe do paradeiro de Lazaro Archer desde então. Apesar de não ter confirmação, suspeito que tanto o Primeira Geração quanto o garoto estejam sob a custódia da Ordem neste exato momento.

– Muito bem – respondeu Dragos. – Se Lazaro Archer ainda respira, não tenho como dizer que tenha sido uma execução impecável das minhas ordens. Mas, pensando bem, se esperava perfeição, eu teria que ter feito tudo sozinho.

Seu tenente teve a audácia de parecer afrontado.

– Com todo o respeito, senhor, mas caso eu soubesse que a Ordem hoje conta com um dos seus assassinos, eu teria tomado precauções adicionais em relação ao papel de Freyne na missão desta noite.

Dragos já vivera tempo o bastante para que surpresas raramente tivessem o poder de pegá-lo desprevenido. Essa notícia, porém, essa informação perturbadora, de fato fez seu coração bater mais rápido. Uma onda de raiva tomou conta de seu crânio, uma fúria gélida praticamente o fez cuspir a imprecação que surgiu em sua língua.

– O senhor não sabia? – perguntou seu tenente, aproximando-se da porta num esforço de se afastar ao máximo dele.

– Um assassino – disse Dragos, centelhas âmbares brilhando na escuridão do interior da limusine. – Tem certeza disso?

O homem assentiu com seriedade.

– Instalei câmeras de segurança na construção e em mais de um local das proximidades. O modo como ele se movia, seu tamanho e a precisão dos movimentos... Senhor, não há como confundi-lo com outra coisa que não um dos seus assassinos.

E só existia um dos seus assassinos especialmente criados e implacavelmente treinados que conseguira se libertar do seu controle e fugir. Que ele tivesse se aliado à Ordem era uma surpresa pura e simples.

Dragos deduzira que Hunter tivesse se libertado do elo de obediência da coleira e fugido para a obscuridade, um cão de rua, perdido sem seu dono. Imaginara que o assassino fugitivo tivesse acabado morto ou se transformado num Renegado a esta altura.

Mas não isso.

E não, pensava agora, não aquele assassino em especial.

Desde o começo ele fora diferente. Extremamente eficiente. De uma inteligência fria. Incansavelmente disciplinado, contudo, muito longe de ser submisso. Essa foi uma lição que ele nunca conseguira aprender, mesmo sendo impiedosamente treinado para tal. Deveria tê-lo matado, mas ele também fora o melhor assassino do seu exército pessoal de Primeira Geração.

E agora, ao que tudo levava a crer, ele se bandeara para o lado de Lucan e dos seus guerreiros na guerra que se aproximava.

Dragos rosnou de ultraje ante a mera ideia.

– Saia das minhas vistas – rosnou para o tenente. – Espere ordens minhas para dar início à nova fase do plano.

O outro macho da Raça saiu apressado do carro sem dizer mais nada, batendo a porta atrás de si, correndo apressado na direção oposta à da rua.

– Dirija – ordenou Dragos ao Servo atrás do volante.

Enquanto a limusine se apressava em meio ao trânsito noturno de Boston, ele endireitou as lapelas do seu smoking italiano de seda e passou a mão pelos cabelos meticulosamente penteados. Na luz tênue dos faróis retrovisores dos carros, puxou de dentro do bolso do paletó um convite e leu o endereço da festa de arrecadação de fundos políticos à qual acabara de comparecer no centro da cidade.

Uma gotícula de sangue humano manchava o canto inferior do papel branco, ainda fresco o bastante para sujar seu polegar.

Dragos riu baixo, lembrando-se de quanto o grupo de políticos locais se mostrou contente com a generosidade da sua doação.

E como ficaram surpresos alguns minutos mais tarde, quando perceberam o que cada um deles lhe devia em troca.

Agora se recostava no banco e fechava os olhos, deixando-se embalar pelo ronco da estrada enquanto saboreava o zunido do poder que ainda percorria suas veias.

Capítulo 28

Jenna jamais vira Brock tão calado.

Ele e os outros guerreiros haviam retornado há pouco tempo, acompanhados por Lazaro Archer e o neto. O alívio pelo resgate do garoto foi deveras abafado pelo custo a que fora conquistado. Enquanto se fizeram arranjos para acomodar os dois recém-chegados ao complexo, possibilitando que se lavassem e se acomodassem, Brock e os demais participantes da missão daquela noite se dispersaram para seus aposentos.

Brock mal emitira sequer uma palavra desde que retornara. Estivera coberto de sangue e sujeira, o rosto retesado de tensão e horror pelo que ele e seus irmãos de armas testemunharam durante o salvamento do garoto.

Jenna o acompanhara de volta ao quarto que agora partilhavam e, desde então, estivera sentada na beira da cama sozinha, fitando a porta fechada do banheiro enquanto ele tomava uma chuveirada do outro lado.

Não sabia se ele desejava companhia ou se preferia a solidão, mas depois de ter ouvido a respeito do acontecido durante a patrulha, descobriu que não podia ficar apenas esperando enquanto ele sofria do outro lado da porta fechada.

Andou até ela e a testou. Não estava trancada, por isso entreabriu--a e espiou lá dentro.

Brock estava nu debaixo do jato de água quente, os *dermaglifos* voltados para a porta, as mãos cerradas e apoiadas na parede do chuveiro diante dele. Embora ela não visse nenhum ferimento aparente, a água descia em trilhas rubras pela pele escura antes de escorrer pelo ralo aos seus pés.

– Posso entrar? – perguntou com suavidade.

Ele não respondeu, mas tampouco lhe disse para deixá-lo sozinho. Ela entrou, fechando a porta atrás de si. Não precisava perguntar se ele estava bem. Apesar de não apresentar ferimentos físicos, todos os músculos das costas estavam tensos. Os braços tremiam, a cabeça pendia em direção ao peito.

– Uma família inteira foi pelos ares hoje – murmurou ele, a voz rouca e tensa com uma emoção contida. – A vida daquele garoto nunca mais será a mesma.

– Sei disso – sussurrou ela, aproximando-se mais.

Ele levantou o rosto na direção da cascata, depois passou a mão pela cabeça.

– Sabe, algumas vezes eu acho que não vou suportar tanto sofrimento e tanta morte.

– É isso que te faz humano – disse ela, depois riu para si mesma por pensar nele como um homem com tanta facilidade, seu homem, apesar das coisas que o tornavam muito mais do que isso.

Inferno, estava ficando difícil pensar em si mesma como sendo simplesmente humana – cada dia mais difícil –, mas tinha menos medo das mudanças que lhe aconteciam. Elas a deixavam mais forte, concedendo-lhe uma sensação renovada de poder... Um renascimento.

Descobriu-se à procura de uma chance de ter uma vida diferente. Uma vida nova, talvez ali mesmo naquele lugar. Talvez com Brock ao seu lado.

Depois da última vez em que esteve em seus braços, percebeu, também, que tinha menos medo dos sentimentos que nutria por ele.

Foi a ausência desse medo que a incitou a tirar a blusa e as calças frouxas de ioga. O sutiã e a calcinha foram retirados em seguida, deixados no chão enquanto ela entrava no chuveiro, passando os braços ao redor das costas largas de Brock.

Ele se retesou ao contato, inspirando fundo. Mas logo seus braços se abaixaram e a seguraram, com mãos quentes e tranquilizadoras enquanto a acariciava.

– Estou imundo da missão, Jenna.

– Não ligo – disse ela, depositando uma trilha de beijos no arco suave e musculoso da coluna dele. Seus *dermaglifos* pulsaram ao mudarem de cor. – Deixe-me cuidar de você para variar.

Afastou-lhe os braços e pegou o sabonete do suporte na parede. Ele ficou parado enquanto ela fazia espuma nas mãos para depois começar a espalhá-la pelos ombros amplos e bíceps protuberantes. Lavou-lhe as costas largas, depois deixou as mãos descerem, além da cintura, pelas laterais do quadril estreito.

Ela sentiu a forte contração muscular em seu corpo quando passou para a frente, as mãos ensaboadas chegando ao limite da virilha. Ele estava ereto antes mesmo de ela chegar lá, gemendo enquanto ela esticava os dedos ao redor da base, incitando ainda sem tocar. Ela afastou as mãos novamente para ensaboá-las mais, depois se abaixou por trás para lavar-lhe as pernas por inteiro.

Ele estremeceu enquanto ela espalmava as mãos e os dedos subindo pelas coxas, pressionando o corpo molhado ao se erguer, escorregadio pelas bolhas que ainda se agarravam à sua pele. Envolveu a cintura com um braço e a outra mão desceu para afagar o mastro erguido. Ele emitiu um grunhido enquanto ela o acariciava, o sexo inchando ainda mais em sua mão.

Ela encontrou um ritmo que pareceu agradá-lo, e o bombeou sem misericórdia, deliciando-se com a sensação da reação do corpo dele ao seu toque. Com um gemido baixo, ele se inclinou para a frente, apoiando-se em um cotovelo na parede adiante.

– Cacete, Jenna... Adoro sentir suas mãos em mim.

Ela sorriu ante esse elogio, perdendo-se no prazer dele enquanto o bombeava com mais rapidez, mais intensidade. Ele grunhiu, o sexo reagindo à movimentação de pistão da mão dela. Depois, antes que conseguisse fazê-lo perder o controle, ele sibilou uma imprecação entre os dentes e as presas.

Virou-se para ficar de frente. O membro ereto se erguia até o umbigo, duro como o aço, mas quente como uma chama quando ele a arrastou para junto de si, as mãos grandes segurando-a pelos braços, a pegada possessiva e determinada. O lindo rosto estava esticado em ângulos agudos no limiar da paixão, os olhos brilhantes como carvão ardente, as presas brancas enormes, letalmente afiadas.

Jenna lambeu os lábios, a garganta ficando subitamente seca de desejo.

Ele sabia o que ela queria. E ela compreendia isso tão certamente quanto ele compreendia seu olhar ávido.

Ele a suspendeu, guiando-lhe as pernas ao redor da sua cintura, e a carregou para fora do banheiro, até a cama imensa no quarto. Os corpos estavam molhados, ainda escorregadios nos lugares em que algumas bolhas errantes de sabonete permaneciam, quando subiram juntos no colchão num abraço íntimo.

Ele manteve as pernas dela ao seu redor ao deitar de costas, acomodando-a por cima. Penetrou-a, preenchendo-a à perfeição. Ela inclinou a cabeça para trás e exalou um suspiro de prazer quando ele se ajustou até o fundo.

– Você é tão linda – murmurou ele, seu toque viajando pela pele sensível.

Ela abriu os olhos e o fitou.

– Quero ser bonita para você. É assim que você me faz sentir. – Ela sustentou o olhar ardente âmbar, forçando-se a não recuar por timidez ante a emoção que a assolava. Sentia-se segura com ele. Segura o bastante para lhe dizer o que se passava em seu coração. – Estou feliz, Brock, pela primeira vez em muito tempo. Por sua causa, tenho sentido tantas coisas...

– Jenna – murmurou ele, franzindo a testa conforme suas feições se tornavam sérias.

Ela avançou, já tendo passado pela beira do precipício, determinada a despencar de vez.

– Sei que você disse que não queria complicações, nem relacionamentos de longo prazo. Sei que você disse que não quer se envolver...

– *Estou* envolvido – disse ele, passando as mãos pelas laterais do corpo dela, parando no quadril onde seus corpos estavam intimamente unidos. Balançou o corpo devagar. – Não há como nos envolvermos mais do que isto. Deus, nunca esperava por você, Jenna. Pensei que estava agindo com cautela, mas você mudou tudo. – O toque dele foi leve ao acariciá-la no rosto e na mandíbula. – Não tenho as respostas no que se refere a você... a nós... e ao que temos juntos.

Ela engoliu em seco, meneando a cabeça.

– Não quis me apaixonar – sussurrou. – Não achei que, um dia, voltaria a me apaixonar.

Ele a manteve cativa num olhar carinhoso.

– E eu disse a mim mesmo que não o faria.

Jenna abriu os lábios, sem saber bem o que dizer. Um instante depois, isso deixou de ter importância. Brock a trouxe para baixo e a beijou, abraçando-a. A boca pressionou a sua, a língua passando em meio aos lábios dela, enlouquecendo-a com a necessidade de mais. Ela enterrou o quadril ao encontro do dele, o calor se acendendo em seu centro e se espalhando para cada terminação nervosa.

Soergueu-se, arfando, sem conseguir deixar de se mover, já que seu desejo passara ao ponto de ebulição.

– Você está no controle, querida – disse ele, a voz espessa e rouca. – Pegue o que quiser.

Ela fitou-lhe a garganta, observando a veia que pulsava com tanta força na lateral do pescoço. Uma fome a atingiu por dentro, assustando-a com tamanha ferocidade. Desviou o olhar e se deparou com o calor brilhante dos olhos transfigurados.

– O que quiser – repetiu ele, parecendo mais do que ansioso para que ela fizesse o que quer que estivesse pensando.

Ela balançou acima dele, saboreando a sensação dos corpos unidos, já meio tonta de excitação. Seu orgasmo a atingiu com rapidez. Ela bem que tentou retardá-lo, mas as sensações a inundaram enquanto ela cavalgava no calor e na força do sexo de Brock.

Ele a observava com ávido interesse, os lábios retraídos revelando as presas, os tendões esticados no pescoço enquanto ele erguia os ombros da cama. Jenna não conseguia desviar os olhos da batida frenética da pulsação dele, que ecoava em seus ossos, em suas veias, no ritmo impaciente do seu corpo, enquanto ela estremecia com a súbita detonação do seu gozo.

– Isso... – gemeu ele, espalmando as mãos nas costas dela para impedi-la de se afastar quando o desejo a assolou tal qual uma onda. – Solte, Jenna. Tudo o que quiser...

Com um grito estrangulado que não conseguiu refrear, ela afundou o rosto na lateral do pescoço e mordeu com força. O sangue inundou sua boca, quente, espesso e doce.

Brock sibilou uma imprecação que não soou nem um pouco pesarosa. Seu corpo estremeceu quando a penetrou mais profundamente, elevando o desejo dela ainda mais. Ele gritou em seu orgasmo, a pulsação reverberando na ponta da língua de Jenna enquanto ela fechava os lábios sobre a veia aberta e começava a beber.

Capítulo 29

Dois dias haviam se passado desde o ataque à família de Lazaro Archer e da missão de resgate que salvara o jovem Kellan. O garoto se recuperava fisicamente da captura e dos maus-tratos, mas Jenna sabia tão bem quanto qualquer pessoa que as cicatrizes emocionais – a realidade do que perdera num momento infernal – estariam com ele muito depois que os ferimentos e hematomas tivessem desaparecido. Só esperava que ele encontrasse os meios de lidar com essas cicatrizes em menos tempo e com menos sofrimento do que ela para lidar com as suas.

Desejou o mesmo para o avô dele, embora Lazaro Archer mal parecesse necessitar da empatia de alguém. Depois que a cerimônia fúnebre do filho, Christophe, foi realizada no complexo, Lazaro recusara-se a comentar sobre aquela noite violenta. Desde então, ele se devotava a trabalhar ao lado da Ordem. O civil da Primeira Geração agora parecia tão determinado quanto qualquer um dos guerreiros a ver Dragos e a sua operação inteira destruídos.

Jenna conhecia esse sentimento. Era enlouquecedor pensar que um mal como Dragos estivesse à solta no mundo. Ele vinha incrementando sua operação, o que significava que a Ordem não podia se dar ao luxo de deixar passar nenhuma oportunidade de levar a melhor. Depois do que ele se mostrou disposto a fazer com Lazaro Archer e a família, Jenna não conseguia deixar de se preocupar ainda mais com o grupo de Companheiras de Raça que se sabia estar sob seu domínio.

Pelo menos nesse front, havia uma centelha de esperança. Dylan recebera naquela manhã um telefonema da administradora do asilo em Gloucester em que estava a Irmã Margaret Howland. A freira idosa ficara sabendo que Dylan havia solicitado permissão para visitá-la e estava animada em ter companhia para conversar.

Jenna fora a primeira a se prontificar quando Dylan anunciou a excursão daquela tarde. Renata e Alex também se ofereceram para acompanhá-las, todas ansiosas para ver se os retratos falados das Companheiras de Raça prisioneiras providenciados por Claire Reichen dariam frutos.

Agora, enquanto as quatro mulheres dirigiam para Gloucester num dos Rovers pretos da frota da Ordem, só o que ousavam desejar era alguns momentos de clareza mental da freira idosa.

Mesmo Lucan teve que concordar que se conseguissem obter pelo menos o nome de uma das fêmeas, isso já faria a missão inteira ter valido a pena.

Brock não se mostrara muito animado ante a perspectiva de Jenna sair do complexo, ainda mais tão pouco tempo depois da violência perpetrada contra a família de Lazaro Archer. Ele se preocupava, como sempre, mas enquanto isso antes a teria irritado, agora a alegrava.

Ele se preocupava com ela, e Jenna tinha que admitir que a sensação de ter alguém cuidando da sua retaguarda era muito agradável. Mais do que isso, acreditava que Brock era um homem que protegeria seu coração com o mesmo cuidado com que cuidava da sua segurança e do seu bem-estar.

Desejou que fosse assim porque, nos últimos dias – e noites incríveis –, ela depositou seu coração aberto nas mãos dele.

– Chegamos – disse Dylan do banco da frente enquanto Renata manobrava para entrar na passagem de carros do asilo.

– A administradora me disse que a Irmã Margaret toma seu chá da tarde mais ou menos nesta hora na biblioteca. E que podemos ir direto para lá.

– Ali está. – Alex apontou para uma placa grossa de bronze ressaltada em meio a um monte de neve diante de um chalezinho de madeira.

Renata parou no estacionamento meio deserto e desligou o motor.

– Boa sorte para nós, certo? Jenna, pode pegar a bolsa de couro no porta-malas?

Ela se virou para pegar o conjunto de arquivos e blocos de anotação do bagageiro, depois saiu do veículo com as amigas.

Enquanto Jenna dava a volta no carro, Dylan pegou a bolsa das mãos dela e a segurou junto ao peito. Pressionando os lábios, suspirou fundo.

Alex parou ao seu lado.

– O que foi?

– Toda a minha pesquisa dos últimos meses vai culminar neste momento. Se isso for um beco sem saída, meninas, então não faço ideia de onde começar a procurar em seguida.

– Relaxe – disse Renata, segurando Dylan pelos ombros num abraço fraternal. – Você se esforçou muito nessa investigação. Não teríamos chegado até aqui se não fosse por você. Por você e por Claire.

Dylan assentiu, apesar de não se mostrar muito esperançosa com o discurso incentivador.

– Só precisamos de uma pista concreta. Acho que não vou aguentar se a gente voltar para o ponto de partida.

– Se tivermos que recomeçar – disse Jenna –, então vamos nos esforçar ainda mais. Juntas.

Renata sorriu, os olhos verde-claros cintilando ao fechar o casaco de couro para esconder as adagas e o coldre que se esparramava ao redor do quadril coberto pela calça de uniforme.

– Venham. Vamos tomar chá com algumas velhinhas legais.

Jenna achou melhor também fechar o casaco, já que Brock insistira para que ela portasse uma arma sempre que saísse do complexo.

Parecia estranho voltar a carregar uma arma de fogo, mas era um tipo diferente de sensação de quando morava no Alasca.

Tudo nela parecia diverso.

Estava diferente, e gostava da pessoa que estava se tornando.

Mais importante: estava aprendendo a perdoar a pessoa que fora no Alasca.

Deixara uma parte sua para trás em Harmony, uma parte que jamais tomaria de volta, mas, ao entrar no chalé aquecido da biblioteca com Renata, Dylan e Alex, não conseguia imaginar-se voltando a ser a mulher que fora antes. Tinha amigos ali agora, e um trabalho importante que precisava ser feito.

Acima de tudo, ela tinha Brock.

Foi esse pensamento que a fez sorrir um pouco mais enquanto Dylan as conduzia na direção de uma senhora de aparência frágil que estava sentada num sofá florido próximo à lareira da biblioteca. Olhos azuis embaçados piscaram algumas vezes por baixo de uma nuvem de cabelos brancos fofos e encaracolados. Jenna ainda conseguia enxergar a expressão bondosa da freira daquela fotografia do abrigo no rosto enrugado que fitava de baixo as mulheres da Ordem.

– Irmã Margaret? – disse Dylan, estendendo a mão. – Sou a filha de Sharon Alexander, Dylan. E estas são as minhas amigas.

– Ah, meu Deus – exclamou a freira amigável. – Me disseram que eu teria companhia no chá de hoje. Por favor, meninas, sentem-se. É tão raro eu ter visitas.

Dylan se sentou no sofá ao lado dela. Jenna e Alex ao lado da mesinha, num par de cadeiras de balanço. Renata se posicionou com as costas contra a parede, os olhos fixos na porta – uma guerreira treinada, sempre de prontidão.

Pouco importava que as únicas pessoas além delas quatro e da Irmã Margaret eram outras duas senhoras de cabelos brancos cambaleando atrás de andadores de metal, usando pingentes com botão de emergência pendurados nos pescoços junto com seus rosários.

Jenna ouvia distraída enquanto Dylan jogava um pouco de conversa fora com a freira, antes de se dirigir ao propósito daquela visita. Pegou um punhado de desenhos, tentando, desesperadamente, aguçar a memória falha da freira anciã. Mas isso não pareceu dar muito resultado.

– Tem certeza de que não se lembra de nenhuma dessas moças da época do abrigo? – Dylan colocou mais alguns retratos diante da senhora. A freira estreitou os olhos ante os rostos desenhados, mas não houve nenhum sinal de reconhecimento nos olhos azuis gentis. – Tente, por favor, Irmã Margaret. Qualquer coisa que lembrar pode nos ajudar.

– Sinto muito, minha querida. Lamento que minha memória não seja mais o que costumava ser. – Pegou uma xícara e sorveu um gole. – Mas, pensando bem, nunca fui muito boa com nomes e rostos. Deus achou por bem me abençoar de outras maneiras, imagino.

Jenna viu quando Dylan murchou ao juntar, com relutância, os desenhos.

– Tudo bem, Irmã Margaret. Agradeço por ter nos recebido.

– Ora, meu Deus – disse a freira, abaixando a xícara no pires. – Que anfitriã horrível eu sou! Esqueci-me de fazer chá para vocês, meninas.

Dylan apanhou a bolsa.

– Não é necessário. Não devemos tomar mais do seu tempo.

– Tolice. Vocês vieram tomar chá.

Quando ela se ergueu do sofá e se moveu na direção da pequena cozinha, Dylan lançou um olhar de desculpas para Jenna e as outras. Enquanto a freira se movimentava no cômodo ao lado, colocando água na chaleira e ajeitando as xícaras, Dylan juntou todos os desenhos e as fotografias. Guardou tudo de volta na bolsa de couro e a colocou no chão ao seu lado.

Depois de alguns minutos, a voz aguda da Irmã Margaret chegou até elas.

– A Irmã Grace as ajudou de algum modo, querida?

Dylan levantou o olhar, confusa.

– Irmã Grace?

– Sim. Irmã Grace Gilhooley. Ela e eu trabalhamos como voluntárias no abrigo juntas. Nós duas fazíamos parte do mesmo convento aqui em Boston.

– Caramba – Dylan disse baixinho, a animação reluzindo nos olhos. Ela se levantou do sofá e entrou na cozinha. – Eu adoraria conversar com a Irmã Grace. Por acaso a senhora sabe onde podemos encontrá-la?

A freira assentiu com bastante orgulho.

– Mas claro que sei. Ela mora a uns quinze minutos daqui, seguindo o litoral. O pai dela era capitão. Ou pescador. Bem, não me recordo muito bem, para falar a verdade.

– Não tem problema – garantiu Dylan. – Pode nos fornecer o telefone dela ou o endereço, para que possamos entrar em contato?

– Vou fazer mais do que isso, querida. Eu mesma vou ligar para avisá-la de que gostariam de lhe fazer perguntas a respeito das meninas do abrigo. – Atrás da freira, uma chaleira começou a apitar. Ela sorriu, tão sorridente quanto uma vovozinha. – Mas, primeiro, vamos tomar chá juntas.

Engoliram o chá o mais rápido que conseguiram sem parecer rudes. Mesmo assim, levaram mais de vinte minutos para deixarem a doce Irmã Margaret Mary Howland. Felizmente, sua oferta de telefonar para a Irmã Grace se mostrou útil.

A outra freira aposentada aparentemente estava em melhores condições de saúde, morando sem ajuda, e, pelo lado da conversa que Jenna e as outras conseguiram ouvir, pareceu que a Irmã Grace estava disposta a conceder quaisquer informações que elas precisassem sobre o trabalho no abrigo de Nova York.

– Lugar agradável – Jenna observou enquanto Renata dirigia o Rover ao longo da estrada do litoral que conduzia a uma reservada casa amarela alegre ao estilo vitoriano na ponta de uma península de terras rochosas.

A casa grande devia fazer parte de uma propriedade de quase um hectare, um selo de correio se comparado às propriedades no Alasca, mas obviamente um cenário luxuoso ali no litoral de Cape Cod. Com a neve tomando conta do jardim e das rochas ao lado, o oceano azul se estendendo até o horizonte, a bela casa vitoriana amarelo-canário parecia tão salutar e convidativa quanto um raio de sol em meio a tanto frio e inverno.

– Espero termos mais sorte aqui – disse Alex, com Jenna no banco de trás, espiando a propriedade impressionante enquanto acompanhavam a cerca branca da frente, antes de virarem para a entrada de carros.

Enquanto Renata estacionava o Rover perto da casa, Dylan se virou para trás no banco ao seu lado.

– Se ela não conseguir nos ajudar a identificar algumas das mulheres desaparecidas do abrigo em Nova York, talvez consiga nos dizer os nomes das Companheiras de Raça dos dois novos desenhos que Claire Reichen nos deu.

Jenna saiu do banco de trás do carro junto com Alex, as duas dando a volta no Rover, onde Renata e Dylan já aguardavam.

– Não sabia que havia desenhos novos.

– Elise os apanhou de seu amigo do Refúgio Secreto ontem.

Dylan entregou o arquivo para Jenna enquanto andavam até a varanda da frente da casa. Ela abriu a pasta enquanto seguia as companheiras pelos degraus de madeira que rangiam até a porta da frente. Relanceou para os desenhos, baseados nas lembranças de Claire sobre os rostos que vira há alguns meses, quando seu dom de vagar pelos sonhos lhe dera acesso inesperado a um dos laboratórios escondidos de Dragos.

Dylan tocou a campainha.

– Cruzem os dedos. Droga, podem rezar, já que estamos aqui.

Uma empregada apareceu um momento depois e as informou educadamente que já estavam sendo esperadas. Nesse meio-tempo, Jenna estudou os dois desenhos mais atentamente... E seu coração despencou tal qual uma pedra até o estômago.

Uma imagem de uma jovem com cabelos escuros lisos e olhos amendoados a fitava. O rosto delicado era-lhe familiar, mesmo no desenho a lápis que não capturara o impacto total da beleza exótica.

Corinne.

A Corinne de Brock.

Podia ser mesmo ela? E se fosse, como? Ele tinha tanta certeza de que ela estava morta. Contara-lhe que vira o corpo da Companheira de Raça depois de ele ter sido recuperado do rio. Pensando bem, ele também mencionara que fazia meses desde que ela desaparecera antes que os restos fossem encontrados, e tudo o que tiveram para identificá-la foram as roupas e o colar que estivera usando no dia do desaparecimento.

Ah, Deus... Ela poderia estar viva? De algum modo acabara nas mãos de Dragos e estava sendo mantida em cativeiro por todo aquele tempo?

Jenna estava atordoada demais para falar, entorpecida demais para fazer qualquer outra coisa que não seguir as amigas pela casa depois que a empregada as convidara a entrar. Uma parte sua tinha esperanças de que a jovem presumidamente morta estivesse, de fato, viva.

No entanto, outra parte sua se agarrava a um medo vergonhoso: o medo de que aquele conhecimento lhe custasse o homem que amava.

Tinha que telefonar para Brock o quanto antes. Era a coisa certa a fazer – ele tinha que saber a verdade. Tinha que ver o retrato por si só e determinar se as suas suspeitas estavam corretas.

– Por favor, fiquem à vontade. Vou avisar a Irmã Grace que vocês chegaram – disse a agradável mulher ao deixar Jenna e as outras sozinhas na sala de estar.

– Alex – murmurou Jenna, dando um puxão na manga do casaco dela. – Preciso ligar para o complexo.

Alex franziu o cenho.

– O que aconteceu?

– Este desenho – disse ela, relanceando uma vez mais e tendo a mais absoluta certeza agora de que Claire Reichen vira Corinne em seus sonhos do covil de Dragos. – Reconheço o rosto desta mulher. Já o vi antes.

– O quê? – respondeu Alex, pegando a pasta das mãos dela. – Jen, você tem certeza?

Renata e Dylan se aproximaram também, as três companheiras de Jenna se apertando na sala de estar pacata da casa. Ela apontou para o rosto delicado da jovem de cabelos escuros do desenho.

– Acho que sei quem é esta Companheira de Raça.

– Ora, por favor, minha querida – disse uma voz feminina e fria. – Conte quem é.

O olhar de Jenna se ergueu de pronto e atravessou a sala até encontrar um par de calmos olhos cinza que a fitavam a partir de um rosto enrugado e belo. Os cabelos grisalhos longos presos num rabo frouxo, o vestido floral e a blusa de lã branca da Irmã Grace Gilhooley faziam-na parecer ter acabado de sair de um quadro de Norman Rockwell.

Mas aqueles olhos a denunciaram.

Os olhos enfadonhos e o formigamento dos sentidos de Jenna, que se acenderam como uma árvore de Natal assim que a mulher entrou na sala.

Jenna sustentou seu olhar de serpente, percebendo naquele momento o que, exatamente, a boa freira era.

– Puta merda – disse, relembrando o olhar peculiar dos agentes do FBI que tentaram matar ela e Brock em Nova York há poucos dias. Jenna relanceou para Renata. – Ela é uma maldita Serva Humana.

Capítulo 30

– Acho que essa é a décima vez que você olha essa coisa desde que veio para cá. – Brock caçoou de Dante enquanto o guerreiro – ansioso, pois faltava pouco para virar papai – se afastava do grupo na sala das armas para olhar seu palmtop. – Cara, você está mais irrequieto que um gato.

– Tess está descansando no quarto – respondeu Dante. – Disse para ela me mandar uma mensagem caso precise de alguma coisa.

Pelo visto sem ver nenhuma mensagem depois dos últimos cinco minutos que consultara o aparelho, ele voltou a colocá-lo sobre a mesa e retornou para a parte de prática de tiros onde Brock, Kade, Rio e Niko esperavam para voltar a praticar tiro ao alvo.

Enquanto Dante voltava para junto dos seus irmãos, Niko o fitou com fingida intensidade, chegando bem perto e encarando-o no rosto antes de dar de ombros.

– Puxa vida. Nada aí, no fim das contas.

– O que foi? – perguntou Dante, as sobrancelhas pretas se juntando numa carranca. – Que diabos você está fazendo?

Niko sorriu, revelando suas covinhas.

– Só estou procurando por um aro no nariz ou algo assim. Achei que Tess o tivesse mandado instalar para combinar com as rédeas curtas com que te prende.

– Não enche – disse Dante rindo. Apontou um dedo na direção de Niko. – Vou te lembrar disso quando a Renata estiver com oito meses e meio de gestação e for a sua vez de se preocupar.

– Não precisa esperar até lá – Kade interveio. – Renata já o treinou para atender ao primeiro chamado. Ela também deve ter colocado um par de rédeas nele.

– Ah é? – Niko pôs as mãos no cinto e fez que ia soltá-lo. – Me dá só um segundo para eu te mostrar.

Brock meneou a cabeça para os irmãos, sem estar com vontade de participar das tiradas sobre as Companheiras de Raça e seus possíveis bebês. Não conseguia parar de pensar em Jenna, e em como poderia encontrar uma maneira de terem um futuro juntos.

Ela não era Companheira de Raça, e isso o incomodava. Não pelo fato de nunca poderem ter filhos. Nem pela ausência do elo de sangue, que os uniria inexoravelmente pelo resto de suas vidas.

Ele não necessitava de um elo de sangue para fortalecer o que sentia por Jenna. Ela já era sua parceira, em todas as maneiras que contavam. Ele a amava, e apesar de não saber como seria seu futuro, não conseguia se imaginar vivendo sem ela.

Olhou para os demais guerreiros com ele na sala de armas, e soube que morreria por Jenna caso fosse preciso – assim como qualquer outro macho da Raça comprometido.

Enquanto seu olhar passava de Kade para Niko e Dante, percebeu que Rio estivera calado nos últimos minutos. O guerreiro espanhol cheio de cicatrizes estava recostado numa das paredes, olhando para o infinito enquanto esfregava um círculo no meio do peito distraidamente.

– Você está bem, Rio?

Ele relanceou para Brock e deu de ombros de leve. O punho ainda formava círculos bem em cima do coração.

– Que horas são?

Brock consultou o relógio na parede oposta do cômodo.

– Quase três e meia.

– As mulheres devem ligar daqui a pouco – disse Kade. Seu olhar pareceu preocupado também, as íris prateadas revelando uma nota de ansiedade.

Niko abaixou a arma e pegou o telefone.

– Vou ligar para Renata. De repente, fiquei com uma sensação esquisita.

– Pois é – concordou Kade. – Não acha que alguma coisa deu errado, acha?

Apesar de Brock não estar gostando da repentina vibração que emanava da sua irmandade, disse para si mesmo que estava tudo bem. A excursão que Jenna e as outras fêmeas estavam fazendo não passava de uma pequena viagem até Cape Cod. Uma visita a uma freira septuagenária, pelo amor de Deus.

Jenna havia levado uma arma, assim como Renata, e as duas sabiam cuidar de si mesmas. Não havia motivos para se preocuparem.

Dante se aproximou, parecendo preocupado, enquanto Niko esperava no silêncio prolongado para que sua companheira atendesse.

– Não atende?

– Não – Niko respondeu baixinho.

– *Madre de Dios* – Rio exclamou ao se afastar da parede. – Alguma coisa assustou Dylan. Sinto isso em minhas veias.

Brock registrou o alarme passando por cada um dos seus irmãos.

– Vocês dois também? – perguntou, lançando um olhar sério para Kade e Niko.

– A minha pulsação acabou de acelerar – disse Kade. – Merda. Alguma coisa muito ruim está acontecendo com Alex e as outras.

– Vai demorar pelo menos mais uma hora para escurecer – Dante os lembrou, solene ao dar o aviso.

– Não temos tanto tempo assim – disse Niko. – Temos que ir atrás delas agora.

Com Dante fitando-os, Brock se pôs atrás dos seus três companheiros guerreiros, sentindo-se perdido, dependendo dos instintos deles para guiá-lo na direção de qualquer que fosse o perigo que agora ameaçava Jenna e as companheiras dos outros machos.

Inferno. Jenna estava em perigo e ele não fazia a mínima ideia.

Ela podia estar morrendo naquele exato instante, e ele só saberia ao se ver diante do corpo.

Essa percepção era tão fria quanto a própria morte, alcançando seu peito e contraindo seu coração num punho gélido.

– Vamos – bradou para a irmandade.

Juntos, os quatro saíram correndo da sala de armas, juntando suas pistolas e munição antes de irem.

Na mesma hora, Jenna e Renata sacaram suas armas e as apontaram para a freira sorridente – a Serva, cujos olhos mortos olhavam através delas como se elas não estivessem ali.

Como se não fossem nada, não tivessem valor.

O que, para aquela mulher, Jenna sabia que elas não eram e não tinham.

Atrás da Irmã Grace, dois homenzarrões apareceram. Estiveram pairando nas sombras no corredor atrás delas, trazidos à frente antes mesmo de Jenna e Renata sacarem seus revólveres. Os olhos dos homens tinham a mesma frieza dos da freira. Cada um segurava uma pistola grande – uma mirada em Renata e a outra em Jenna.

O impasse se manteve num silêncio alerta por um instante, tempo que ela usou para calcular maneiras viáveis de desabilitar um ou os dois homens sem colocar Alex e Dylan em perigo. Mas, caramba, nada parecia possível. Mesmo que ela pudesse dispor da velocidade aumentada dos seus reflexos causada pelo implante, o risco às suas amigas parecia grande demais.

Em seguida, mais más notícias.

De algum lugar à sua esquerda, outro Servo Humano se apresentou e apoiou o cano frio de um revólver em sua cabeça.

A freira deu um falso sorriso.

– Terei que pedir a vocês duas que abaixem suas armas agora.

Renata não cedeu. Tampouco Jenna, apesar do clique metálico dentro da câmara das balas do revólver do Servo ao seu lado.

– Há quanto tempo vem trabalhando para Dragos? – Renata perguntou à escrava da mente. – Ele é o seu Mestre, estou certa?

Irmã Grace piscou, impassível.

– Vou repetir, queridas. Abaixem as armas. O tapete em que estão é da minha família há mais de duzentos anos. Seria uma pena arruiná-lo se Arthur ou Patrick tivesse que meter a porra de uma bala em vocês.

O peito de Jenna se contraiu de medo ao pensar que uma de suas amigas pudesse ser ferida nas mãos daqueles cretinos. Aguardou num silêncio tenso, aterrorizante, observando os músculos dos braços de Renata perderem um pouco da rigidez. Jenna pensou que ela estivesse prestes a obedecer, mas o olhar de esguelha sutil que ela lhe lançou pareceu indicar o contrário.

Jenna retribuiu o olhar com outro seu quase imperceptível. Só haveria uma chance de agir. Uma fração de segundo para fazer aquilo dar certo ou perder tudo.

Renata exalou um suspiro resignado.

Começou a abaixar a pistola...

Enquanto ela fazia isso, Jenna agregou toda a velocidade dos tendões e nervos dos seus braços humanos. Girou com uma rapidez impossível e quebrou o pulso do Servo que segurava a arma na sua cabeça. Ele berrou de dor, provocando o caos na sala inteira.

No que pareceu um movimento em câmera lenta para Jenna, mas que provavelmente se passou em frações de segundos, ela abaixou sua arma para o Servo caído e atirou duas vezes em sua cabeça. Nesse meio-tempo, Renata atirou em um dos que estavam atrás da freira. Quando jorrou uma fonte de sangue do peito do segundo Servo antes que ele caísse no chão, a Irmã Grace se virou para correr pelo corredor.

Jenna estava em cima dela antes que desse dois passos.

Lançou-se sobre a Serva, derrubando-a em um instante. Esticou as mãos e empurrou-a para trás, fazendo o monstro de cabelos grisalhos voar pelos ares. Ela se espatifou no chão da sala enquanto Renata acertava o último dos Servos machos, deixando o corpo se retorcendo e sangrando sobre o tapete de família.

Jenna se aproximou da freira rastejante e a suspendeu, levando-a até uma poltrona delicada de seda próxima à janela.

– Comece a falar, vadia. Há quanto tempo está servindo a Dragos? Já pertencia a ele quando começou a trabalhar no abrigo?

A Serva sorriu através dos dentes ensanguentados e balançou a cabeça.

– Não vai conseguir nada de mim. Você não me assusta. A morte não me assusta.

Enquanto falava, passadas pesadas ecoaram em alguma parte embaixo da casa. Mais dois Servos, subindo do porão. A porta do corredor se abriu num rompante quando eles entraram de repente. Renata se virou e acertou-os bem no meio da cabeça, detendo-os na mesma hora.

Dylan deu um gritinho de vitória quando a casa voltou a ficar silenciosa.

Mas, logo depois... Sons de vozes baixas vindos do porão logo abaixo. Vozes femininas.

Mais de uma dúzia de vozes diferentes, todas gritando e berrando, chamando por quem quer que pudesse ouvi-las.

– Puta merda – murmurou Alex.

Os olhos de Dylan se arregalaram.

– Não estão achando que...

– Vamos lá ver – disse Renata. Virou-se para Jenna. – Vai ficar bem aqui em cima?

Jenna assentiu.

– Sim, estou bem. Seguro as pontas até vocês voltarem. Vão.

Nesse breve momento de desatenção, a Irmã Grace se remexeu no sofazinho, enfiando a mão no bolso do vestido. Jenna voltou a olhar para ela bem a tempo de vê-la colocando algo pequeno na boca. Ela engoliu rapidamente o tal objeto. Os tendões de sua garganta se contraíram. Sua boca começou a espumar.

– Merda! – exclamou Jenna. – Ela está se envenenando!

– Essa já morreu. Esqueça essa vaca – disse Renata. – Venha com a gente, Jenna.

Ela deu as costas para a Serva, deixando o corpo convulsionando no chão. Juntas, ela e as outras mulheres desceram correndo os degraus velhos que conduziam a um porão mal iluminado enorme que parecia entalhado nas rochas da península.

Quanto mais desciam, mais altos se tornavam os gritos por socorro.

– Nós estamos ouvindo vocês! – gritou Dylan para as mulheres aterrorizadas. – Está tudo bem, nós as encontramos!

Jenna não estava preparada para o que as esperava quando o porão se alargou diante delas. Havia uma enorme cela encravada na rocha, fechada por uma grade de ferro. Dentro dela, mais de vinte mulheres – sujas, desgrenhadas, maltrapilhas. Algumas estavam em estágios avançados de gestação. Outras, magras como crianças abandonadas. Pareciam as piores prisioneiras de guerra, negligenciadas e esquecidas, a maioria dos rostos sem expressão e cansada.

Encararam suas salvadoras, algumas mudas, outras chorando baixinho, enquanto outras ainda soluçavam alto num choro descontrolado.

– Jesus – alguém sussurrou, talvez a própria Jenna.

– Vamos tirá-las daí – disse Renata, a voz saindo desajeitada. – Procurem por uma chave que entre nessa maldita grade.

Dylan e Alex começaram a procurar no espaço escuro. Jenna andou até o canto oposto, que pareceu continuar até o infinito em buracos na caverna do velho porão. Em sua visão periférica, percebeu o movimento fortuito da mão de uma das prisioneiras. Ela estava tentando atrair a atenção de Jenna, gesticulando sorrateira na direção de um dos túneis não iluminados que se estendiam no fundo daquele lugar sombrio.

Tentando alertá-la.

Jenna ouviu o raspar quase inaudível de passadas vindas da escuridão. Virou a cabeça – bem a tempo de ver o clarão de um metal, um movimento apressado. Então, sentiu o baque do corpo de outro Servo, empurrando-a com força, quase derrubando-a no chão.

– Jenna! – Alex gritou. – Renata, ajude-a!

O som de um disparo ecoou como o tiro de um canhão no espaço fechado. As prisioneiras gritaram e se encolheram no fundo da cela.

– Está tudo bem – disse Jenna. – Ele está morto. Todas vão ficar bem.

Ela empurrou o corpo inerte e saiu de debaixo dele. Uma coisa metálica tilintou quando o Servo rolou de costas e deu seu último suspiro.

– Acho que encontrei a chave – disse ela, inclinando-se para puxar o molho de chaves do bolso da calça dele.

Correu até a grade da cela e começou a procurar por aquela que se encaixava na fechadura. O sangue do Servo sujou seu casaco e suas mãos, mas ela não se importou. Só o que importava era tirar as Companheiras de Raça daquele cativeiro.

A trava se abriu na segunda tentativa.

– Ah, graças a Deus! – arfou Dylan. – Venham todas. Estão seguras agora.

Jenna abriu a porta grande de ferro e observou com certo orgulho e alívio quando as primeiras prisioneiras começaram a sair da cela. Uma a uma, mulher a mulher, elas saíram, finalmente livres.

Capítulo 31

Faltavam poucos quilômetros para que os guerreiros chegassem ao local quando Rio recebeu um telefonema animado de Dylan, contando-lhe tudo o que acontecera. Mesmo sabendo o que veriam, e que, por algum milagre, ela, Alex, Renata e Jenna tinham conseguido encontrar e libertar as prisioneiras que Dragos mantinha em cativeiro há tantos anos, Brock e seus irmãos sentados no SUV da Ordem não estavam preparados para o cenário que os recebeu ao trafegarem pela estrada à beira-mar em direção à grande casa amarela nas rochas.

O sol acabara de se pôr no horizonte oposto, lançando suas últimas sombras alongadas sobre o terreno coberto de neve do jardim da casa ao estilo vitoriano. E nesse jardim, saindo pela porta da frente envoltas em cobertas, mantas e colchas de retalhos, havia pelo menos uma dúzia de jovens mulheres maltrapilhas e famintas.

Companheiras de Raça.

Já havia algumas dentro do Rover estacionado na passagem de carros. Outras estavam sendo conduzidas para fora da casa por Alex e Dylan.

– Jesus Cristo – sussurrou Brock, admirado com a enormidade do que acontecera.

Renata estava parada ao lado do Rover, ajudando uma das ex-prisioneiras a subir no banco de passageiros do carro.

Onde diabos estaria Jenna?

Brock perscrutou o local num rápido passar de olhos, o coração saltando do peito. Deus, e se ela estivesse ferida? Dylan por certo teria dito se tivesse acontecido algum incidente, mas isso não impedia a pedra que se formava na base do seu estômago. Se alguma coisa tivesse acontecido com ela...

– Segurem-se firmes – disse Niko ao entrar na passagem para carros, em seguida levou o SUV direto para cima do gramado.

Brock saiu antes mesmo de o carro parar por completo.

Ele tinha que ver a sua mulher. Tinha que senti-la aquecida e segura em seus braços.

Correu através do jardim congelado, as botas diminuindo a distância em meros segundos.

Alex levantou o olhar enquanto ele corria em sua direção.

– Onde ela está? – exigiu saber. – Onde está Jenna? Aconteceu alguma coisa com ela?

– Ela está bem, Brock. – Alex gesticulou para a porta de entrada aberta, por onde se via o cadáver ensanguentado de pelo menos um Servo imóvel. – Jenna está trazendo as últimas mulheres do porão de onde estavam sendo mantidas presas.

Cambaleou ao ouvir que ela estava bem, sem conseguir esconder seu alívio.

– Tenho que vê-la.

Alex lhe deu um sorriso caloroso enquanto conduzia uma das Companheiras de Raça lívida e trêmula na direção de um dos carros que aguardava. Ele se adiantou e já estava para pisar na varanda.

– Brock?

A voz feminina frágil – tão inesperada, tão longinquamente familiar – o fez parar de imediato. Algo estalou dentro do seu cérebro. Uma centelha de descrença.

Um raio opressor de reconhecimento.

– Brock... É você mesmo?

Lentamente, ele se virou de frente para a fêmea pequenina de cabelos escuros que estava parada na passagem de carros, logo abaixo dos degraus da varanda. Ele não a notara quando passara por ela há segundos. Bom Cristo, ele não sabia se a teria reconhecido se ela o abordasse no meio da rua.

Mas conhecia aquela voz.

Por baixo da sujeira do cativeiro e da negligência que encovara suas faces, a pele de alabastro estava coberta de arranhões, e ele notou que sim, reconhecia também o rosto.

– Ah, meu Deus. – Ele se sentia sem ar, como se alguém tivesse lhe dado um soco nos pulmões. – Corinne?

– É você – sussurrou ela. – Nunca pensei que voltaria a vê-lo novamente.

Seu rosto se crispou e logo ela se pôs a chorar. Correu para junto dele, lançando os braços emaciados ao redor da sua cintura e chorando contra seu peito.

Ele a abraçou, sem saber o que fazer.

Sem saber o que pensar.

– Você estava morta – murmurou. – Desapareceu sem deixar rastro, e depois tiraram seu corpo do rio. Eu o vi. Você estava *morta*, Corinne.

– Não. – Meneou a cabeça com vigor, ainda soluçando, o pequenino corpo tremendo enquanto arfava. – Eles me levaram para longe.

A fúria se acendeu dentro dele, sobrepondo-se ao choque e à descrença.

– Quem a levou?

Ela soluçou, inspirando fundo.

– Não sei. Eles me levaram e me mantiveram prisioneira todo esse tempo. Eles... fizeram coisas horríveis. Fizeram coisas horrendas comigo, Brock.

Ela se afundou no abraço dele, agarrando-se a ele como se nunca quisesse soltar. Brock a abraçou, atônito com tudo o que ouvia.

Não sabia o que lhe dizer. Não entendia como o que ela dizia podia ser verdade.

Mas era.

Ela estava viva.

Depois de tantos anos – década após década de se culpar pela morte dela –, Corinne subitamente aparecia viva, respirando, abraçada a ele.

Jenna subiu os degraus do porão com as últimas prisioneiras. Mal conseguia acreditar que tudo havia terminado, que ela, Renata, Dylan e Alex tinham, de fato, localizado as mulheres e conseguido libertá-las.

Seu coração ainda batia rápido dentro do peito, sua pulsação ainda acelerada com a adrenalina e a sensação profunda de realização – de alívio, porque a provação daquelas quase vinte mulheres havia, finalmente, chegado ao fim. Conduziu a última ao largo dos Servos Humanos mortos na sala até a varanda. A noite já caíra, banhando o jardim abarrotado com tons tranquilos de azul.

Jenna inspirou o ar frio ao pisar na varanda atrás da cambaleante Companheira de Raça. Fitou a passagem de carros, onde Renata e Niko ajudavam algumas mulheres a entrar no Rover. Rio e Dylan, Kade e Alex estavam ocupados acompanhando outras prisioneiras libertas até o outro SUV da Ordem.

Mas foi ver Brock que a fez parar de pronto onde estava.

Seus pés simplesmente pararam de se mover, o coração rachando ao vê-lo num abraço afetuoso com uma fêmea morena e pequenina.

Jenna não precisava ver seu rosto para saber que seria o mesmo do desenho que Claire providenciara. Ou que a beldade frágil aninhada tão gentilmente nos braços fortes de Brock era a mesma jovem da fotografia que ele manteve consigo durante todos aqueles anos em que a acreditava morta.

Corinne.

Por algum milagre do destino, o amor passado de Brock retornara. Jenna abafou o choro amargo, percebendo que ele acabara de receber o impossível: o presente da ressurreição de um amor.

Por mais que a dilacerasse testemunhar aquilo, ela não conseguiu deixar de se emocionar com o encontro carinhoso.

E não suportou a ideia de interrompê-lo, por mais desesperada que estivesse em ser a mulher no abrigo dos braços dele naquele instante.

Fortalecendo-se, desceu da varanda e passou ao largo deles para continuar a evacuação das outras prisioneiras libertas.

Capítulo 32

Brock ergueu os olhos e viu Jenna se afastando dele, indo na direção da movimentação na passagem de carros.

Ela estava bem.

Graças a Deus.

Seu coração saltou dentro do peito, acelerando tanto com o alívio por vê-la que acreditou que fosse pular para fora.

– Jenna!

Ela se virou devagar, e o alívio que ele sentiu um momento antes escorreu pelos calcanhares. Seu rosto estava pálido e contraído. A frente de seu casaco estava rasgada em alguns pontos e manchada de vermelho.

– Jesus. – Ele se afastou de Corinne e correu até onde Jenna estava parada. Segurando-a pelos ombros, ele a avaliou dos pés à cabeça, seus sentidos da Raça aguçados pela presença de tanto sangue derramado. – Ah, Cristo... Jenna, o que aconteceu com você?

Seu rosto se crispou quando ela balançou a cabeça e se afastou dele.

– Estou bem. O sangue não é meu. Um dos Servos me atacou no porão. Atirei nele.

Brock sibilou, atormentado de preocupação apesar de ela estar ali na sua frente, garantindo estar bem.

– Quando fiquei sabendo que alguma coisa tinha dado errado aqui... – Sua voz se partiu numa imprecação. – Jenna, fiquei com tanto medo de que você estivesse ferida.

Ela balançou a cabeça, os olhos castanhos parecendo tristes, mas ainda firmes.

– Estou bem.

– E Corinne – disse ele, olhando para onde ela estava, parecendo pequena e desamparada, uma sombra apagada da garota vibrante que desaparecera em Detroit há tantas décadas. – Ela está viva, Jenna. Ela estava sendo aprisionada junto com as outras.

Jenna assentiu.

– Eu sei.

– Sabe? – Ele a encarou, confuso.

– Fiquei sabendo por um dos retratos falados que Claire Reichen providenciou – explicou. – Só o vi quando chegamos aqui, mas reconheci o rosto de Corinne da fotografia que você tem no seu quarto.

– Não acredito – murmurou ele, ainda atordoado por tudo o que ouvira. – Ela me contou que alguém a levou naquela noite. Ela não sabe quem foi. Não faço a mínima ideia de quem era o corpo que vi, e por que providenciaram para que se passasse por Corinne. Meu Deus... Não sei o que pensar disso tudo.

Jenna o ouviu tagarelar, a expressão paciente e compreensiva. Muito mais calma do que ele se sentia. Para dizer a verdade, ela estava firme, controlada, a profissional fria, apesar de ter passado por uma situação infernal.

A emoção o assolou, seu respeito por ela imensurável naquele instante. Assim como seu amor por ela.

– Percebe o que realizaram aqui? – perguntou-lhe, esticando a mão para alisar o rosto manchado de sangue. – Meu Deus, Jenna. Eu não poderia estar mais orgulhoso de você.

Ele a beijou e a trouxe para perto de si, pronto para lhe dizer o quanto estava grato por tê-la em sua vida. Queria gritar seu amor por ela, mas a profundidade dos seus sentimentos devorou sua voz.

Rápido demais, porém, Jenna se soltou dele, ambos alertas pelos sons de passos se aproximando deles. Brock se virou de frente para

Nikolai e Renata. Dylan passou por eles para ir buscar Corinne e conduzi-la com cuidado até a porta aberta do passageiro no Rover estacionado na passagem de carros.

Niko pigarreou pouco à vontade.

– Desculpe interromper, cara, mas precisamos ir. O Rover está quase cheio, e Rio já ligou para o complexo para pedir mais dois carros para apanhar as fêmeas restantes. Chase e Hunter já estão a caminho com o transporte adicional.

Brock assentiu.

– Elas vão precisar de abrigo em algum lugar.

– Andreas e Claire ofereceram a casa deles em Newport para todas as prisioneiras – respondeu Renata. – Rio vai levar um dos carros para lá agora.

– Certo – disse Niko. – Kade e eu vamos ficar aqui com Renata e Alex para limparmos a cena e esperar que Chase e Hunter cheguem com o carro extra para as mulheres e outro para nos levar de volta ao complexo.

– Precisamos de alguém para dirigir o Rover até Newport – disse Renata.

Brock estava prestes a se prontificar, mas não suportava a ideia de se afastar de Jenna, mesmo que por poucas horas.

Dividido, olhou para ela.

– Pode ir – disse ela.

Ele desejou abraçá-la e nunca mais soltá-la.

– Você vai ficar bem até eu voltar?

– Sim. Vou ficar bem, Brock. – Seu sorriso parecia um tanto triste. Suas mãos tremiam quando as ergueu para segurar de leve as dele. Beijou-o, apenas um leve roçar de lábios. – Não tem que se preocupar comigo. Faça o que tem que fazer.

– Temos que ir – Niko pressionou. – Este lugar precisa ficar limpo antes que algum humano curioso comece a querer farejar por perto.

Brock anuiu com relutância, afastando-se de Jenna. Ela fez um gesto de concordância com a cabeça, quando ele deu outro passo.

Ele se virou e partiu na direção do Rover. Ao se pôr atrás do volante e começar a seguir Rio no outro carro, uma parte sua não conseguiu deixar de pensar que o beijo casto que Jenna lhe dera lhe pareceu mais um adeus.

Jenna e os outros levaram mais de uma hora para despachar os Servos mortos e limpar a casa de todos os vestígios da batalha ocorrida ali dentro. Hunter e Chase já tinham chegado e ido embora com as últimas prisioneiras, deixando um dos SUVs da Ordem para a equipe de limpeza para que eles voltassem para o complexo.

Jenna trabalhou em silêncio, sentindo-se cansada, exausta – emocionalmente arrasada –, enquanto ajudava Alex a enrolar um dos tapetes ensanguentados para carregá-lo até o veículo estacionado.

Não conseguia deixar de pensar em Brock. Não conseguia deixar de temer ter cometido um erro enorme ao permitir que ele fosse para Newport com Corinne.

Ela quis, desesperadamente, telefonar para ele e pedir que voltasse logo.

Mas, por mais que desejasse tomá-lo para si, ela não poderia ser injusta com ele.

Recebera um milagre naquela noite, e ela jamais sonharia tentar tirar isso dele.

Quantas vezes rezara pedindo uma segunda chance com Mitch e Libby depois que os perdera? Quantas vezes desejara que as mortes deles não tivessem passado de um erro cósmico que, de algum modo, poderia ser reparado? Quantas vezes tivera esperanças de que alguma guinada impossível do destino acontecesse e lhe trouxesse de volta o amor que perdera?

Perguntou-se se ainda seria capaz de fazer esses pedidos. Sabia que não. Fazer tal coisa seria negar tudo o que sentia por Brock, algo que lhe parecia ainda mais impossível do que a reversão miraculosa da morte.

Mas, ao mesmo tempo, ela não podia pedir que Brock fizesse a mesma escolha.

Ainda que deixá-lo ir partisse seu coração.

Uma onda de tristeza a assolou ante tal pensamento. Ela se segurou à lateral do carro, as pernas quase cedendo debaixo de si.

Alex se pôs ao seu lado em um instante.

– Jen, você está bem?

Ela assentiu meio fraca, subitamente se sentindo mais oca por dentro. Sua cabeça girou, a visão começou a embaçar.

– Jenna? – Alex foi para frente dela e arquejou. – Ah, droga, Jenna. Você está sangrando.

Atordoada, ela olhou para baixo. Alex já desamarrava seu casaco ensanguentado. Quando a lã grossa foi afastada, ela viu a horrenda verdade do que provocou a palidez no rosto da amiga.

A mente de Jenna voltou para o instante em que havia visto algo metálico reluzindo no Servo que a atacara na escuridão do porão. Uma adaga, supôs agora, olhando para o sangue que empapava sua camisa e escorria pela perna, formando uma poça debaixo do seu pé.

– Kade, depressa! – exclamou Alex, o pânico crescendo em sua voz. – Renata, Niko, alguém, por favor. Jenna foi ferida!

Enquanto os outros saíam apressados da casa atendendo ao seu pedido de socorro, o mundo de Jenna começou a girar à sua volta. Ela ouvia seus amigos falando ansiosamente ao seu redor, mas não conseguia abrir os olhos. Não conseguiu impedir que as pernas cedessem sob seu peso.

Soltou-se do carro quando uma escuridão pesada se apossou dela.

Capítulo 33

A casa de Andreas e Claire Reichen em Newport parecia uma colmeia de atividade ansiosa enquanto as Companheiras de Raça resgatadas chegavam naquela noite e começaram a se acomodar na ampla propriedade localizada na baía Narragansett. Brock e Rio foram os primeiros a chegar. Hunter e Chase haviam chegado há pouco com o restante das antigas prisioneiras e estavam no processo de levá-las para dentro.

– Inacreditável – disse Reichen, com Brock no corredor do segundo andar, parado no lado que dava vista para o mar. O vampiro alemão e a sua companheira nascida na Nova Inglaterra já moravam na casa há alguns meses, o casal recém-unido tendo se mudado para os Estados Unidos depois de sobreviverem às próprias provações nas mãos de Dragos e de seus aliados perigosos. – Claire vinha sendo assombrada, durante todo esse tempo, pelo que vira em seu sonho ao andar pelo laboratório de Dragos, mas ver essas mulheres pessoalmente agora, vivas e livres de perigo depois de tanto tempo... Cristo, é demais para qualquer um.

Brock assentiu, ainda descrente de tudo aquilo.

– Foi muito gentil da sua parte e de Claire recebê-las.

– Não aceitaríamos que fosse de outro modo.

Os dois machos se voltaram quando Claire saiu de um quarto carregando uma braçada de toalhas dobradas. A morena pequenina e bela tinha um ar reluzente ao atravessar o corredor e se deparar com o olhar de aprovação do seu companheiro.

– Venho rezando para que este dia chegasse há muito tempo – disse ela, os olhos castanhos se deparando com Reichen e Brock. – Quase não ousava manter as esperanças de que isso chegasse mesmo a acontecer.

– O trabalho que você e as outras mulheres da Ordem fizeram é muito mais que admirável – respondeu ele, certo de que jamais se esqueceria da imagem de Jenna e das outras guiando as prisioneiras libertadas para fora da casa de fachada alegre que fora o mais recente cativeiro delas.

Deus, Jenna, pensou ele. Ela esteve em sua mente esse tempo todo. O único lugar em que desejava estar era ao lado dela – sentindo-a segura e aquecida em seus braços.

Fora ela o motivo de ele ter ido calado de Gloucester a Rhode Island, atormentado pelo fato de que Corinne vinha cochilando no banco do passageiro ao seu lado – inacreditavelmente viva, depois de tantos anos. No entanto, cada fibra do seu ser era atraída irremediavelmente na direção de Boston.

Para junto de Jenna.

Mas ele não poderia simplesmente se afastar de Corinne. Devia-lhe mais do que isso. Por sua causa, por causa do seu descuido ao protegê-la, ela fora arrancada de tudo o que conhecia, forçada a suportar torturas impronunciáveis nas mãos de Dragos. Por sua causa, a vida dela fora dizimada.

Como ele poderia simplesmente ignorar tudo isso e voltar para a felicidade que encontrara com Jenna?

Como que atraída pelos seus pensamentos sombrios, sentiu a presença de Corinne atrás dele.

Reichen e Claire não disseram nada ao olharem, depois se viraram ao mesmo tempo, deixando-o para enfrentar o fantasma do seu passado fracassado.

Ela havia tomado banho e colocado uma roupa limpa. Mas, Deus, ainda parecia pequena e frágil demais. A blusa de mangas longas e as calças de ioga pendiam largas no corpo diminuto. O rosto estava pálido e emaciado. Círculos escuros se destacavam por baixo dos olhos amendoados outrora cintilantes.

Com o cabelo escuro preso num rabo de cavalo, ele viu que ela parecia ter envelhecido desde que a vira aos dezoito anos. Ainda que a passagem dos anos a deixasse com quase noventa agora, Corinne parecia perto dos trinta. Apenas a ingestão regular do sangue dos da Raça teria conservado a sua juventude, e Brock sentia horror ao imaginar as circunstâncias em que esse tipo de alimentação pôde ter acontecido enquanto ela permanecia nos terríveis laboratórios de Dragos.

– Jesus, Corinne – murmurou, chegando mais perto quando ela permaneceu congelada e silenciosa a poucos metros dele no corredor das escadas. – Nem sei por onde começar.

Cicatrizes pequenas maculavam o belo rosto, que, em sua lembrança, sempre fora impecável. Os olhos ainda eram exóticos, ainda eram corajosos o bastante para não titubearem, nem mesmo sob exame tão detalhado, mas havia uma agitação neles agora. Não existia mais a criança levada, a doce inocente. Em seu lugar, restara uma sobrevivente calada e perspicaz.

Esticou a mão para tocar nela, mas Corinne se afastou, meneando a cabeça de leve. Ele deixou a mão cair, o punho cerrado ao seu lado.

– Ah, Cristo... Corinne... Consegue me perdoar?

As sobrancelhas finas se ergueram e se uniram.

– Não...

A negação dita tão suavemente foi como um golpe. Ele sabia que merecia, e mal conseguiria dizer uma palavra em sua defesa. Fracassara com ela. Talvez mais ainda do que se ela tivesse morrido tantos anos atrás. A morte teria sido melhor do que aquilo que ela provavelmente suportara estando prisioneira de um bastardo como Dragos.

– Sinto muito – murmurou, determinado a dizer as palavras ainda que ela continuasse movendo a cabeça, a carranca se acentuando. – Sei que meu pedido de desculpas não significa nada agora. Não muda nada para você, Corinne... Mas eu queria que soubesse que não se passou um dia sem que eu não pensasse em você e desejasse que eu tivesse estado lá. Desejei trocar de lugar com você, a minha vida pela sua...

– Não – disse ela, a voz mais forte do que antes. – Não, Brock. Foi isso o que pensou? Que o culpei pelo que me aconteceu?

Ele a fitou, atordoado pela ausência de raiva nos olhos dela.

– Você tem todo o direito de me culpar. Era meu dever protegê-la.

Seu olhar escuro se mostrou um pouco triste.

– E você me protegeu. Por mais impossível que eu fosse, você sempre me protegeu.

– Não naquela noite – ele a lembrou com seriedade.

– Não sei o que aconteceu naquela noite – murmurou. – Não sei quem me levou, mas não havia nada que você pudesse ter feito, Brock. Não se culpe. Nunca quis que pensasse isso.

– Procurei por você em todas as partes, Corinne. Durante semanas, meses... Anos depois que tiraram o corpo do rio... O seu corpo, acreditei... continuei procurando por você. – Ele inspirou fundo. – Eu jamais deveria ter tirado os olhos de você naquela noite, nem por um segundo. Fracassei...

– Não – disse ela, balançando a cabeça devagar, o rosto livre de recriminações, repleto de perdão. – Você nunca falhou comigo. Me mandou de volta para o clube naquela noite porque acreditou que eu estaria mais segura lá dentro. Como poderia saber que eu seria raptada? Você sempre agiu certo comigo, Brock.

Ele meneou a cabeça, atordoado pela absolvição, comovido pela determinação em sua voz. Ela não o culpava, e parte da culpa pesada que ele vinha carregando por tanto tempo simplesmente se dissipou.

Na onda de alívio que o assolou, ele pensou em Jenna, e na vida que desejava começar ao seu lado.

– Você está envolvido com alguém – disse Corinne, observando-o em silêncio. – A mulher que ajudou a nos salvar hoje.

Ele assentiu, o orgulho se avolumando dentro de si, apesar da dor do arrependimento que ainda sentia ao olhar para a jovem – a agora mulher séria e frágil na qual Corinne se transformara nos anos de aprisionamento por Dragos.

– Está apaixonado?

Ele não tinha como negar, nem mesmo para ela.

– Sim, estou. O nome dela é Jenna.

Corinne sorriu com tristeza.

– Ela é uma mulher de sorte. Estou contente que esteja feliz, Brock.

Tomado por gratidão e esperança, ele não se conteve e puxou Corinne para um abraço apertado. A princípio, ela permaneceu rija em seus braços, o corpo diminuto se retraindo como se aquele contato a tivesse assustado. Mas, aos poucos, ela foi relaxando, as mãos envolvendo-o por trás.

Ele a soltou após um momento e se afastou dela.

– E quanto a você? Vai ficar bem, Corinne?

Ela deu um sorriso frágil ao erguer o ombro fino.

– Eu só quero ir para casa. – Uma espécie de chaga, algo que parecia sangrar dentro dela como uma ferida aberta, anuviou seu olhar. – Eu só preciso estar com a minha família.

O tenente de Dragos começou a tremer ao anunciar a notícia ruim do dia.

Todas as fêmeas que Dragos havia coletado nas últimas décadas em seu laboratório particular – isto é, aquelas que sobreviveram aos experimentos prolongados e às necessidades gestacionais – foram descobertas e libertadas pela Ordem.

E o pior, foram as mulheres da Ordem, não Lucan e seus guerreiros, que fizeram a descoberta mais cedo naquele mesmo dia. A Serva Humana freira que o auxiliara em localizar as Companheiras de Raça para a sua causa e, mais recentemente, que se prestara como guardiã em sua pequena prisão no litoral fracassara em proteger seus interesses. A vaca inútil estava morta, mas não antes de lhe custar as cerca de vinte fêmeas em sua custódia.

E agora a Ordem conseguira lascar mais um tijolo da fundação da sua operação.

Primeiro, tiraram-lhe sua autonomia, pondo um fim aos anos de poder desmedido como diretor da Agência de Policiamento. Depois, acabaram com o seu laboratório secreto, atacando seu quartel-general e obrigando-o a se esconder. Em seguida, mataram o Antigo, ainda que, muito provavelmente, Dragos acabaria por matar a criatura ele mesmo, cedo ou tarde.

E agora isso.

Parado próximo ao átrio da suíte de hotel de Dragos, seu tenente remexia no chapéu, retorcendo-o nas mãos como um trapo velho.

– Não sei como conseguiram encontrar o local, senhor. Talvez estivessem monitorando a casa por algum motivo. Talvez tenha sido mera sorte que as levou até lá, e elas...

O rugido furioso de Dragos silenciou a tagarelice de imediato. Ele deu um salto do sofá, os braços esticados diante do corpo, derrubando um vaso de cristal com orquídeas de um pedestal. A peça estilhaçou-se contra a parede, espalhando cacos, água e flores em todas as direções.

Seu tenente arfou e recuou um passo, batendo as costas na porta fechada. Os olhos praticamente saltavam para fora das órbitas, o rosto tomado de pânico. Sua expressão ficou ainda mais carregada de medo quando Dragos se aproximou, espumando de raiva.

Nos olhos arregalados e aterrorizados, Dragos viu a lembrança da sua ameaça, feita ali, naquele mesmo quarto de hotel, apenas uma semana antes.

– Senhor, por favor – sussurrou. – Foi a Serva quem fracassou hoje, não eu. Só sou responsável por entregar a notícia, não pelo erro.

Dragos pouco se importava com isso. Sua raiva estava descontrolada demais para ser contida agora. Com um grito de guerra animalesco mais dirigido a Lucan e seus guerreiros do que ao peão insignificante e trêmulo diante de si, recuou o braço e socou com força o peito do vampiro. Atravessou roupas, pele e ossos como um martelo, e arrancou o órgão pulsante que ali estava enclausurado.

O tenente morto despencou aos seus pés. Dragos baixou o olhar para ele, para o punho ensanguentado e a cascata rubra que descia do cadáver, e o tapete branco ao redor.

Dragos descartou o coração do vampiro como se fosse lixo, depois jogou a cabeça para trás e uivou, a fúria vibrando no ar ao seu redor como uma trovoada.

– Livrem-se desse lixo – ralhou para o par de assassinos que observaram tudo em silêncio no lado oposto da suíte.

Entrou no banheiro para livrar-se do sangue nas mãos, acalmando-se com a percepção de que, apesar de a Ordem ter conseguido lhe dar mais um golpe hoje, ele ainda levava a melhor. Uma pena que ainda não soubessem disso.

Muito em breve saberiam.

Ele tinha a Ordem bem em sua mira agora.

E estava mais do que pronto para puxar o gatilho.

Capítulo 34

Quando Jenna despertou, estava olhando para o teto da enfermaria do complexo. Piscou devagar, à espera da chegada da dor lancinante do ferimento na lateral do corpo. Em vez disso, sentiu um toque quente passando por seu braço.

– Oi – disse a voz aveludada e grave que vinha ouvindo em seu sono. – Estive esperando que você abrisse esses seus lindos olhos.

Brock.

Ela virou a cabeça no travesseiro e ficou comovida por vê-lo sentado ao lado da sua cama. Ele estava tão lindo, era tão forte e carinhoso. O olhar castanho a absorvia, a boca sensual se curvava num leve sorriso.

– Ligaram para mim em Newport e me contaram a respeito do seu ferimento – disse ele, emitindo um xingamento. – Vi o sangue em sua roupa do lado de fora da casa da Serva Humana, mas não achei que fosse seu, Jenna. Eu não consegui dirigir tão rápido quanto desejei para ver se você estava bem.

Ela lhe sorriu, o coração alçando voo por estar próxima dele de novo, mesmo tendo medo de ser feliz, incerta sobre se ele apenas regressara para ajudá-la a se curar.

– Como está se sentindo, Jenna?

– Bem – respondeu, e percebeu só então que estava muito bem fisicamente. Ergueu-se um pouco e afastou o lençol e a coberta que a cobriam. O corte feio que deveria estar abaixo da caixa torácica não passava de uma cicatriz, o ferimento que sangrara tão profusamente havia sumido por completo. – Quanto tempo fiquei desacordada?

– Algumas horas. – A expressão de Brock se suavizou ao fitá-la. – Você surpreendeu a todos, Gideon em especial. Ele está tentando descobrir o que está acontecendo com a sua fisiologia, mas, ao que tudo indica, o seu corpo está aprendendo a se curar sozinho. Regeneração adaptativa, acho que foi assim que ele chamou. Ele disse que quer fazer outros exames para determinar se a regeneração pode impactar o envelhecimento das suas células no decorrer do tempo. Parece acreditar que existem sérias possibilidades de que esse seja o caso.

Jenna meneou a cabeça, atordoada. E também um tanto divertida.

– Sabe, acho que estou começando a acreditar que vai ser divertido ser uma espécie de ciborgue.

– Não me interessa o que você é – respondeu ele com seriedade. – Só estou feliz em ver que está bem.

No silêncio que se seguiu entre os dois, Jenna remexeu na bainha do lençol.

– Como estão as outras mulheres, as Companheiras de Raça que resgatamos?

– Estão se acomodando na casa dos Reichen. Vai ser uma jornada bem longa para muitas delas, mas estão vivas e Dragos não pode mais chegar perto delas.

– Isso é bom – respondeu baixinho. – E Corinne?

O rosto de Brock se mostrou solene.

– Ela foi ao inferno e voltou. Diz que quer ir para a casa da família dela, em Detroit. Disse que precisa cuidar de algumas coisas do passado antes de pensar no futuro.

– Ah... – disse Jenna.

Ela entendia como Corinne se sentia. Ela mesma vinha pensando bastante no próprio passado e em todas as coisas que deixara inacabadas no Alasca. Coisas que fora covarde demais para enfrentar, mas que, agora, sentia-se pronta para confrontar assim que fosse possível.

Desde o resgate daquele dia, ela também vinha pensando em seu futuro, que era impossível de visualizar sem Brock, ainda mais agora que olhava para o belo rosto, sentindo o calor e o conforto de seu olhar castanho e do seu toque suave.

– Corinne me pediu que eu a acompanhasse até a casa dela – disse Brock, palavras que partiram seu coração.

Ela refreou a resposta egoísta que imploraria para que ele não fosse. Em vez disso, assentiu, depois começou a falar as coisas que sabia que ele precisava ouvir.

Coisas que o aliviariam de qualquer culpa quanto ao que partilharam juntos, ou sobre as promessas carinhosas que ele lhe fizera antes de saber que seu amor passado lhe seria devolvido.

– Brock, quero agradecer por me ajudar como ajudou. Salvou a minha vida – mais de uma vez – e se mostrou o homem mais gentil, carinhoso e altruísta que já conheci.

Ele franziu o cenho, abrindo a boca como que para falar alguma coisa, mas ela o atropelou.

– Quero que saiba que sou grata pela amizade que me ofereceu. Acima de tudo, sou grata por ter me mostrado que posso ser feliz novamente. Não achei, mesmo, que um dia eu voltaria a ser feliz. Nunca imaginei que poderia voltar a me apaixonar...

– Jenna – disse ele, com a voz séria e a carranca se acentuando.

– Sei que tem que ir com Corinne. Sei que não posso lhe dar nada das coisas que ela pode, como uma Companheira de Raça. Jamais teríamos filhos, nem um elo de sangue. A probabilidade de não termos nem de perto o tempo que teria ao lado dela é bem grande. – Ele balançou a cabeça, murmurou um xingamento, mas ela não conseguiria parar até dizer tudo. – Quero que vá com ela. Quero que tenha a sua segunda chance...

– Pare de falar, Jenna.

– Quero que seja feliz – prosseguiu ela, ignorando a ordem. – Quero que tenha tudo o que merece com uma companheira, mesmo que isso me exclua.

Por fim, ele a silenciou com um beijo, passando a mão por trás da cabeça dela e erguendo-a em sua direção. Ele se afastou, prendendo-a num olhar apaixonado e possessivo.

– Pare de dizer o que eu preciso fazer. – Beijou-a de novo, dessa vez com mais suavidade, a boca cobrindo a dela, a língua exigindo a entrada. Ela sentiu seu desejo, e a emoção que parecia dizer que ele jamais a deixaria ir embora. Quando, no fim, ele a soltou, os olhos escuros cintilavam com centelhas de luz âmbar. – Por um maldito segundo, Jenna, deixe que outra pessoa fique no comando.

Ela o encarou, mal ousando ter esperanças sobre o que ele faria agora.

– Estou apaixonado por você – sussurrou ele com determinação. – Eu te amo, e pouco me importo se você é humana, um ciborgue, alienígena ou uma combinação dos três. Eu te amo, Jenna, e quero que seja minha. Você é minha, maldição. Quer tenhamos apenas um punhado de décadas juntos ou algo perto da eternidade. Você é minha, Jenna.

Ela inspirou o ar aos poucos, tomada de alegria e alívio.

– Ah, Brock. Eu te amo tanto. Pensei que tivesse te perdido hoje.

– Nunca – disse ele, fitando-a profundamente. – Você e eu somos parceiros. Parceiros em tudo agora. Sempre vou cobrir a sua retaguarda, Jenna.

Ela riu ao mesmo tempo em que chorou e balançou a cabeça.

– E você sempre terá o meu coração.

– Sempre – disse ele, puxando-a em seus braços para um beijo interminável.

Epílogo

As botas de Jenna rangeram sob o luar quando ela pisou no terreno imaculado próximo ao vilarejo de Harmony, no Alasca.

Haviam se passado alguns dias desde que despertara na enfermaria do complexo, completamente recuperada da punhalada que recebera durante o resgate das Companheiras de Raça aprisionadas.

Apenas alguns dias desde que ela e Brock juraram passar o futuro juntos como amantes, como companheiros... como parceiros.

– Tem certeza de que está pronta para fazer isto? – ele lhe perguntou, passando o braço forte ao redor dos seus ombros.

Ela sabia que ele odiava o frio daquele lugar. No entanto, fora ele quem sugerira aquela viagem até o norte. Mostrara-se paciente e compreensivo, e ela sabia que ele ficaria para sempre ali ao seu lado, caso precisasse de mais tempo. Sua respiração se condensou no ar gélido noturno, o belo rosto solene, ainda assim tranquilizador por debaixo do capuz da sua parca.

– Estou pronta – disse ela, voltando um olhar úmido para o pequeno cemitério que se estendia adormecido diante dos dois. Entrelaçando seus dedos enluvados nos dele, caminhou em direção ao canto extremo do terreno, onde um par de pedras de granito estavam enterradas lado a lado, cobertas de neve.

Preparara-se para a onda de emoção que a assolou conforme ela e Brock se aproximavam dos túmulos de Mitch e de Libby pela primeira vez, mas ainda assim ficou sem ar. Seu coração se apertou, a garganta se contraiu e, por um instante, ela não teve certeza se teria forças para levar aquilo adiante, no fim das contas.

– Estou com medo – sussurrou.

Brock apertou-lhe a mão e sua voz soou gentil:

– Você consegue. Vou ficar bem do seu lado o tempo todo.

Ela fitou os olhos castanhos, firmes, sentindo o amor envolvê-la, emprestando-lhe suas forças. Assentiu, depois continuou a andar, o olhar cravado nas letras gravadas que tornavam tudo tão irrefutável.

Tão real e cruel.

As lágrimas começaram a cair no instante em que ela parou diante das lápides. Soltou a mão de Brock e se aproximou, sabendo que teria que enfrentar aquela parte sozinha.

– Olá, Mitch – murmurou baixinho, ajoelhando-se na neve. Colocou uma das duas rosas vermelhas que trouxera consigo ao pé do túmulo. A outra, presa com uma fita de cetim rosa a um ursinho de pelúcia, ela depositou com cuidado junto à lápide menor. – Olá, meu amorzinho.

Por um bom tempo ela ficou ali, ouvindo o vento que soprava em meios aos pinheiros boreais, os olhos fechados sobre as lágrimas enquanto ela se lembrava dos momentos felizes com seu marido e sua filha.

– Ah, Deus... – sussurrou, engasgada de emoção. – Eu sinto muito. Sinto tantas saudades de vocês.

Não conseguiu represar o sofrimento que emanou de si em soluços enormes, feios – com toda a angústia e a culpa acumuladas que manteve trancadas no peito desde a noite do acidente.

Nunca antes conseguira expurgar aquela dor. Teve medo demais. Teve raiva demais de si mesma para ceder à dor do luto e, por fim, deixar para trás.

Mas agora ela não tinha como deter aquilo. Sentia a presença firme de Brock atrás de si – sua corda de salva-vidas, seu abrigo em meio à tempestade. Sentia-se mais forte, mais segura.

Sentia-se amada.

E, ainda mais miraculoso para ela, sentia-se merecedora de ser amada.

Após mais algumas palavras sussurradas de despedida, tocou cada uma das lápides. Depois, lentamente, pôs-se de pé.

Brock estava bem ali, de braços abertos esperando para capturá-la num abraço carinhoso. Seu beijo foi doce e tranquilizador. Ele a fitou nos olhos, os dedos leves e gentis ao enxugar suas lágrimas.

– Você está bem?

Ela assentiu, sentindo-se mais leve apesar do nó que ainda sentia na garganta. Sentia-se pronta para começar um novo capítulo em sua vida. Pronta para começar seu futuro junto a um extraordinário macho da Raça que amava com todos os pedaços remendados do seu coração.

Fitando o olhar enternecido de Brock, entrelaçou os dedos nos dele.

– Estou pronta para ir para casa agora.

Este livro foi composto nas fontes Adobe Garamond Pro e BlackChancery,
e impresso em papel *Norbrite* 66,6 g/m² na Imprensa da Fé.